KB261224

섬, 섬옥수

이나미 연작소설

섬, 섬옥수

섬, 纖獄囚

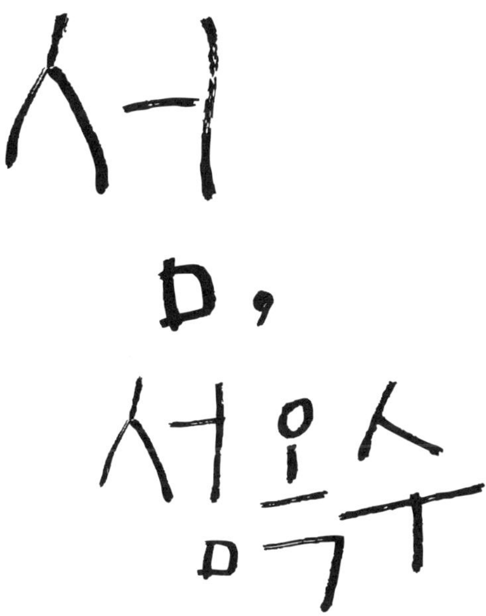

자음과모음

차례

섬, 섬옥수 纖獄囚

1

1. 예비특보

목탁 소리가 들려온다. 광풍이다. 미친 바람이 목탁을 친다. 바다가 또 뒤집어졌다. 팔짱을 낀 파도가 겹겹이 몰려오고 있다. 파고(波高)가 심상찮다. 바다 한가운데서 성난 듯 포효하는 파도는 마치 산을 들어 내던지는 것 같다. 한번 바다가 뒤집어지기 시작하면 걷잡을 수 없다. 멀리서 눈자위를 뒤집고 달려와 부서진 포말이 산책로를 점령했다. 새벽녘부터 하늘이 수상하더니 기어이 예비특보가 떨어졌다. 군데군데 작업하던 방어잡이 배들도 다 철수한 바다에서 성난 파도만 마구잡이로 덧칠한 화폭처럼 거칠게 뒤척이고 있다. 주말이라 몰려든 관광객들 성화로 어렵사리 떴던 유람선마저 서둘러 돌아간 후 섬은 정적에 잠겼다.

여느 때 같으면 횟집 사내들은 서둘러 점심 손님 설거지 끝낸 후 낚싯대와 뜰채 걸머지고 녹여둔 크릴 한 바가지 든 채 동으로 서로 내달리느라 스쿠터 엔진 소리가 부산할 터였다. 그러나 오늘처럼 바다 한복판에 나뭇잎처럼 떠 있는 섬에 광풍이 불면 일찌감치 하루를 마감하고 집 안에 들어앉는다. 도항선과 유람선이 끊긴 마을엔 사람 그림자조차 없다. 개 떼들도 마루 밑이나 돌담 밑에 두세 마리씩 모여 웅크린 채 서로의 등에 코를 박고 꼼짝도 않는다.

아까부터 창가에 붙어서 무연한 눈빛으로 바다를 응시하던 자애는 허옇게 말라붙은 염기와 황토 가루가 버석거리는 방바닥을 손으로 쓸어본다. 이부자리도 온통 버석거린다. 미친 바람이 납작하게 엎드린 관음전과 요사채, 돌부처, 공양간을 할퀴고 등대 너머로 사라지기 무섭게 반대편에서 불어온 바람이 그녀가 머무는 요사채 현관의 방충망 문짝을 와짝 내동댕이친다.

절 입구, 관광객을 위한 기와 불사(佛事) 코너에 세워둔 장작 난로의 함석 주름관 연통이 허우적대는 사람 모양의 풍선처럼 허공을 향해 아우성이다. 섬 전체가 기우뚱기우뚱, 곧 떠내려갈 것 같다. 화산의 분화구 상단만 뚝 떼어 바다에 띄워놓은 것처럼 생긴 섬이 위태롭게 흔들린다. 풍랑주의보나 예비특보가 떨어져 관광객이 끊기면 절도 일찌감치 하루를 마감한다. 공 처사가 대웅전과 관음전을 문단속하고 마당을 가로질러 해우소로 향한다. 주로 깊은 산속의 절에서 허드렛일하며 머물다 역마살이 도지면 바랑 하나 짊어지고 바람처럼 전국을 떠도는 공 처사가 이 절에 온 것도 그럭저럭 두 계절이 지나가고 있다.

공양주 보살 할망이 치는 목탁 소리가 바람 소리에 묻혀 아득한데, 반야가 용케 알고 달려와 꼬리를 친다. 자애가 기척이 없자 보살 할망이 요사채 현관문을 열고 소리친다.

"서울 손님, 공양합서!"

"네."

자애가 마당을 가로질러 본채로 향하는데 뒤에서 인기척이 들린다. 그림자처럼 소리 없이 다니는 공 처사가 묵직한 검은 비닐봉지를 양손에 들고 뒤따라온다.

"사 오셨어요? 오늘 같은 날은 우리도 한잔해야지. 안 그래요?"

강 처사가 싱글벙글 입이 귀에 걸렸다. 직장에서 노조 활동에 앞장서다 해고당하고 징역살이까지 한 후 마음 추스를 겸 절에서 지내는 그는 밤마다 소주잔 기울이는 낙으로 산다.

"횟거리에 매운탕까지 싸주던데요?"

"허허허. 그 양반 복 받을 겁니다."

절집 사람들과 친하게 지내는 선착장 입구의 〈회나라〉 사장이 보냈다는 방어회와 소라, 멍게, 매운탕까지 차리자 상이 푸짐하다. 부산이 고향인 〈회나라〉 박 사장은 노총각으로 이 섬에 낚시 왔다가 풍부한 수산물과 돔 낚시의 매력에 빠져 그대로 눌러앉았다. 생계도 해결할 겸 차린 횟집에서 살생을 많이 하다 보니 업을 닦기 위해 주방에 목탁을 놓아두고 가끔 물고기들의 넋을 달래준다.

소주잔을 챙겨 온 강 처사가 군침 삼키며 바짝 다가앉는다.

"서울 손님 환영회도 할 겸 자, 자 드십시다. 할망, 할망도 어서 앉으세요."

자애가 민박할 요량으로 섬에 들어왔다가 절이 있는 것을 보고 마음을 바꿔 한 달 머물겠다고 하자 한 식구처럼 지내자며 환영회를 연 것이다.

"이 방어란 놈이 지금이 제철이라 아주 맛있습니다. 한 점 잡숴 보세요."

강 처사가 자애 앞으로 회 접시를 밀어놓으며 권한다.

"네. 드세요."

가을이면 캄차카 반도에서 남쪽으로 내려와 땅끝섬 인근에서 겨울을 나는 방어는 맛이 좋기로 유명하다. 빨간 속살이 담백하고 쫄깃한 것이 회나 초밥 재료로 으뜸이라 비싼 생선에 속한다. 십일월 초부터 이듬해 삼월 동해를 따라 북상할 때까지 모슬포 인근 해역은 방어잡이 배로 성시를 이룬다. 수십 척씩 떠서 집어등 밝히고 밤을 꼬박 새우며 작업하는 모습이 장관이다. 이때쯤이면 집집마다 방어를 거꾸로 매달아 피를 빼면서 해풍에 건조하는 풍경을 심심찮게 볼 수 있다.

"놈들 덩치가 커서 해안가까진 가지도 않아요. 먹이인 자리돔이 풍부하다 보니 여기가 겨울나기엔 적격이지.”

“그래서 바다 한가운데서 잡는군요?”

“그럼요. 밤바다에 떠 있는 휘황찬란한 방어잡이 집어등을 보면 홀리는 기분이라니까요. 나도 여기 와서 처음 먹어봤어요.”

잔을 쪽 소리나게 빨며 달게 한 잔 들이켠 강 처사가 방어를 한 점 입에 넣고 눈을 지그시 감는다. 노조 활동하다 청춘 다 보내고 건강까지 해친 강 처사는 술과 담배, 회나 육고기를 아직도 끊지 못했다.

남녘 바다 한복판은 도시보다 어둠이 빨리 내린다. 유리창에 등대 불빛이 일정한 간격으로 칼날을 긋기 시작했다. 어둠이 내리면 섬 동쪽 정상에 서 있는 등대에서 사방으로 쏘아대는 서치라이트가 수인의 탈출을 감시하는 교도소 불빛처럼 빈틈없다. 섬에 태양광 발전소가 설치되어 자가로 전기를 충당하기 전에는 등대 불빛을 이용해 마당에 있는 화장실에 다녀왔을 정도다.

처음 도착한 날 밤 자애는 유리창에 번뜩이는 등대 불빛에 번개가 치는 줄 알았다. 밤새 거인의 혓바닥처럼 섬 구석구석을 훑고 다니는 불빛이 도무지 허점이라곤 없다. 마당에 서 있다 불시에 등대 불빛에 노출되면 순식간에 발가벗긴 듯 낭패감에 빠지곤 했지만 이젠 친근함마저 느낀다. 망망대해에서 저 불빛에 의지해 항로를 잡고 귀로에 오른 지친 어부들의 희망을 보는 것 같아서다.

“그나저나 실종자들은 끝내 못 찾았지요?”

말없이 술잔만 꺾던 공 처사가 생각난 듯 묻자 강 처사가 고개를 젓는다.

"이틀 안에 못 찾으면 틀렸다고 봐야죠. 물살이 워낙 세서 해류를 따라 일본해나 중국해로 떠내려가는 동안 물고기 밥이 돼 형체도 안 남아요."

"뭐이냐, 얼마 전 방어축제 어선 까라앉은 사고 말핸?"

소주 한 잔에 얼굴이 발그레해진 보살 할망이 끼어든다.

"실종된 시장님은 작년에 우리 절에 와서 시주도 했던 분인데……. 젊은 나이에 의욕이 넘치고 화통하더라구. 살아 계셨으면 많은 일을 하실 분인데 안타깝게 됐어요."

"〈회나라〉 갔다가 들은 얘긴데 구조된 두 명 말예요! 그중 한 명은 구명조끼를 두 개나 껴입고 있었다더군요."

"어머, 한 사람이 두 개나?"

"그게, 그게 바로 인간입니다. 인간의 본심은 생과 사의 갈림길에서 적나라한 법이거든요……. 쯧."

강 처사의 한마디에 다들 침묵 속에서 술잔만 만지작거린다. 유리창으로 또 한 차례 등대 불빛이 섬광처럼 번뜩인다.

자애가 섬에 들어오던 날, 모슬포 터미널에서 배 시간 기다리며 앉아 있는데 옆자리의 아낙네가 말을 걸어왔다.

"쉬영갑서. 넬이 대정읍장 딸 결혼식이게. 사람들 모다 아방 시신도 못 찾고 장례 치르자마자 혼례 한다고 말이 많수다. 들었수꽈? 비바리 맘 모르는 거 아이지만…… 넹바리 신세 돼봐야 고달픈 거 비바리들 어떵 알겠수꽈?"

　해풍에 그을려 검은 피부에 주름이 자글자글, 나이를 가늠할 수 없는 푸수한 아낙네가 헤벌쭉 웃으며 수다를 풀어놓았다.

　"우리 불쌍한 읍장님 어드메 헤메고 있는지 넋이라도 건져 올려야 한이 풀리겠수다. 게난 집인 모슬포꽈?"

　자애도 떠나오기에 앞서 배편이며 지역 정보 얻을 겸 인터넷 검색하다 최남단 방어축제에 참가한 서귀포 시장과 읍장 등 공무원을 태운 낚싯배가 침몰한 사건은 알고 있었다. 해경과 해군 등 이천여 명이 군함과 헬리콥터를 동원해 대대적인 수색작전을 벌였지만 공교롭게 호우주의보와 풍랑주의보가 발효되면서 실종자인 서귀포 시장과 선장은 찾지 못했다. 여인은 읍장과 시장을 헛갈리고 있었다.

　"비바리 시절부터 냉대 받다 시집와서도 매한가지 넹바리 신세 어디 가메? 우리 시어멍은 동네방네 다니며 내 흉보고 다녀. 나도 아들이 둘인데……. 울 아들들 공부 잘해 뭍으로 보냈수다. 언니수꽈? 난 언니 없어. 아프지 맙서. 건강하수게."

　그녀가 문득 지갑을 열어 사진을 보여주었다. 흐릿한 낡은 흑백 사진 속의 주인은 그녀의 친정어머니였다. 삼 년 전 당뇨 합병증으로 세상을 떠났지만 세월이 흐를수록 절절하고 보고 싶은 마음이 사무친다고 했다.

　"울 어멍 보고 싶어 울고 다니게. 수시로 생각나 가슴이 메고 미치겠수다."

　무척 말이 빠른 데다 간혹 제주도 사투리가 섞여 신경을 곤두세
우다 보니 쉬이 피곤해졌다. 게다가 수시로 말이 오락가락, 화제가
중구난방이라 무슨 말을 하고 싶은 건지 알쏭달쏭했다. 자애가 대
꾸 않고 물끄러미 바라보자 그녀가 말했다.
　"무신 거옌 고람 신디 몰르쿠게?"
　갈수록 첩첩산중이었다.
　"내 말 어렵수꽈?"
　손사래를 치며 배시시 웃던 여인이 이번엔 줄줄이 친정 식구들
죽은 내력을 꿰다 말고 느닷없이 사진이 든 지갑을 안고 눈물을 와
락 쏟아냈다. 아무래도 그녀의 화두는 어멍!인 성싶었다. 마침 두
시 배 탈 승객 줄 서라는 외침에 그 자리에서 벗어날 수 있었다.
　"이 밤 수중고혼이 되어 외로이 떠돌고 있을 두 영혼을 위해 건배
합시다!"
　강 처사의 제의에 자애는 상념을 떨치고 술잔을 든다.
　공 처사가 밤길을 밟아 또 한 차례 술 사 오는 것을 보면서 자애
는 자리에서 일어선다. 몸이 비틀거리지만 정신은 말짱하다. 현관
문을 열자 진눈깨비 섞인 바람이 세차게 뺨을 후려친다. 요사채로
가기 위해 마당을 가로지르는데 기다렸다는 듯 등대 불빛이 그녀의
허리를 찌른다. 어두운 객석을 비춘 조명처럼 써레질하듯 경내를
비추자 관객들이 드러난다. 현무암에 답삭 올라앉은 부처님 두상,
못난이 토우네 가족, 바위 삼형제, 현무암 해녀상……. 그들은 갑작

스런 조명에도 침착함을 잃지 않고 표정 변화가 없다. 그러거나 말거나 서치라이트가 한 차례 검문을 마치고 사라지자 어둠이 술렁술렁 제자리를 찾는다. 진눈깨비가 더 거세졌다.

자애는 술도 깰 겸 붙박인 듯 서서 먼 바다에 시선을 던진다. 바닷길 저편 항구의 휘황한 불빛이 부메랑처럼 가슴에 와 박힌다.

'도시가 저렇게 손에 잡힐 듯 가까이 있는데…… 나는 지금 여기서 무얼 하고 있는 걸까, 무엇을 찾아 여기까지 떠내려왔나…….'

습관처럼 주머니 속을 뒤지지만 휴대폰은 없다. 일부러 꺼서 여행 가방에 넣어두었다. 남편은 그녀가 잠시 여행 다녀오겠다고 했을 때 어디로 가느냐고 묻지 않았다. 다만 언제 가? 언제 올 건데? 방학을 맞아 습관처럼 떠나는 여행이거니 여긴 눈치였다. 피차 질문이 생략된 지 오래된 사이니까 새삼스러울 건 없었다. 이번엔 좀 멀리 가! 어디? 유럽? 미국? 아예 외국으로 멀리 보낼 셈이군! 남편이 힐끗 돌아보더니 더 이상 입을 열지 않았다. 그의 단단하고 무심한 등짝을 한 대 때려줄 관심이라도 남았더라면 그녀가 지금처럼 정체 모를 서글픔에 당황하진 않을 터였다. 같은 한국 하늘 아래 있다는 걸 알려줄 문자 한 통 보내는 데 인색하지도 않을 텐데.

'빔바다 뒤척이는 소리에, 불나비 같은 도시의 불빛에, 소주 몇 잔에 마음이 베이다니…….'

요사채 긴 복도를 걸어 들어가는데 착시 현상일까, 공동욕실 유리창에 비친 제 모습에 어디선가 본 듯 친근함을 느낀다.

역시 남편에게선 잘 갔어? 성의 없는 문자 한 통 수신된 게 없다. 속눈썹에 맺혔던 눈물 한 줄기가 뺨을 타고 흐른다. 새삼스러울 것도 없건만 서러움이 복받친다. 반드시 남편에 대한 서운함만은 아닐 것이다. 자애는 어둠 속에서 규칙적으로 유리창을 긋는 등대 불빛을 세다 잠이 든다.

2. 빈 배

머리맡에서 들려오는 어수선한 발짝 소리에 잠이 깬 자애가 창문을 여는 순간 현무암 해녀상을 배경으로 사진을 찍고 있던 관광객과 눈이 마주친다. 관음전을 둘러보며 합장하는 사람들, 기와 불사 코너에서 정성스레 기와에 소원을 쓰는 사람들로 마당이 꽤 북적인다. 유람선이 들어왔다는 뜻이다. 반사적으로 하늘을 올려다보니 구름 한 점 없다. 가증스러울 정도로 시침 떼고 있는 바다. 바다의 날씨는 정말 종잡을 수 없다. 뒷골이 당기고 무지근하다.

"차 한잔 하시지요. 술 깨는 데 직방인 좋은 차가 있어요."

관광객들이 대기하고 있던 임대 골프카를 타고 장군바위 쪽으로 사라지자 기와 불사 코너를 지키고 있던 강 처사가 그녀를 부른다.

"머리 많이 아프시죠? 바닷바람 쐬면서 해장차 한잔 하면 맑아질 겁니다. 허허허"

"배 들어왔나 봐요?"

"보시다시피 날씨가 언제 그랬냐는 듯 쨍하죠? 오늘은 도항선이랑 유람선 다 뜬답니다. 횟집들 며칠 공쳤으니 부지런히 벌어야죠."

손님을 태운 골프카들이 순환도로를 따라 씽씽 속도를 낸다. 대부분 횟집마다 골프카를 한 대씩 사들여 유람선이 들어올 때면 선착장은 호객행위로 시끌시끌하다. 일단 손님을 태운 골프카는 섬의 주요 관광지에서 사진 찍을 시간만 준 후 자기네 집으로 끌고 가 회 한 접시라도 팔려고 필사적이다. 절집과 친하지 않은 이상, 또 손님이 불교 신자라 세워달라고 요구하지 않는 이상 절 앞에서 멈추는 경우는 드물다. 관광객들은 땅끝섬에 절이 있는 것이 신기해 둘러보고 웬만하면 기와 불사를 한다. 절 입장에서 봐도 시주보다 기와 한 장 파는 게 수입이 짭짤한데 요즘 들어 골프카가 늘어나면서 걸어 다니는 관광객 마주치기가 쉽지 않다. 〈회나라〉와 〈해룡횟집〉 주인만 절집과 의리를 지키느라 관광객을 한 차례씩 내려준다.

정오 배가 뜨고 다음 유람선 들어오기까지 한 시간쯤 여유가 있자 강 처사는 쌓아둔 기와 뒤로 돌아가 담배를 피워 물며 눈을 찡긋한다. 삭발 머리에 털실 모자를 눌러 쓰고 잿빛 승복을 걸친 까닭에 관광객들은 그를 주저 없이 스님이라 부른다. 그도 굳이 신분을 밝히지 않는다.

프로판가스 통을 개조해 장작을 때는 난로 덕분에 십이월 하순의 바닷바람이 그리 차지 않다. 자애는 난로 곁에 바짝 붙어 서서 두 손으로 찻잔을 부여잡고 먼 바다를 응시한다. 폭풍이 지나고 난 다음 날의 바다는 배신감 들 정도로 잔잔하다. 그래도 변덕이 죽 끓듯 하는 사람에 비하면 포용력이 있어 모든 걸 다 끌어안는다. 수면은 파도로 끊임없이 뒤척이지만 물 밑은 짐작할 수 없는 깊이로 많은 생명들을 품은 채 기꺼이 터전이 되어준다.

자애는 일부러 들고 나온 휴대폰을 켜서 수신된 문자가 없나 확인하고 다시 끈다. 더 이상 학생들의 문자도 들어오지 않는다. 성적이 공개되면 사나흘은 학생들의 문자가 속속 들어온다. 대부분 예상보다 성적을 잘 받은 아이들이 감사하다, 건강하시고 방학 잘 보내시라! 하는 인사거나 예상보다 학점을 못 받았다고 생각하는 아이들의 애교 섞인 하소연이나 사정조 내용이다. 그러나 지난 주 들어온 문자는 가히 충격적이었다. 자신은 당연히 A+를 받아야 하는데, 왜 A냐, 무슨 기준으로 점수를 매겼는지 설명해달라는 일방적인 요구였다. 미선이, 미선이가 누구더라……? 하도 얼떨떨해서 처음엔 기억을 못 했고 곧이어 또렷이 기억해낼 수 있었다. 미선이의 학점은 그녀가 기말고사 시험지와 중간고사 대체 리포트, 학기 중에 걸었던 짧은 리포트 세 편을 찾아서 두 번 세 번 검토하고 내린 결과였다. 자애가 전화를 걸어 알아듣도록 설명했지만 선생이 들이댄 근거는 안중에도 없는 듯 설명을 다 듣고도 4학년 마지막 학기 학점이라 만회할 기회도 없는데 이렇게 주면 어떻게 하냐고 거칠게 항의했다. 난 당연히 A+ 받을 만했다구요. 선생님은 학점을 개인감정으로 매기나요? 개인감정이라니……? 상대평가인 만큼 다른 우수한 학생들에 비해 네가 학기 중에 제출했던 세 편의 리포트는 부족했단다. 오죽하면 두 번 세 번 다시 들춰봤겠니? 나도 선생님 강의 MP3에 다 녹음해놨는데 선생님은 학기 중에 강의에 충실했다고 생각하세요? 학점을 고쳐줄 의사가 전혀 없음을 분명히 밝히자 아이가 교수권에 도전해 강의 내용을 따지고 들었다. 그토록 생글생글 잘 웃고 상냥하던 아이가 학점에 이빨을 드러내고 으르렁댈 줄은 몰랐다.

자신이 받고 싶은 학점과 받을 만한 학점은 다를 수 있는데 가끔 아이들은 자신의 점수를 스스로 매기고 거기에 못 미치면 곧장 본색을 드러낸다. 학점에 목을 맨 아이들……. 지난 십 년간 셀 수 없이 많은 학생들을 가르쳤지만 이런 아이는 세 손가락에 꼽을 정도니 그나마 다행이다. 그 애는 거기서 그치지 않고 사제지간을 벗어난 맹렬한 비난조의 메일을 보내왔다. 자애는 가슴이 무너져 내리는 것 같았다. 온몸의 힘이 빠지고 맥이 풀렸다. 가르친다는 것에 대해 회의가 느껴졌다. 그러나 굽히지 않았다. 형평성을 고려해 정당하게 매긴 점수였다. 걸려 온 조교의 전화에도 굴하지 않았다. 조교 선생, 잘 들어요. 그건 학점을 고쳐줄 사유에 해당하지 않아요. 리포트 내용의 충실함이나 부실함은 내가 판단합니다. 총점에서 1점 혹은 2점 차이로 A+와 A가 갈리기도 한다. 성적을 받는 학생 입장에선 아쉽고 서운할 테지만 상대평가는 학점 인플레를 막기 위한 학교

측의 조치고, 선생은 그만큼 신중하고 객관적이며 냉정하게 평가해야 했다. 더러 학기 중에 선생과 친하게 지내면서 제때 적당히 만족할 만한 수준의 리포트를 제출하면 좋은 학점 받을 수 있다고 믿는 학생들이 있다. 그래서 상냥하게 인사 잘하고 음료수 자주 사다 놓는 학생일수록 거리를 둘 필요가 있다. 모든 것은 시험지와 리포트, 출석이 결정할 뿐이다.

자애는 이번 학기를 마지막으로 십 년 강사 생활을 청산할 것인가 심각하게 고민하기 위해 떠나왔다. 어릴 때부터 꿈이었던 정교수 발령은 요원하고 교수들 간의 알력 다툼과 도제를 강요하는 은사의 권위주의를 받드는 것도 지쳤다. 강사 자리 하나 내주고 큰 은혜라도 베푼 듯 생색내는 선생의 운전사, 비서, 집사 노릇도 넌덜머리 났다. 아니, 몸이 힘든 건 견딜 수 있지만 사람을 손아귀에 옭아매고 숨통을 조이며 완벽주의를 요구하는 지도교수에게 서서히 지쳐가고 있다. 더구나 요즘 들어 또 다른 교수가 넌지시 원래 강사는 재임용을 두 번 이상 못 하게 하네…… 말했다. 그렇다면 벌써 재임용 다섯 번, 십 년을 채운 자신은 큰 특혜를 얻었단 말인가. 많이 봐준 셈이니 이젠 알아서 떨어져 나가란 말로 들렸다. 자네 앞길 자네가 알아서 가야지. 나도 내가 정년퇴임한 뒤 누가 들어올지 관심 없네. 제자가 한둘인가. 다 봐줄 수도 없고, 자리에 비해 졸업생이 너무 많아. 대학 시절부터 조교 강사로 이십 년 넘게 사제지간의 정을 쌓아온 선생의 말이라 충격이 더 컸다. 이래저래 회의에 빠져 스스로 물러날 것인가, 어쩔 것인가 심사가 복잡하다. 꼭 거미 잡아먹은 속 같다.

마당 한구석에서 장작을 패던 공 처사가 장작 서너 개를 들고 와 난로에 얹고 휘발유를 붓자 사위어가던 불길이 확 타오른다.

"아무리 남녘땅이라도 겨울은 겨울이라 바람이 차요. 감기 조심하세요."

그의 승복이 땀으로 다 젖었다. 통나무 의자에 앉아 차를 마시는 그의 옆모습이 바다를 배경으로 또렷하게 살아난다. 파르라니 깎은 머리가 잘 어울리는 두상이다. 잠시도 쉬지 않고 일부러 찾아서 하다 보니 그의 손길을 필요로 하는 일이 의외로 많다. 전기 배선부터 기와지붕과 보일러 수리, 황토벽 바르기, 하다못해 개집 짓기와 장작 패기까지……. 그래서 어딜 가든 환영을 받는다. 그러나 한 곳에 오래 머물지 못하는 것은 타고난 역마살 탓인가.

"손끝이 야무지신가 봐요?"

그가 씩 웃더니 장난스럽게 말한다.

"난 사람도 고치고 차도 고치고 못 고치는 게 없어요!"

관음전에 켜놓은 신묘장구대다라니경 선율이 바람을 타고 허공에서 회오리바람처럼 휘돌더니 석주를 감고 범종을 두드리다 갯바위를 어루만지고 다시 경내로 돌아온다. 끊어질 듯 이어지며 유장하게 흐르는 여승의 다라니경은 급기야 자애의 마음을 사정없이 휘젓는다. 처음 들었지만 가슴을 파고들어 저 밑바닥에 차곡차곡 쌓아두었던 생의 앙금들을 끄집어냈다. 삭였다고 생각했던 앙금이 수면 위로 떠오른다. 눈을 지그시 감자 다라니경이 가슴으로 파고들어 애간장을 녹인다. 면벽하고 좌선하며 숱한 밤을 참선으로 지새웠을 여승의 고뇌가 폐부를 찌른다. 소리 죽인 한숨과 죽비와 눈물과 희열로 얼룩진 비장함. 다라니경의 담금질을 견디지 못한 자애의 감은 눈에서 소리 없이 두 줄기 눈물이 주르르 흘러내린다.

"저기 바다 한가운데 배가 두 척 떠 있다고 칩시다. 두 배가 부딪쳤어요. 둘 다 사공이 있으면 큰 싸움이 나겠지요. 그러나 한 척만 사공이 있고 한 척은 비어 있으면 사공 혼자 화풀이하다 제풀에 지쳐 그냥 노 저어 갈 겁니다. 두 척 다 비었으면 말할 것도 없고요."

공 처사가 바다 쪽을 향해 돌아앉은 채 말을 잇는다.

"우리 인생이 빈 배 같기만 하면 희로애락, 애별리고의 고통 같은 건 없을 테지요."

"그렇군요……."

자애가 겨우 화답한다.

"욕심이 없으면 적이 없고 아는 게 없으면 걱정이 없고 싸우지 않으면 질 일도 없잖아요. 저도 그렇게 살려고 애를 씁니다만…… 쉽진 않아요! 허허."

"네에."

자애는 퍼뜩 공 처사의 어깨에서 아직도 내려놓지 못한 등짐을 본다.

그때 뒤뜰에서 진돗개 반야 밥을 주고 오던 강 처사가 혼잣말처럼 중얼거린다.

"새끼 중 한 마리가 젖 싸움에서 밀려 통 먹질 못하네? 저러다 굶어 죽겠어. 덩치도 제일 작고 어미젖을 찾아 물려줘도 잘 빨지를 못해."

"새끼들 눈은 떴습니까?"

"뜬 놈들도 있고 아직 못 뜬 놈도 있고. 그나저나 반야가 어디서 물리고 왔는지 절룩거리며 잘 걷질 못해요."

"그래요? 어쩐지 요즘 잘 안 보인다 싶더니……. 가봐야겠군요."

"막배도 떴으니 우리도 정리합시다."

서 바당 하늘에 붉은빛이 스러지자 관음전의 신묘장구대다라니경 테이프와 부처님 전의 촛불이 꺼지고 난로의 장작 불씨도 사위어간다. 함석 주름 연통으로 늙은이 콧김처럼 가는 연기가 피어오른다. 불씨를 점검한 공 처사가 뒤뜰로 향하자 강 처사도 기와 불사 금이 든 시주함과 찻주전자를 들고 본채로 향한다.

3. 반야네 가족

"어느 녀석이지? 누가 감히 섬 제일의 싸납배기로 용맹을 떨치는 우리 반야의 정강이에 송곳니를 깊이 박았을꼬. 훗날이 두렵지 않은 게야. 그렇지?"

공 처사가 진돗개 반야의 목을 어르자 귀를 눕히고 곧장 드러누워 배를 드러내며 복종 자세를 취한다. 퉁퉁 불은 젖통들이 제 무게를 못 이겨 늘어진다. 어디서 집단 보복 폭행이라도 당했는지 오른쪽 앞발 정강이에 생긴 두 군데 깊은 이빨 자국과 흰 털 여기저기 말라붙은 피가 예사롭지 않다. 마을 개들 중에 가장 사나워 대장으로 통하는 반야가 어쩌다 이렇게 심하게 물렸을까. 평소 절 앞길이나 뒤편 고샅길에 다른 놈이 접근하는 낌새만 있어도 달려 나가 으르렁대며 몽니를 부리더니 된통 당한 모양이다. 아무래도 덜렁대는 여덟 개의 젖통이 때문에 여러 마리의 공격에서 자유롭지 못했을 것이다.

'이 놈의 젖통이만 올라붙어봐라! 두고 보자.'

한바탕 물고 물리고 피비린내 나는 접전 끝에 간신히 위기를 모면한 반야가 절룩이며 돌아올 때 저울추처럼 성가시게 늘어진 젖통이를 원망했을지도 모르겠다. 반야는 아들 똘이가 마을 사람 누군가가 풀어놓은 쥐약을 먹고 죽자마자 대번에 영역을 확장하기 위해 임신을 했고 얼마 전 다섯 마리의 새끼를 낳았다. 막내 수컷은 형들에게 치여 젖을 못 먹어 조막만 한 것이 여태 눈도 못 뜨고 나동그라져 있다. 다른 녀석들은 고물고물 본능적으로 젖을 물고 빨고 핥느라 잠시도 제 어미를 가만두지 않는다.

"너무 불쌍해요. 저러다 죽으면 어쩌죠?"

뒤따라온 자애가 나동그라진 막내를 똑바로 엎어놓고 걱정스레 어루만지자 반야가 슬그머니 입으로 물어 집 안에 들여놓고 핥기 시작한다. 저희 종족들에겐 사나워도 절집 사람들에겐 한없이 온순하고 절대복종이다. 자애가 처음 왔을 때 요사채에 짐 푸는 걸 보고 대번에 절손님인 줄 알아차렸는지 짖긴커녕 부르면 꼬리 치고 쓰다듬어주면 지그시 눈을 감고 제 몸을 내맡겼다. 매끼마다 공양을 알리는 목탁 소리가 울리면 반야가 제일 먼저 달려오지만 절대 공양간이나 현관에 들어서지 않고 문밖에서 밥을 줄 때까지 마냥 기다린다. 폭풍우나 진눈깨비가 내리는 험한 날씨에도 마찬가지다.

"진돗개 순종이죠? 여긴 어떻게 섬인데 고급 품종의 개들 천지예요?"

"마을 남자들 과시욕이죠. 서로 질세라 뭍에서 족보 있는 명견들을 들여와 키운다는군요. 마을에서 주인 위상 따라 개들도 서열이 있어요. 우습죠? 하하하."

선착장에 유람선이 들어오면 가장 먼저 달려가는 게 개 떼와 골프카들이다. 개들은 관광객들이 던져주는 과자와 빵 따위에 맛 들여 꼬리 치며 반긴다. 마치 민박집 있어요! 호객하듯 꼬리 치며 저마다 한 사람씩 달라붙어 끈질기게 따라간다. 자애도 첫날 네눈박이 도베르만이 절 앞까지 호위하여 사이좋게 걸어왔다. 그때 반야가 달려 나오자 네눈박이가 혼비백산했다. 양쪽 눈자위에 있는 검은 얼룩이 마치 안경 쓴 것 같아 네눈박이로 불리는 도베르만은 껑충 큰 키에 가늘고 긴 다리가 도망가는 데 오히려 방해가 됐다. 평소 마을 개들에게 집단 따돌림당하는 데다 특히 반야를 무서워하는데, 그날도 반야가 달려 나오자 물리기도 전에 깨갱깽 비명부터 지르며 도망가다 제 뒷다리에 걸려 넘어지고 말았다. 그래도 늠름한 겉모습 때문에 일단 관광객의 시선을 끌고 귀염을 받아서 얻어먹는 걸로 연명하라고 주인은 아예 밥을 주지 않는다. 배가 안 들어오는 날도 있건만 주인도 참 무심하다. 늘 허기져서 허청허청 땅에 코를 박고 다니다 저도 모르게 영역을 침범해 동네 개들에게 혼쭐이 나지만 천성이 착하고 낙천적이라 처음 보는 사람 누구한테나 꼬리를 치며 달려가 아는 체한다. 자애는 마을 개들에게 늘 당하기만 하면서도 푼수 없이 착하고 맹한 네눈박이에게 가장 애착이 간다. 만날 이리저리 물리면서 긴 꼬리와 길다 못해 휜 다리로 경중경중 도망치는 모습이 안쓰럽다.

마을에서 가장 많은 품종인 진돗개 황구들과 짜장면집 콜리, 특히 마을 자치회장집 개 래브라도 리트리버 땡이는 관광객들의 인기를 독차지해 골프카 앞좌석을 차지하고 함께 관광하며 과자를 받아먹고 사진도 찍는다. 주인이 막대기를 바다에 던지면 겁 없이 뛰어들어가 물어 오고 더우면 해녀들의 스티로폼 테왁 주변에서 헤엄을 즐긴다. 땡이에게 함부로 시비 걸지 않고 저희 패거리에 끼워주는 것은 개들도 눈치가 빨해서 자치회장집 개를 저희들 두목쯤으로 치부하는 것 같다. 개들 사이에도 서열이 분명하다.

"상처가 깊은 거 같은데 이대로 아물까요?"

　어느새 비상 의약품 상자를 들고 온 공 처사가 덧난 상처의 고름을 짜기 위해 오히려 상처를 후벼 파자 반야가 깨갱 신음하며 몸을 비튼다. 농익은 피고름이 찔끔 나온다. 상처 부위를 소독하기 위해 포비딘을 붓자 반야가 깨갱깽! 허공에 단말마 비명을 지르더니 이내 몸을 축 늘어뜨린 채 붕대 감기 좋게 발을 들어준다.

　"모슬포에 동물 병원이 있긴 한데, 한 이틀 두고 보지요. 감염만 안 되면 새살이 돋아날 테니까요! 그나저나 어떤 놈이지?"

　섬에선 무료함에 지친 개들끼리 수시로 패싸움을 벌인다. 영역싸움이 치열해서 도처에 오줌을 싸고 다니며 친한 놈들 몇 마리씩 어슬렁대다가 자기 구역을 지나가는 거슬리는 녀석이 있으면 집중적으로 물어뜯는다. 처절한 비명이 오래가면 그제야 주인들이 뛰어나와 뜯어말린다. 섬 개들에게 싸움은 심심풀이다. 가장 싸움이 빈번한 길목이 선착장으로 가기 위해 반드시 지나가야 하는 분교 앞이다. 싸남이 뚝뚝 묻어나는 안짱다리 황구 녀석이 째진 눈으로 쏘아보며 컹 짖는 걸 신호로 딴청하고 있던 1호 짜장면집 노랭이 두 마리와 〈남도민박〉의 노랭이, 항상 눈물을 흘려 눈 밑에 얼룩이 지고 눈곱이 끼어 있는 〈해녀민박〉 눈곱이 달려오고 물정 모르는 순둥이 2호 짜장면집 콜리까지 합세해 이빨을 드러낸다. 때문에 다 같이 선착장을 향해 달려 나갈 때는 몰라도 관광객이 빠지고 자기 구역으로 돌아가야 하는 섬 안쪽 마을 개들은 고달프다.

　개들은 절대 상대에게 뒷모습을 보이지 않는다. 돌아서는 순간 상대가 물 것을 오랜 경험으로 아는 까닭에 자신이 약세라는 걸 알지언정 두 다리를 휘청거릴지언정 일단 그르렁대며 맞선다. 누가 먼저 상대의 급소를 무느냐에 따라 판세가 달라지는 까닭에 산책로, 분교 앞, 갈대밭에선 항상 팽팽한 신경전이 벌어지고 집단 몰매와 비명이 섬을 흔든다.

반야는 절집 개의 자존심이 있어서 선착장으로 달려 나가는 일은 없지만 대신 절 앞을 지나가야 하는 〈남도민박〉 노랭이나 〈해녀민박〉 눈곱, 〈삼정민박〉 백구, 물정 모르고 구석구석 헤집고 다니는 네눈박이를 견제한다. 녀석들일까……? 〈해룡횟집〉의 호피무늬 진돗개는 시커먼 호피로 우선 상대를 제압하는 데다 워낙 사나워서 담 안에 묶어놓고 키우니까 아닐 테고…….

"암튼 반야 새끼들 간수 잘 해야겠군요. 반야가 새끼 낳은 거 알면 다른 녀석들이 언제 습격할지 몰라요. 몇 달 전에 저 윗마을에서 새끼 두 마리 동네 개들한테 물어뜯겨 죽었거든요. 그다음부터 사람들이 새끼들은 집 안에서 키워요."

공 처사는 슬레이트와 벽돌로 개집 앞을 막은 후 폐자전거를 끌어다 기대어놓는다.

"여긴 마을에서 좀 떨어져 있고 갈대밭이 있어 새끼들 냄새가 덜 퍼질 테고 어쨌거나 녀석들이 반야를 무서워하니까 그런 일은 없겠지만, 만약에 모르니까요."

아귀아귀 제 어미 젖을 먹고 배를 불린 새끼들이 잠투정을 한다.

자애는 고물고물하는 그것들을 홀린 듯 바라본다. 작은 몸뚱이에 손톱 발톱 눈썹 콧구멍 없는 것 없이 다 있는 게 신기하다. 하품을 할 때 드러난 분홍빛 혓바닥이 앙증맞다. 손가락을 물려주자 잇몸으로 힘차게 빤다. 제법 빠는 힘이 세다. 아이를 낳아보지 못한 자애는 미물이지만 본능에 충실한 생명체에 경이감마저 느낀다.

인근 갈대밭 사잇길로 외지에서 온 낚시꾼 두 명이 지나간다. 땅끝섬은 돔 낚시가 유명해서 뭍에서 낚시꾼들이 많이 온다.

"서울 손님은 돔 낚시 한 번도 안 해보셨죠? 지금은 물때가 좋아서 낚싯대 담그기 무섭게 잡혀요. 손맛이 기막히죠. 저도 동네 사람들 눈치 보여서 두 번밖에 안 해봤지만……. 저녁때 매운탕 거리 만들러 가실래요?"

"그럼 강 처사랑 함께 가죠!"

"아마 이젠 안 가실 겁니다. 얼마 전에 강 처사님 회사 동료들이 놀러 와서, 노조 동지라나? 암튼 갯바위에서 낚시해 그 자리에서 회 쳐 먹다가 동네 사람들 눈에 띄어 입방아에 올랐거든요."

"왜요?"

"절집 사람이 살생하는 걸 배타적인 섬사람들이 가만 두고 보겠어요? 동네 사람들은 그분이 스님인 줄 아는데. 스님이 뭍것들 데리고 살생한다고 어찌나 말이 많던지……."

"아, 그렇군요."

"저야 뭐, 언제든 떠날 사람이라 뭐라 하든 말든 상관 안 하지만 그분은 주지 스님 체면도 있고 행동이 조심스럽지요.”

“그렇겠네요. 그럼 우리끼리라도 가요. 저도 여기 와서 낚싯대 한
번도 안 잡아보면 서운할 거 같아요.”

“십 분 후에 관음전 앞에서 만나지요. 전 얼려둔 새우랑 낚싯대
챙겨 나올 테니. 바람이 차니까 무장 단단히 하고 나오세요.”

4. 바닷속 좀 엿보고 오너라

절 뒤편의 고샅길에서 갈대밭으로 접어드는데 눈곱이 컹컹컹 짖
는다. 마루에 앉아 하릴없이 바다만 바라보던 〈해녀민박〉 주인 할
망이 혀를 차자 녀석이 꼬리를 말고 물러서며 두어 번 더 컹컹댄다.
눈곱은 평소엔 순하기 그지없는데 무리와 어울리면 괜히 적의를 드
러내며 으르렁대는 비겁쟁이다. 말은 상관없다 했지만 마을 사람들
눈치가 보였는지 승복 대신 평복으로 갈아입은 공 처사가 앞장서고
자애가 뒤따른다. 갈대숲을 헤쳐 나가는데 반야가 따라와 앞장선
다. 모처럼 새끼들 젖 등쌀에서 벗어나고 싶었는지 가잔 말도 없는
데 따라왔다. 한 발을 절룩이며 꼬리를 살랑살랑 흔든다. 눈곱이 컹
컹대다 슬그머니 물러선 이유를 알겠다.

다시 바람이 일기 시작했다. 두 사람은 동시에 멀리 시선을 던진
다. 검은 머리에 하얀 머리띠를 두른 듯 팔짱을 낀 채 달려오는 파도

저 너머로 서 바당의 붉은 노을이 장관이다.

"바다에선 해 떨어지는 것도 순식간이에요. 어둠이 빨리 오죠. 서둘러야 저녁 찬거리로 몇 마리 잡겠는데요? 하하하."

"이 섬도 특히 낚시가 잘되는 그런 곳 있지요?"

"포인트요? 낚시꾼들한테 가장 인기 있는 곳이 장군바위 아래 갯바위인데 거긴 지금쯤 동네 횟집 남자들이 다 차지했을 테고 아무래도 사람들 눈에 잘 안 띄는 곳으로 가는 게 좋겠어요."

그때 갑자기 갈대숲에 납작 엎드려서 그들이 다가오길 기다리고 있던 〈땅끝민박〉집 노랭이가 싸남이 가득한 눈빛으로 번쩍 일어서자 반야가 꼬리를 내리고 땅바닥에 코를 댄 채 냄새 맡는 척 딴청을 피우더니 급기야 절을 향해 냅다 달려간다. 대체 언제부터 노랭이에게 제압당한 것일까? 역전된 전세에 공 처사가 어리둥절해서 소리친다.

"반야! 반야야!"

노랭이가 컹컹컹 짖으며 얼마간 쫓아가는 시늉을 하다 쓰윽 돌아서더니 이들을 향해 적의 가득한 눈빛으로 노려본다.

"거 참, 놀랍네! 항상 저 녀석이 반야 눈치를 살피며 절 앞길을 설설 기이시 지나다녔는데."

"그럼, 반야를 물어뜯은 놈이 저 녀석 아닐까요?"

평소 자애가 산책 겸 섬을 한 바퀴 돌려고 나서면 다른 개들은 몰려왔다가 그녀 손에 먹을 게 없다는 걸 확인하고 미련 없이 가버리는데 노랭이는 열 번이면 열 번 다 사납게 짖고 끝까지 따라오면서 으르렁댔다. 살쾡이나 늑대 개의 그것처럼 매섭고 싸늘하게 노려보는 기세에 눌려 그 자리에서 꼼짝 못 하고 서 있다 주인이 호통을 쳐야 풀려날 수 있었다.

"아무래도 그런 거 같은데요? 허허."

"제발 이 섬 사람들 개 좀 묶어놓고 키웠으면 좋겠어요."

"그것도 살아 있는 짐승한테 못 할 짓이죠. 이 넓은 들판에서 자유롭게 뛰어놀게 해야지 산 짐승 묶어놓는 것도 죄짓는 거잖아요. 사실 물진 않아요. 먹을 거 달라고 그러는 거지. 무관심! 무관심이 최고예요. 갑시다."

그의 말을 증명하기라도 하듯 노랭이가 제집 앞에 발을 접고 앉아서 노려보기만 할 뿐 짖진 않는다.

"겁이 많을수록 괜히 더 짖고 으르렁대요."

"저 녀석은 아무래도 사시인가 봐요. 항상 째려보게!"

자애의 말에 두 사람이 함께 소리 내 웃는다. 장군바위를 지나 무내미 안통의 해안 절벽에 난 계단을 내려가 아늑하게 들어앉은 갯바위 위에서 공 처사가 걸음을 멈춘다.

"바위가 미끄러우니 조심해요. 파도가 덮쳐 휩쓸려 들어가면 도와줄 수도 없어요. 순식간이라…… 같이 죽는 거거든요."

"물이끼가 많이 꼈네요?"

"수시로 파도가 치니까요. 혹시 미끄러워 물에 빠져도 난 아무것도 못 봤다고 해야지. 하하하.”

낚싯대 줄을 고르며 공 처사가 장난스럽게 말한다. 녹은 새우를 겨냥해 날아온 바닷새 두어 마리가 근처를 빙빙 돈다. 공 처사가 한 주먹 던져주자 기다렸다는 듯 잽싸게 날아와 앉는다.

“같이 물에 빠질까 봐 못 본 체한다는 건 삶에 대한 미련이 남았단 얘기네요. 죽는 게 두려우세요?”

“부정하진 않아요. 다만 그냥 뭐랄까…….”

“처사님은 왜 세상을 등졌어요?”

“자유인이 되고 싶어서요. 백치가 돼서 세상을 자유롭게 떠돌고 싶었어요.”

“백치라고요?”

“백치가 되면 아무 생각 없을 것 아녜요? 고뇌도 미련도……. 아주 단순하게 살고 싶어요. 전 속세가 싫습니다.”

“에이, 그러면서도 머리 깎긴 싫으시잖아요!”

“수도의 길로 들어선다는 건 평생 부처님을 섬기겠다는 서약인데 그것 역시 어디에 얽매이고 구속당하는 거잖아요. 그게 부담스러워 여태 피하고 도망 다녔어요. 욕망에 꿈틀대고 죽살이〔生死〕가 있고 고통으로 가득 친 사마세계에서 평안과 구원의 피안에 도달한다는 게, 저 같은 범부가 가당키나 하겠어요?”

단호하면서도 뭔가 아득한 표정으로 그가 잠시 바다를 바라본다.

“하긴 마음에 얽매임이 없고 그릇된 마음을 바로잡아야 성불하는 건데 아무나 할 수 있는 건 아니지요.”

“서울 손님은 종교가 뭡니까?”

“딱히 뭐라 말하긴 그렇고 불경도 읽고 성경도 읽어요. 산에 가면 절에 들르고 일요일이면 교회도 가고요. 내 종교는 뭐다! 라고 말하는 것도 어디 얽매이는 거잖아요.”

“허허, 그렇군요.”

녹은 새우를 뒤적이더니 가장 큰 놈으로 골라 미늘에 끼우며 공 처사가 말한다.

“자아, 바다 밑 좀 들여다보십시다. 근데 오늘은 물색이 탁하네요.”

물이 탁하면 고기들이 미끼를 잘 보지 못해 입질이 시원찮아 전문 낚시꾼들은 일찌감치 낚싯대를 거두거나 포인트를 옮긴다. 그러나 전문가도 아니고 한두 번 손맛을 보면 족한 터라 그냥 낚싯대를 드리운다.

그가 몇 년 전 강원도 산 속의 절에서 노스님을 모실 때였다. 두 주불사라 앉은자리에서 밤을 꼬박 새면서 말술을 마시고도 절대 술에 끄들리는 법이 없는 노스님은 유달리 공 처사를 귀애했다. 그는 평소 말없이 궂은 일 도맡아 하다가도 무언가에 휘둘려 자신을 주체 못 하면 산 밑에 내려가 꼭지가 돌게 술을 마시고 와서 스님 거처 댓돌에 엎어져 흐느꼈다.

“스님, 전 영혼이 가난해요. 내 영혼 좀 구제해줘요. 스님!”

“야, 이눔아, 내 영혼도 구제 못 하는데 어떻게 널 구제하겠나!”

호통이 날아왔다. 꺼억꺼억…… 엎어져서 흐느끼다 뒹굴다 잠이
든 그를 스님이 끌어다 방에 눕히며 중얼댔다.

"이런 눔하곤……. 지 눔 영혼도 간수를 못 해 만날 잊어먹고 댕
기는구나."

그런 다음 날 속이 쓰리고 스님 보기도 민망해 구석에 쭈그린 채
시무룩해 하면 대나무 낚싯대를 던져주며 일갈했다.

"산 넘어 바닷속 좀 엿보고 오너라! 일천 자 낚싯줄을 곧게 드리
우니 물결 하나 일어날 때 만 물결이 따르고, 사방이 고요하고 물
은 차가워 고기가 물지 않으매, 텅 빈 배에 밝은 달만 싣고 돌아오누
나……. 예끼 놈, 네놈 주제에 달이나 싣고 오겠느냐? 선사의 시(詩)
인들 알아먹겠느냐? 네놈 마음의 물결이나 가라앉히고 오너라!"

바닷가 방파제에 걸터앉아 낚싯대만 하염없이 들여다보고 있으
면 이제는 스무 살 처녀가 다 됐을 딸애가 못 견디게 보고 싶었다.
이혼 서류에 도장도 찍지 않은 채 무작정 집을 뛰쳐나온 지 어언 십
년이라 딸아이 얼굴은 열 살 계집애에서 멈춰 있었다. 아내나 아들
은 둘째 치고 딸애가 왜 그리 애틋한지 모를 일이었다. 아비 없이 제
대로 크고 있을지, 유리 그릇 같은 딸애를 제대로 지켜주지 못했다
는 자책감이 사무칠 때면 등짝이 시큰하고 가슴이 미어졌다. 애초
부터 그에게 결혼 생활은 무리였다.

그의 유년 시절은 남 보기에 부러울 것이 없고 유복했다. 그러나
검사였던 아버지는 가부장적이고 엄격한 데다 괴팍할 정도로 외골

수라 가족들이 모두 숨 막혀 했다. 특히 장남인 그에 대한 아버지의 과도한 기대와 간섭을 견디지 못해 사춘기에 가출을 해 종로3가 창녀촌까지 흘러들어갔다. 부랑아들 속에 섞여 구두닦이가 된 그에게 종로3가 뒷골목은 새로운 세계였다. 기껏 십대 중반이라 성이 무엇인지 몰랐던 그는 누나뻘의 젊은 여자들이 밤이면 꽃처럼 피어났다 오전에는 시든 배추처럼 축 늘어져 있는 그곳에서 무슨 일이 벌어지는지 알지 못했다.

어느 무덥던 여름날 오후, 형들의 심부름으로 시원한 찬물 한 바가지 얻으러 들어갔다. 조악한 망사 커튼이 늘어진 좁은 복도의 첫 방이 활짝 열려 있었다. 호기심에 들여다본 방 안에는 여자들이 벌거벗은 채 곤히 자고 있었다. 시체처럼 널린 여자들의 알몸도 처음이지만 은밀한 곳에 새까맣게 들러붙은 동전만 한 것이 무엇인지 알지 못했다. 여자 하나가 잠결에 종이부채를 펄럭이자 흐트러지는 까만 동전. 그것은 다닥다닥 들러붙은 파리 떼였다. 축 늘어지고 벌어져 거무튀튀한 음부와 쪼글쪼글 말린 털에 들러붙어 쉼 없이 손발을 비비는 파리 떼……. 그 길로 뛰쳐나와 전봇대 뒤에서 구역질을 하는데 눈물이 그렁그렁 맺혔다.

어머니의 그곳, 가장 성스럽고 은밀한, 모태의 근원인 음부에 파리 떼라니……. 미래에 사랑하는 여인과 사랑으로 합일하게 될 소중하고 아름다운 꽃에 침범한 파리 떼와 그것도 모르고 네 활개 뻗은 채 자고 있는 누이 같은 여자들. 평소 참외 한 개, 떡 한 개 나눠주던 정 많은 누이들이라고 믿고 싶지 않았다. 가정 형편상 동생들 공부시키고 부모 약값을 벌기 위해 나왔다며 한숨 쉬던 불쌍한 누이들이라고 믿기 어려웠다.

훗날 아버지에게 잡혀 죽도록 얻어맞고 검정고시를 거쳐 대학을 졸업하고 부모가 정해주는 대로 억지 결혼을 하고 자식을 낳았지만 세월이 흘러도 그 여름날 오후의 장면은 화인처럼 찍혀 그를 괴롭혔다. 여자란 무엇인가. 적나라한 삶의 단면을 훔쳐본 그는 열지 말아야 할 판도라 상자를 연 죗값이 평생 갈 줄 몰랐다. 이제 딸애도 그때 그 여자들 또래가 되었을 것이다. 아비 없이 팍팍한 삶의 등성이를 오르고 있을 딸아이를 외면했다는 자책이 또 다른 비수가 되어 중년의 그를 겨누고 있었다.

'내 영혼은 이미 오래전에 죽었어. 이제 왔던 길로 되돌아가는 것만 남았어.'

방파제 테트라포드 위에 쭈그리고 앉아 흐느꼈다.

어느 날 큰스님이 조용히 불렀다.

"인연 따라 쉼 없이 움직이는 게 우리네 죽살이지만 움직이는 가운데 흔들리지 않는 중심이 있어야 하거늘 넌 그리 촐싹대고 마음이 여려서 인연커녕 네 몸뚱이 하난들 건사하겠냐? 가라, 가거라, 세상으로 나아가. 이 산중에 쭈그리고 있지 말고. 어허!"

쫓겨나다시피 등 떠밀려 절을 나온 그는 도회지로 나오는 대신 더 깊은 산중으로 들어갔다. 움막 한 채 지어놓고 가부좌 튼 채 생

쌀을 씹으며 몸부림쳤지만 마음속 감옥의 빗장은 열릴 기미가 없었
다. 사방에 촘촘히 우거진 나무가 철창으로 보여 가슴이 터질 것 같
으면 산길을 넘어지고 구르듯 달려 내려가 됫병 소주를 마시고 장
터거리 아무 데나 쓰러져 잠이 들었다. 그래도 얼어 죽거나 굶어 죽
지 않은 걸 보면 모진 게 명줄이었다. 한바탕 신열을 뿜어내고 가라
앉으면 지게에 쌀 한 포대 짊어지고 다시 산중의 움막으로 돌아갔
다. 바람 소리, 계곡물 소리, 새소리에 의지해 정진을 거듭했다. 아무
런 소리조차 들리지 않는 그 순간이 오길 고대했다. 그러나 기대가
클수록 바람 한 줄기, 처량한 밤새 울음소리, 도란도란 속삭이는 시
냇물 소리는 귓전에 더 크게 확대되어 왕왕 울렸다. 확성기라도 들
이댄 듯 골이 흔들리면 포기하는 심정으로 술독에 빠져 몸부림쳤다.

꼬박 이 년 만에 산중 생활을 걷어치우고 정처없이 떠돌다 땅끝
섬까지 흘러왔다.

"처사님이 그렇게 스스로 마음의 감옥에 갇혀 고통을 자초하면
서 얻고자 한 게 뭔지 여쭤봐도 될까요?"

"욕심나는 것을 일부러 안 봐서 마음이 청정한 것은 소승의 힘이
지만 욕심날 만한 것을 보고도 마음이 일어나지 않는 것이야말로
대승의 힘이라고 합디다. 마음이 일어나고 안 일어나고, 보이는 것
너머의 보이지 않는 세계를 마음으로 더듬어 짚어도 끄들리지 않는
마음 상태……. 그땐 이미 그것도 마음이라고 할 수 없겠지만 말이
오. 바람처럼 근원이 있되 어디서 와서 어디로 가는지 정처 없으면

서 막힘도, 걸림도, 부딪힘도 없이 무량하게…… 살고 싶었어요."

자애는 입을 굳게 다문 채 공 처사가 드리운 낚싯대의 찌를 노려본다. 탁구공만 한 찌가 물결에 이리저리 휩쓸리면서도 가라앉지 않는 것처럼, 숱한 파도와 바람을 뒤집어쓰면서도 나뭇잎처럼 떠 있는 섬처럼 의연하게 살 순 없을까. 스스로 어찌해보려고 안간힘을 쓴들 어디 삶이 뜻대로 되던가. 욕망과 절망도, 행복과 기쁨도 마음에서 우러나는 것인데 그 마음 하나 비우기가 어려워 이렇게 몸부림치는구나.

5. 청맹과니들

바람도 이웃 쌍퉁섬으로 마실 갔는지 양지바른 요사채 뒤뜰 반야네 집엔 토실토실 제 어미 젖을 빨고 잘 자란 새끼들의 장난질과 힘겨루기가 한창이다. 아직 삶의 고달픈 현실을 꿰지 못한 채 먹고 자고 올라타고 이도 안 난 잇몸으로 무는 흉내를 내며 깽깽거리다 지루해진 꼬마들의 무료한 하품만 억새들의 수런거림에 섞여든다. 12월 31일이건만 벌써 남녘땅은 봄이 와서 마당에 낚시돌꽃이며 해국, 번행초, 갯쑥부쟁이의 연한 잎이 돋아 군데군데 푸르다.

아침 일찍 첫 배를 타고 뭍에 다녀온 자애가 곧장 요사채 뒤편으로 돌아간다. 그동안 새끼들은 하루가 다르게 쑥쑥 자랐지만 막내는 여전히 못 먹어서 몸피가 작다. 눈을 뜨긴 떴지만 움직임이 거의 없고 형, 누나들에게 깔렸어도 깨갱 소리도 못 낸다. 자애가 손을 뻗어 막내를 들어 올리자 풀숲에서 반야가 나타난다.

"어머, 반야야, 너 거기서 뭐 했어? 왜 거기서 오니?"

수상쩍어 가보니 통나무 조각과 폐품을 쌓아놓은 억새밭에 반야가 누워 있었던 듯 풀이 누운 자국이 있다. 새끼들이 귀찮게 굴고 젖 먹이기가 고달플 때면 떨어져서 혼자 쉬었던 듯 아늑하고 외지다. 그래도 새끼들이 안 잊혀 누군가 제집에 접근하면 잽싸게 달려와 새끼들을 품는다. 요즘 들어 자주 집에서 나와 요사채와 공양간 중간의 찬 댓돌에 엎드려 꾸벅꾸벅 졸다가도 누가 요사채 뒤뜰로 간다 싶으면 잽싸게 달려간다.

제집에 들어서자 기다렸다는 듯 새끼들이 젖을 찾아 꼬물꼬물 모여든다. 반야는 앉아서 행여 새끼들 키 안 닿을까 봐 두 발을 벌려 엉거주춤 최대한 자세를 낮춘 채 젖을 물린다. 일곱 마리가 매달리자 눕지도 못한 채 꾸벅꾸벅 존다. 마치 자다 일어나 눈 비비며 아이에게 젖 물린 엄마 같다. 녀석들은 발톱으로 젖무덤을 짓누르며 버틴 채 분홍빛 혓바닥을 흡반처럼 밀착하고 쭉쭉 빤다. 배가 부른 녀석은 젖꼭지를 물고 고개를 한껏 뒤로 젖혔다가 고무줄 총 쏘듯 놓고 떨어져 나와 다른 녀석을 타고 넘는다. 이마와 콧등이 하얀 젖 범벅이다. 반야는 붕대 감은 다리로 버티는 게 힘겨운지 이쪽저쪽 무게중심을 옮기면서 행여 새끼가 젖에서 떨어져 나갈세라 낮은 자세를 유지하느라 안간힘을 쓴다. 자애는 그런 녀석이 참으로 기특하다.

꼭 아이를 원하는 건 아냐. 너무 마음 쓰지 말아. 처음엔 진심이었을 것이다. 그러나 결혼 생활 십 년이 넘도록 아이가 생기지 않자 남편과의 사이에 보이지 않는 균열이 생기기 시작했다. 강아지라도 데려다 키울까? 싫어. 아이한테 털 날리면 호흡기에 안 좋대. 아직 생기지도 않은 아이 걱정을 미리 하며 손사래를 치는 그녀에게 남편이 코웃음 쳤다. 아직도 마실 김칫국이 남았어? 장독이 크기도 하군. 친구 집 보니까 강아지도 사람 몫을 하던데. 집에 들어와봐야 무슨 낙이 있어야지? 유난히 개를 좋아하는 남편은 아이를 포기한 대신 개라도 키우자고 했지만 그때마다 자애의 아이에 대한 갈망은 더욱 깊어졌다. 꼭 낳고 말 거야. 생길 거야. 반드시 생긴다니까? 조금만 기다리자 여보! 집착이 포기로 변하면서 그녀는 삭이기 시작했다. 여자로 태어나 아이 한번 실어보지 못한 채 저무는 인생……. 남들은 속도 모르고 여자가 아이를 낳아보지 않으면 반쪽 인생을 사는 거라고, 엄마가 돼보지 못한 사람은 모성애가 뭔지 모른다는 소리를 아무렇지 않게 했다.

언젠가 남편과 함께 갔던 아이스 발레 갈라쇼에서 한 쌍의 남녀가 빙판을 가로지르며 그려낸 아름다운 동선에 감탄했던 적이 있다. 호흡을 척척 맞추며 짧지만 아름다운 그림을 그려내는데, 막바지로 갈수록 자애는 탄성과 박수가 나오기보다 마음이 저릿해서 눈

시울이 붉어졌다. 결혼 생활이 두 사람이 함께 그려가는 한 편의 드라마라면 제대로 시나리오도 써보지 못하고 마지막 장면으로 치닫고 있는 느낌이랄까. 이제 남편은 그녀에게 손을 내밀지 않는다. 도움닫기 하도록 허리를 받쳐주지도 않는다. 무대 위에서 두 사람은 등을 보인 채 반대쪽의 관중을 보며 인사하고 있다. 정녕 각자 퇴장만 남은 것일까.

'어쩜 우린 둘 다 인생의 가장자리에서 참 고달픈 인생을 살아내는, 살아가고 있는 것 같아. 한때는 당신이 내 편인 줄 믿었고 나도 당연히 당신 편이 되어야 한다고 생각했어. 아름다운 것을 보고도 아름다운 줄 모르니 당신과 나 모두 청맹과니야. 모두 당신 탓으로 돌리진 않아. 두 청맹과니의 지혜롭지 못한 처신으로 돌려야겠지. 골짜기에 눈이 켜켜이 쌓이고, 봄꽃이 아름다이 피고, 녹음이 짙어진들…… 그것이 아름다운 줄 보지 못하는 청맹과니들은 내내 투덜거리겠지. 대체 삶이 왜 이러냐고……'

가만히 고개를 젓던 자애는 생각난 듯 가방 속에서 항생제와 우유, 영양제, 분유, 젖병 따위를 꺼낸다. 반야의 밥통에 항생제 섞은 우유를 부어주자 녀석의 졸렸던 눈이 커지면서 맛있게 먹는다. 붕대를 풀자 몇 번 해봤다고 발을 들어주며 순한 눈빛으로 올려다본다. 상처를 소독약으로 닦아낸 뒤 연고를 정성껏 발라준다. 튜브로 된 영양제를 짜서 반야의 입에 듬뿍 넣어준 후 막내의 혀에도 묻혀주자 잘 받아먹는다. 손톱만 한 분홍빛 혀로 입맛을 다신다. 강아지용 젖병에 분유를 타서 흔드는데 온통 흘리고 물이 너무 뜨겁다. 강아지를 안고 입에 젖병을 물리자 허겁지겁 빨다 사레가 들렸는지 캑캑댄다. 녀석이 넘기기 좋게 안고 먹여야 하는데…… 처음이라 모든 게 서툴기만 하다. 이마에 진땀이 흐른다.

6. 제야

.

　자정이 가까운 시각, 범종 앞에 주지 스님, 강 처사, 공양주 보살 할망, 공 처사, 자애가 모여 섰다. 휴대폰 시각을 보며 카운트다운을 한다. 사위가 묵언 수행에 든 한밤, 이윽고 첫 타종이 시작됐다. 은성한 종소리가 경내를 돌아 갯바위로 마을로 퍼져 나가자 어둠 속에서 사람들의 발짝 소리가 들린다. 새해맞이 일출을 보러 섬에 들어온 관광객들, 갯바위에 앉아 어둠을 낚던 낚시꾼들이다. 해마다 땅끝섬에서 해넘이 해돋이 하며 한 해를 시작하려는 관광객이 많이 들어온다. 돌아가며 한 번씩 서른세 번의 타종이 끝나자 보살 할망이 녹차와 부침개를 내온다.

　"새해가 밝았군요. 축하합니나. 성불하십시오."

　주지 스님이 녹차 잔을 들고 한마디 하자 낚시꾼 중 한 사람이 말한다.

　"섬까지 와서 제야 기분 낼 줄 몰랐어요. 새해엔 다들 건강하시고 소원성취하세요.”

자애는 잠자코 찻잔을 받아든다. 찻잎 향기가 코끝에 스민다. 시린 마음을 녹이기에 그런대로 족하다.

“어머, 하늘에 달 좀 봐요! 내일 일출 꼭 봐야 하는데…….”

관광객 중 한 여자가 소리치자 다 같이 하늘을 올려다본다. 구름 사이를 비집고 나온 달에 달무리가 끼어 있다.

“달무리가 끼면 비가 온다고 했는데…… 이런 쯧쯧.”

“뭐야, 그럼 해맞이는 꽝이야? 이런!”

때 맞춰 낮은 포복을 하던 바람이 일시에 고개를 쳐든다. 갯비린 내를 품은 바람이 옷 속으로 스미자 한기를 느낀 사람들이 후두둑 몸을 떤다. 바람이 심상찮다. 어둠 속에서 뒤늦게 나타난 〈해룡횟집〉 주인이 반갑잖은 새해 인사를 건넨다.

“조금 전 풍랑주의보가 떨어졌어요. 내일 배 안 뜰 거 같아요. 어이 추워!”

관광객들과 낚시꾼들의 탄식이 마침 불어온 바람에 묻힌다. 자애도 낙심이 크다. 올해는 특별한 해넘이 해맞이를 할 수 있을 줄 알았는데……. 컵라면을 얻어먹은 낚시꾼들이 덕담을 건네고 어둠 속으로 사라지자 절집 식구들도 자리를 정리하느라 분주하다. 공 처사는 술 생각이 간절하다.

‘딱 한 잔만…… 딱 한 잔만 마시면 답답한 가슴이 뻥 뚫릴 거 같아.’

그는 아무 말 없이 쫓기듯 어둠 속으로 걸음을 재촉한다. 저 길

끝에 〈회나라〉 간판이 반딧불이처럼 불을 밝히고 있다. 완강한 바람에 저항하며 어둠 속을 비척비척 걸어가는 그의 걸음이 위태로우면서도 강단 있다.

자애는 기왓장 뒤로 돌아가 휴대폰을 켜고 남편에게 문자를 쓴다.

—당신 그거 알아? 사랑하는 마음도 쌓아두면 무겁다는 거…….

보내려다 말고 그냥 폴더를 접는다. 갑자기 형용할 수 없는 허기가 밀려온 그녀는 공양간으로 달려가 부침개를 한 입 가득 베어 문다. 그런 그녀를 유리문 밖에서 반야가 물끄러미 바라보고 서 있다.

섬, 섬옥수纖獄囚

2

1. 검투사, '어찌'

"뭐야, 벌써 한 수 걸었어?"

〈회나라〉 민박 겸 횟집 주인 인규의 말이 끝나기 무섭게 종태의 원줄이 활시위처럼 휜다. 휨새나 버티는 힘으로 봐서 제법 큰 녀석 같다. 신이 난 종태가 웃음을 참느라 입꼬리가 일그러진다. 서울에서 단골 낚시꾼들이 오자 장사 작파하고 서두른 탓에 몽돌 해안 작지 끝 포인트를 꿰차 기분이 좋던 인규가 입맛을 다신다. 작지는 조류가 세 대물이 잘 낚이는 대신 썰물 때가 아니면 못 들어온다. 그런 만큼 얼른 치고 빠지는 게 수다. 땅끝섬의 내로라하는 꾼이면 누구나 탐내는 작지 포인트를 차지해 내심 마릿수 조과를 기대하던 차에 어느새 나타난 종태가 선수를 쳤다. 고기 모으는데 다른 꾼들이 모여들면 짜증 난다.

'섬 구석구석 대물 포인트는 다 꿰고 있는 쟈가 하필 오늘따라 작지 끝으로 왔노.'

종태의 심중을 모르는 바 아니다. 원주민 꾼들은 외지 낚시꾼들 따라가서 체면상 밑밥 뿌리는 시늉 조금 하면서 철저히 그들의 밑밥을 이용해 고기를 낚는다. 물속 지형이며 조류를 훤히 꿰고 있어 고기 무는 지점을 정확히 아는 까닭이다.

"종태 씨는 5짜 아니면 안 한다며? 5짜 미만들은 놔주지 그래? 종태 씨가 싹쓸이하면 우린 어떻게 해?"

몇 년째 단골이라 종태와도 안면을 튼 이 사장이 슬쩍 운을 떼보지만 그는 묵묵히 낚아 올린 벵에돔을 살림망에 넣는다. 사십 센티는 족히 넘어 보인다.

"난 4짜라도 황송해요오."

또 다른 단골 김 사장이 목소리를 길게 빼며 흘끗 종태 눈치를 본다. 그러나 종태는 가타부타 말 없이 구멍찌만 뚫어져라 노려본다. 낚시에 몰입하면 곁에서 작두를 타도 모른다. 그에게 낚시는 평생 업이자 화두다.

불과 칠팔 년 전만 해도 섬 어디나 포인트라 아무 데나 낚싯대를 담가도 잘 잡혔지만 이젠 사정이 다르다. 어종도 줄었고 대물도 줄었다. 수협이 낚싯배며 어부들의 그물배에 과잉 허가를 내주는 바람에 불법 포획이 판을 친 탓이다. 고기잡이가 생업인 어부들의 배는 그렇다 치고 낚싯배나 유람선들까지 밑밥을 하루에 사십 킬로그램씩 뿌리면서 잡아대는 통에 고기들 씨가 말랐다. 땅끝섬의 명물인 벵에돔이 사십 센티 이상 크려면 적어도 십 년이 걸린다. 예전엔 삼십 센티 급을 잡으면 풀어줬는데 이젠 어림없다. 자연산 토종어류가 점점 씨가 말라가는 터라 4짜 이상 5짜를 탐내는 고수들 사이에 황금 포인트 쟁탈전이 치열하다.

"옛날엔 마, 소나기 입질이었어, 소나기! 넣었다 하면 쑥쑥 나와! 첨엔 뭣 모르고 한 마리라도 더 낚을라고 마 시간 절약한답시고 뜰채질도 안 해, 힘으로 들어 올리다 팔 저려, 여서부터 여까지 파스로 도배 안 했나?"

"허어~ 그랬어?"

"침 흘리지 마소, 이젠 다 옛날 야기니까."

인규가 흰 이를 활짝 드러낸다. 그는 참 자주 웃는다. 잇속을 훤히 드러내며 호탕하게 웃어서 보는 사람까지 기분 좋게 만든다.

"돈 많이 쓰면 쓰는 만큼 고기는 잘 잡히는 거라."

"그야 두말하면 잔소리지. 박 사장 말만 해요!"

"밑밥 열 장은 써야지. 게다가 미끼만 갖고 하는 기 아이고……. 조류가 흐르면 고기 무는 지점은 정해져 있으이까 엄한 데 밑밥 뿌려 잡어들 좋은 일 시키지 말고 한마디로 민박집 주인 말을 잘 들어야 한다 그기지. 하하하."

납작하게 얼린 크릴 한 봉지를 한 장씩 쳐서 열 장에 빵가루랑 집
어제 섞은 미끼 비용이며 사나흘, 길면 일주일 먹고 자는 비용까지
합치면 만만찮은 액수건만 고수들은 틈만 나면 섬으로 들어왔다.
대부분 섬에 처음 들어오면 주인이 낚시깨나 하겠다 싶은 민박집
에 여장을 푼 후 매운탕에 소주잔 기울이며 친분을 쌓았다. 화제는
대부분 포인트와 조류, 어종이다.

술이 한 순배씩 돌면 저마다 왕년의 조력을 과시하는 것이야말
로 최고의 술안주다. 그래도 역시 결론은 포인트다. 원주민 꾼들이
여간해서 입을 안 열고 말을 아끼는 황금 포인트를 알아내는 것이
술자리의 목적이다. 초행이면 특히 물때에 밝고 조류의 흐름이며
물속 지형을 꿰뚫고 있는 민박집 주인의 귀띔이 필수다. 그래서 땅
끝섬 민박집들은 제각기 전국 각지에서 오는 단골 낚시꾼들이 있
다. 서울에서 자영업을 해 비교적 시간이 자유로운 이 사장과 김 사
장도 인규와 처음에 그렇게 안면을 텄다. 동년배인 세 사람은 이제
막역한 낚시 친구다.

고향인 부산에서 어릴 때부터 낚시에 미쳐 살다가, 잘 다니던 직
장 때려치우고 벌였던 사업이 실패하자 섬에 들어온 지도 어언 십
여 년. 노총각이라는 말도 면구스러울 나이가 된 인규는 관광객들
상대로 애면글면 회 한 접시 파느니 낚시꾼들과 어울려 낚시하고
소주잔 기울이며 낚시 얘기, 세상 돌아가는 이야기 나누는 게 즐겁
다. 횟집 차리기 전에 다른 민박 겸 횟집에서 잔심부름해주고 횟감

을 낚던 시절이 좋았는데, 이젠 사장 소리 듣는 만큼 신경 쓰이는 일이 한두 가지가 아니다.

"그땐 하루 술판이 벌어지면 소주를 박스로 마셔도 주인이 아무 말 안 했능기라. 그만큼 잡았다 하믄 대물이야. 자연산 펄펄 뛰는 놈을 잡아 장사해주는데 누가 뭐라겠노? 행여 다른 집으로 갈세라 주인이 비위를 마이 맞췄지. 하하하."

술이 얼큰해지면 인규는 흐뭇하게 그 시절을 회상하곤 한다.

갯바위 주변에 포말이 일면 대물이 가까이 왔다는 증거다. 막대찌나 수중찌를 넣었을 때 찌가 물결에 슬슬슬 흘러가면 물 밑에 고기들이 모여 있다는 얘기다. 수심이 얕고 파도가 잔잔하면 벵에돔이 놀고 있기 십상이다. 벵에돔이란 녀석은 경계심이 강하고 겁이 많아 몸을 숨길 수 있는 수중 여가 많은 지역에 모여든다. 물속 암초들이야말로 녀석들의 놀이터이자 참호다. 그런 만큼 수중 여를 집중 공략해야 한다. 겨울이면 쿠로시오 해류를 따라 18도 안팎의 찬 수온을 찾아 건너오던 녀석들이 지구온난화와 이상 기온으로 바닷물 온도가 상승하자 4짜 이상은 귀한 몸이 됐다.

"희한한 건 말야, 겁도 많은 놈이 밑밥을 뿌리면 지 죽을 줄 모르고 먹겠다고 수면 근처까지 떠오른다니까. 하하하."

까탈스럽고 예민한 벵에돔들의 입질이 시작되자 신이 난 이 사장이 목줄찌를 달면서 달뜬 목소리로 떠든다. 김 사장도 3호 원줄에 목줄 2호, 좁쌀봉을 다느라 손놀림이 바쁘다. 벵에돔은 채비가

까다로운 만큼 잔재미가 좋아 끊임없이 고수들을 설레게 한다. 사람의 오감을 자극하는 손맛에 빠지면 헤어나기 힘들다.

"오늘 제대로 손맛 한번 보게 생겼군! 4짜는 나와줘야지? 허허허."

"자아, 벵에돔 대박이다아~"

경기가 얼어붙으면서 부적 사업이 어렵다고 전화로 푸념을 늘어놓던 두 사람의 얼굴에 활기가 넘친다. 사업을 구상한다느니 골치 아픈 머릿속을 정리한다느니 하는 말은 어림없는 소리다. 사실 바다를 보면 아무 생각 안 난다. 멍해지면서 머릿속이 텅 빈다.

오래간만에 낚시를 나선 인규도 내심 기대하는 바가 크다. 단골 손님 많이 들어오면 과수원집 아들이 정작 썩은 사과만 먹듯 좋은 포인트는 다 손님에게 양보하기 마련인데 오늘은 일찍 서둘러 작지도 차지했겠다, 두 사람도 손님이라기보다 친구에 가까워서 내심 경쟁심이 불붙었다.

'뭐이 뭐이 해도 땅끝섬 낚시의 진수는 긴꼬리벵에돔이라. 물때도 좋고, 뿔소라를 미끼로 써서 잡어들 접근도 막았겠다…… 와아, 그놈 손맛 본 게 언제였드노?'

일명 '어찌'로 불리는 검투사, 긴꼬리벵에돔! 근육질의 싸움 잘하는 잘 빠진 녀석! 어쩌면 인규를 땅끝섬에 붙들어 앉힌 건 녀석이었을지도 모른다. 한번 손맛을 본 후로 녀석에게서 헤어나지 못했다. 땅끝섬 낚시꾼 생활 십 년, 아니 평생 조력에 5짜 이상의 어찌는 걸어보지 못했다. 4짜 넘는 놈을 억지로 제압하려다가 줄이 터지면서 눈앞에서 놓친 경우는 몇 번 있었다.

어찌는 오십 센티 이상 되면 영물에 가깝다. 꾼들 사이에서 5짜 이상 긴꼬리벵에돔은 환상의 고기, 신비의 고기, 꿈의 고기로 통한다. 탁 걸었을 때 차고 빠져나가는 힘이 보통 사람의 운동 감각으론 제압이 안 된다. 인간의 운동 신경을 넘어선 빠른 속도와 힘을 도저히 당해낼 수가 없다. 그래서 한번 손맛을 보면 뽕 간다. 애간장이 녹는다. 찌가 쏜살같이 빨려들거나 챔질 하자마자 목줄이 터지면 대부분 긴꼬리벵에돔이다. 미끼를 무는 순간 잽싸게 내달리는데, 속도가 장난 아니다. 째는 힘도 워낙 좋아 웬만한 벵에돔은 저리 가라다. 수중 여와 여 사이의 조류 센 좁은 물골을 자유자재로 오르락내리락할 수 있는 것도 녀석의 힘이 좋은 까닭이다.

쿠로시오 난류를 타고 일본해를 왔다 갔다 하면서 크는 회유성 어류인 데다 심해어라 아직 우리나라에서는 연구가 미진해 전문 꾼들도 습성을 잘 모른다. 생긴 것도 벵에돔이랑 비슷해 자세히 보지 않으면 구분이 잘 안 된다. 꼬리지느러미 끝이 제비 꼬리처럼 날렵하면서 비늘이 작고 미끈거리는 데다 아가미에 검은 테두리가 있고 회를 치면 발그스름한데 그 맛이 다금바리 댈 게 아니다. 고소한 맛을 한빈 보면 다른 회는 먹을 수가 없다. 육질이 쫄깃하고 입안에 퍼지는 향이 독특하다. 일본에서 양식에 일인자라는 사람도 아직껏 어찌의 양식은 성공하지 못했다.

'오늘 어찌 한 마리 걸어주면 좋고……'

입맛을 다시다 말고 인규는 마음을 가다듬는다. 고기는 사람이 낚는 게 아니라 자연이 주는 선물이다. 아무리 날고 기는 고수나 노련한 어부도 억지로 고기를 잡을 순 없다. 그날의 조황은 바람, 수온, 조류, 물때는 기본이고 겸손한 마음이 더해져야 바다가 선물로 대물 한 수 걸어준다. 철들어 땅끝섬에 들어와 사시장철 고기를 낚으며 살아온 지난 십여 년이야말로 '자연을 거스를 순 없다'는 평범한 진리를 깨달은 시간이었다.

'앗!'

드디어 찌가 물속으로 사라지는가 싶더니 줄이 쏜살같이 풀려나간다. 순식간이다. 여간해서 표정의 변화가 없는 인규도 이번엔 어쩐 일인지 가슴이 쿵쾅거리기 시작한다. 드디어 한 놈이 왔다. 미끼를 물고 쏜살같이 내달리는 놈! 인규는 입에 잔뜩 고인 침을 삼킬 겨를도 없이 힘껏 챔질을 한다. 낚싯대를 통해 전신으로 번지는 손맛이 제법 묵직하다. 적당한 시차를 두고 릴을 감으면서 몸을 좌우로 천천히 튼다. 유연하게 허리를 틀며 녀석과 실랑이를 벌인다. 만만찮은 상대다.

눈치 빠른 이 사장이 다가와 뜰채를 들고 대기한다. 밀고 당기는 실랑이 끝에 딸려온 녀석이 수면으로 솟구친다. 하얀 배를 뒤집으며 다시 물속으로 자취를 감춘다. 대물은 대물이다. 얼핏 크기를 확인한 인규가 다급한 마음에 한 발짝 내딛다가 하마터면 감던 릴 핸들을 놓칠 뻔한다.

‘어찌……! 얼굴 좀 보여도고!’

포인트는 밀려드는 조류와 돌아나가는 조류가 만나는 지점으로 포말이 일어 산소가 풍부하고 수중에 암초인 여가 있는 지점이 최적이다. 그럴 때 파도가 적절히 쳐주면 더할 나위 없이 좋다. 물론 아쉬운 대로 파도나 포말이 없어도 조류의 소통이 좋으면 녀석들은 모여든다. 대물이 오는 길목에선 침착하게 뚝심을 갖고 기다리는 인내심이 필요하다.

“이게 뭐꼬? 부시리 아이가!”

“에잇, 히라스 나오는 거 보니까 오늘 종친 거 아냐?”

“입질은 완전히 검투사 4짠데 걸어보이……. 조류가 세서 속았다!”

하긴 긴꼬리벵에돔은 바위틈에 숨어 있다가 일몰 직전이나 일출 직전에 먹이 사냥에 나서는데, 간절한 맘에 순간 인규도 깜빡했다.

별명이 ‘미사일’인 부시리는 워낙 힘이 좋아서 그에 맞게 채비도 강한 것으로 해야 한다. 그러나 벵에돔 낚시가 목표인 꾼들에게 부시리는 아무리 덩치가 커도 반갑지 않는 손님이다. 바다에서 부시리와 벵에돔이 함께 놀진 않기 때문에 부시리가 나오면 물 밑에 벵에돔은 없다고 보는 편이 좋다. 손맛을 보기엔 부시리도 만만치 않지만 어쨌든 관심 밖이다. 히라스라고도 불리는 부시리는 맛이 떨어져 고수들은 그냥 놓아주곤 한다.

"항상 잡어를 퇴치할 것이냐, 멀리서 도사리고 있는 긴꼬리를 노려 밑밥을 투척할 것이냐, 이게 문제야!"

"처음엔 분명 벵에돔 입질이었는데…… 거 참 이상하네? 찌맛만 있지 손맛은 완전 꽝이구먼!"

미련이 남은 김 사장이 쩝 입맛을 다신다. 반갑지 않은 남동풍이 불기 시작했다. 간조가 진행 중이다. 이젠 접어야 할 때다. 너울이 심상찮다. 하늘도 잔뜩 찌푸려 어느 구름에서 폭우를 쏟아낼지 일촉즉발이다. 유효타 한번 날려보지 못하고 철수하려니 서울에서 꼭두새벽 서둘러 나선 길에 피곤이 몰려온다.

"일단 철수해서 요기 좀 하고 상황을 봅시다."

"그래야 할 거 같아."

실망한 기색이 역력한 서울 손님들의 어깨가 무겁다. 낚시 장비를 거두는 손놀림이 더디다.

"와아, 첫날에 꽝 치면 조짐이 좋아! 대박 날 조짐이야! 그것도 연달아 꽝 치면 올해 낚시는 대박이거든! 대박! 하하하."

인규가 큰 소리로 기운을 돋운다. 어느새 종태는 자취를 감추었다. 평생 땅끝섬에서 낚시로 잔뼈가 굵은 그는 사소한 조짐이나 기미만으로도 자연의 속뜻을 알아차리고 바로 엎드린다.

2. 낮술

짙은 코발트블루 눈동자가 제 몸을 내려다보고 있다. 오팔 아이
(opal eye)로 불리는 뱅에돔의 눈은 물고기 눈이라기보다 다듬어지
지 않은 보석 원석을 박아놓은 듯 짙고 깊다. 윤기 흐르던 짙은 흑
갈색 껍질을 벗고 내장 훌렁 쏟아낸 채 벼린 칼날에 저며진 제 살점
을 풀 먹인 옥양목 이불처럼 펼쳐놓았다. 목까지 하얀 이불을 덮고
누워 있는 모습이다. 아니 하얀 속치마를 뒤집어쓰고 누운 여인이
고개만 빼꼼히 내밀고 제 몸을 내려다본다고 할까. 이따금 지느러
미가 팔락, 살점이 움찔거리지만 녀석은 아픔을 못 느끼는 듯 깊고
푸른 눈이 무심하기까지 하다.

'뱅에란 놈은 눈이 이뻐서 슬픈 짐승이야…….'

인규가 회칼을 내려놓고 앞치마에 손을 쓰윽 닦는다. 접시 바닥
에 깔아놓은 데친 톳으로 녀석의 눈을 가릴까 망설이다 관둔다.

"자, 자, 마지막으로 맛있게 먹어주는 게 이놈에 대한 예의입니
다. 앉읍시다."

언제나 민박 손님들 상 차려놓으면 눈치 없이 끼어들어 맨 먼저
숟가락을 드는 할리 킴이 오늘도 아니나 다를까 눈곱도 떼지 않은
채 설친다.

"어이, 박 사장, 오늘 목탁 한번 치시지?"

인규의 심중을 헤아린 듯 이 사장이 주방 선반에 올려놓은 목탁

을 가져오며 빙긋이 웃는다.

“에이, 그거 순 폼이에요. 나 여기 와 있는 동안 치는 거 한 번도 못봤네!”

“박 사장이 할리 킴 보라고 치나? 이거야 원!”

“어쨌거나요!”

할리 킴이 끝까지 지지 않고 응수한다.

“괜한 소리들 말고 자자, 한 잔씩 드십시다!”

“종태 씨 불러야지?”

“아 참, 올 낀데. 전화해볼까?”

아까 작지 끝에서 돌아와 뒷정리하는데 종태가 슬그머니 유리문을 열고 들어왔다. 이거 회 떠서 들엉! 오전에 작지 끝에서 처음 한 수 걸었던 바로 그 벵에돔이었다. 와? 종태 씨가 잡은 걸? 여도 수족관 뒤지면 먹을 거 있다! 그건 물이 갔엉. 신선한 걸로 서울 손님들이랑 한잔하우다! 종태는 막무가내로 벵에가 담긴 아이스박스를 문간에 놓고 휑하니 가버렸다. 틈틈이 낚시로 잡은 벵에돔, 자리돔을 횟집에 팔아 늙은 잠수 어멍 봉양하며 사는 노총각이다.

“어이, 종태 씨! 지금 빨리 와! 술 한잔 해야지!”

전화를 끊자마자 기다렸다는 듯 종태가 유리문을 열고 들어선다. 만면에 웃음을 띤 그를 반기는 횟집은 땅끝섬에서 두 군데밖에 없다. 그가 기꺼이 찾아가 술잔 기울이는 횟집도 두 군데다. 원주민들은 서로 배타적이다. 불과 십 년 전만 해도 한 가족처럼 오순도순

지냈는데 관광지로 변하면서 현금이 돌고 타지 사람들이 돈벌이를 위해 섬으로 속속 들어오자 인심이 사나워지기 시작했다.

빠른 속도로 술잔이 서너 차례 돌고 나자 둘러앉은 남자들의 목청이 점점 커진다. 어느 한 사람의 이야기에 귀 기울이긴커녕 각자 지방방송 중이다.

미닫이 유리문 저편으로 바다가 물구나무를 서기 시작했다. 파도는 저들끼리 온몸으로 부딪쳐 부서지고 서로 들어 내던진다. 난장판이 따로 없다. 하늘은 굵은 비를 뿌려 싸움을 부추긴다. 고래 싸움에 등 터진 새우들이 처마 밑으로 돌진해 사선으로 부서진다.

술이 얼근해진 인규가 무연한 눈길로 바다를 응시한다. 사내들의 거친 목청은 음 소거 버튼을 누른 듯 사그라지고 허옇게 부서지는 포말로 바다의 소요사태를 짐작한다. 평생 마주하며 살아온 바다건만 바라볼 때마다 매번 다른 얼굴이라 당황스럽다. 새침하고 거칠고 온화하고 제멋대로면서도 질서가 있어 감히 범접할 수 없는 바다. 유년 시절 아버지 따라 감생이 낚시를 시작한 이후 평생 자신을 키워주고 품어준 바다가 새삼 두려운 건 왠가. 바다는 애써 생명을 키우는데 자신은 그 바다에서 뭇 생명들을 살상한 탓인가.

평생 바닷속만 엿보며 살아온 자신이 가끔 전생에는 산사람이 아니었을까 생각한다. 조용한 산사에 들어앉아 스님의 목탁과 염불 소리 들으며 좌선할 때면 마음이 편안하다. 가끔 마음이 울적해지면 자신의 손에 살과 뼈가 발린 채 죽어간 수많은 물고기들의 넋을 위로하기 위해 목탁을 두드리곤 한다. 부산 다녀오는 길에 거금을 주고 벼락 맞은 대추나무로 깎은 목탁을 사 온 것도 그 때문이다.

"박 사장, 난 말요. 가끔 비 오는 날 술 한잔 하고 집에 갈 때면 말야, 박 사장이 읊어주던 그 시…… 그 시가 생각나! 뭐더라……."

"뭔데? 시라니……?"

인규가 시치미를 뗀다.

"에이, 알면서. 있잖아? 그건 반드시 박인규가 읽어야 맛이 살아나! 왜냐? 그건 박인규 주제가거든. 꺽!"

"이런, 낮술 몇 잔에 벌써 취했네. 이 사장 술 센 줄 알았드이."

"살아서 고독했던 사람, 그 사람 빈자리가 차갑다……. 해삼 한 토막에 소주 한 잔……."

"소주 두 잔!"

"아니야, 한 잔!"

"두 잔이라니까?"

"한 잔이면 어떵 두 잔이면 어떵, 술 있으면 마시면 되게!"

"그렇지!"

말없이 잔만 기울이던 종태가 일순간 명쾌하게 정리를 해버린다.

"역시, 우리의 낚신이야! 내가 진짜! 지인짜 낚신이랑 술 한잔 하는 재미로 땅끝섬에 온다니까! 하하하, 우리 낚신 종태 씨를 위하여!"

"위하여!"

모처럼 종태가 우쭐해서 단숨에 잔을 비운다.

"이 시 말야?"

화장실에 다녀온 인규가 양변기 물탱크 위에 놓아둔 시집을 가져와 뒤적인다.

"그래, 그거 말야. 아직도 변소에서 읽어? 하하하."

"자아, 조용…… 조용!"

"쑥스럽네. 시는 조용히 눈으로 읽어야 하는데……."

"자아, 좌중의 열화와 같은 성원에 못 이겨 우리의 낭만주의자 박인규 사장의 시 낭송이 있겠슴다. 지방방송들은 잠시 꺼주시기 바람다."

할리 킴이 너스레를 떨자 못 이긴 듯 인규가 이생진 시인의 시집을 그러쥐고 조용히 눈을 감는다. 경상도 억양의 굵직한 저음이 둘러앉은 사람들의 얼굴과 마음을 어루만지기 시작한다.

살아서 고독했던 사람 그 빈자리가 차갑다

아무리 동백꽃이 불을 피워도 살아서 가난했던 사람 그 빈자리가 차갑다

난 베어놓을 수 없는 고독과 함께 배에서 내리자마자

방파제에 앉아서 술을 마셨다 해삼 한 토막에 소주 두 잔

이 죽일 놈의 고독은 취하지 않고, 나만 등대 밑에서 코를 골았다

술에 취한 섬 물을 베고 잔다 파도가 흔들어도 그대로 잔다

저 섬에서 한 달만 살자 저 섬에서 한 달만 뜬눈으로 살자

저 섬에서 한 달만 그리움이 없어질 때까지……*

그때 미닫이 유리문이 거칠게 열리면서 한 사내가 고개를 들이민다.

"여그 소주 파씨요?"

지그시 눈을 감고 시 낭송에 취해 있던 남자들이 일제히 문가를 바라본다. 처음 보는 사내다. 짧은 머리에 무스탕 코트, 검정 양복이 비에 젖어 착 달라붙은 게 한눈에 봐도 낚시꾼 차림새는 아니다. 게다가 새까만 얼굴색이며 미간에 잡힌 주름, 뺨에 길게 그어진 흉터. 올챙이처럼 빵빵하게 부푼 배를 가리지 못해 와이셔츠 단추가 금세라도 뜯어질 것 같다.

"소주야 있지요."

인규네 가게에서 잔심부름을 해주며 먹고 자는 할리 킴이 슬리퍼를 꿰고 한 걸음 나선다.

"사 가실래요? 지금 안주거리가 없는데……."

"김치 쪼가리라도 주면 먹고 감서야 더 좋지라!"

사내가 아예 한 발 가게 안으로 들어선다. 운동깨나 했음직한 다부진 몸과 큰 덩치에 눌린 할리 킴이 슬그머니 인규를 돌아본다.

---

* 이생진, 『그리운 바다 성산포』에서.

"들어오시죠."

사내가 한 테이블 차지하려다 말고 회 접시가 놓인 술판을 돌아보며 말한다.

"합석해불면 오늘 술값 나가 다 내불고. 히히. 나가 가진 게 돈뿐이랍디여!"

흰 이를 드러내며 씨익 웃는다. 까만 얼굴 때문에 앞니가 유난히 돋보인다. 막무가내 행동에 일행들은 썩 내키지 않지만 이미 사내는 상 모서리를 차지하고 앉았다.

"어디 묵으십니까?"

"문 연 집이 없습디다. 여그 민박도 치요?"

풍랑주의보가 떨어진 이 빗속에 대체 사내는 어디서 나타난 것일까. 모슬포에 살림집을 두고 출퇴근하며 반살림하는 다른 횟집 주인들은 아까 막배로 다 나갔을 것이다.

"그럼 여태 어디 있다 오시는 길이오? 이 좁은 섬에서……."

"방금 어선 타고 들어왔지라."

"어선?"

일행들이 약속이나 한 듯 소리친다. 대여 비용이 비싸 급한 환자나 관광객들이 기상 이변으로 섬에 갇혔다가 여럿이 돈을 모아 나갈 때 아니면 여간해서 어선을 부르지 않는다.

"아따, 파도가 겁나불더만. 디리 쌔려부러 몇 번 빠질 뻔했지라. 히히히."

유람선이나 도항선에 비해 덩치가 훨씬 작은 어선은 오히려 웬만한 폭풍에도 운항을 한다. 바다에서 평생 고기를 잡아온 노련한 어부들은 배를 파도에 맡긴 채 뒤집어질 듯 아슬아슬한 가운데 집채만 한 파도를 요령 있게 피하며 조업을 했다. 우리나라에서 두번째로 조류가 센 땅끝섬 앞바다니 멀미깨나 했을 것이다. 사내가 몇 차례 헛구역질을 하자 얼굴에 진땀이 흐른다.

"생강 먹으면 신기하게 멀미가 가라앉아요. 이거 먼저 들어보소. 빈속엔 멀미가 더 심해요. 뭣 좀 드셔야 할 낀데……."

인규가 식초에 절인 생강 접시를 밀어준다. 심상치 않은 사내의 등장에 일시에 찬물을 끼얹은 듯 술판은 정적이 흐른다. 찬 겨울비를 맞았으니 몸도 녹여줄 겸 요기를 시켜야겠다 싶은 인규가 주방에 들어가 벵에돔 내장을 넣고 지리를 끓인다. 어색한 분위기를 깨달았는지 사내가 한풀 누그러져 입을 연다.

"땅끝섬이 조막만 해도 원체 예쁘다고 꼭 가보라고 그럽디여. 게다가 뭐여, 그것이…… 대한민국 맨 끝이랑게 싸나이로 태났으면 꼭 한 번은 밟아봐야 안 쓰겄소. 그란디 날씨가 나 앞을 막겄소? 급한 성질머리에 어선 대절했지라. 아, 싸게 술 한잔 주씨요. 여그서 묵어가면 더 좋고! 싸장님, 방 있지라?"

"〈해룡횟집〉 해성 씨도 나갔나?"

할리 킴이 행여 자신의 방을 뺏길까 봐 선수를 친다.

"해성이도 당연히 나갔지. 가도 제주에 살림집 있어 반살림하잖

아. 어떻게 되겠지. 이 빗속에 쪼까내기야 하겠습니까? 일단 한잔 하십시다."

인규가 펄펄 끓는 지리 냄비를 상 한가운데에 놓으며 사내를 안심시킨다. 새롭게 술자리가 시작됐다. 사내가 맥주 컵 한 잔 가득 소주를 따르더니 건배를 제안한다.

"여러분들 진도 따라가려면 나도 이 정도는 해야 안 쓰겄소? 이것이 우리 전라민국 법도랑게. 자 달려붑시다."

연달아 맥주 컵으로 소주 석 잔을 비웠건만 사내는 취한 기색이 없다. 새까맣게 타들어간 얼굴에 문신처럼 새겨진 깊은 주름살, 괄괄한 말투에 기차 화통을 삶아 먹은 듯 큰 목청. 어깨를 들썩이며 말끝마다 매다는 웃음에 어쩐지 체념기가 묻어난다.

"천천히 들엉!"

종태가 걱정스러운 듯 한마디 하자 사내가 픽 웃는다.

"이 정도 갖고 술 마셨다고 할 수 있겄소. 한창 날릴 땐 앉은자리서 폭탄주, 사오십 잔 거뜬했는디. 내 몸 좀 보드라고. 이 알통, 근육 보이제? 건강만큼은 자신했는디 주야장창 먹다봉게 이자 몸도 가불고……."

아부도 사내의 술 마시는 속도를 따라잡을 수 없자 그저 입 다물고 멍하니 바라본다.

"디지기 전에 전국 팔도 유람이나 해보자 싶어 나섰당게. 다녀봉게 우리나라도 구석구석 안 예쁩디여? 히히히."

간암 말기 판정을 받고 세 달밖에 못 산다는 말을 들은 그는 전 재산 정리해 절친한 친구에게 택시 한 대랑 전셋집 얻어준 후 여행 삼아 떠돌다 때 되면 아무 데서나 죽을 작정으로 나섰다.

"우리 구역의 텐 프로 깔따구 하나를 사랑했는디…… 돈이 필요 허요 말로 했으면 나가 줄 거시오. 내 지집이다 딱 찍어났는데 뭣이 아까웠겠소? 안 그라요? 그란디 이것이 나한테 사기를 쳐! 이억 떼 묵고 잠수를 타부러? 허어 참! 첨에는 기도 멕히고 코도 멕혀 웃음 만 실실 나옵디다. 아그들 풀면 그것 당장 못 잡았겠소? 허나 내 평 생 첨 순정을 다 바쳐 사랑혔어. 그동안 숱한 냄비들 상대해봤지만 격이 틀렸당게. 격이! 다른 깔따구들 깝작대는 거랑 뭣인가 달랐어. 그려서 눈 딱 감고 보내줬는디 아, 못 잊겄대! 눈에 아삼삼한 게 죽 어도 못 잊겄습디여."

조폭의 중간 보스였던 그가 사십 평생에 처음으로 사랑했던 여 자의 배신에 상심해서 연일 밤낮으로 폭음을 한 게 병세를 더 도지 게 만들었다.

"의사 말이 맞다면 이자 한 달 안 남았소? 클클클."

말 끝나기 무섭게 맥주잔 가득 따른 소주를 단숨에 마셔버린다. 맘속 깊이 맺힌 사연을 털어놓으니 답답증만 더 도졌다. 그의 웃음 이 공허하게 허공을 맴돈다.

"이 섬에는 얼마나 묵을 작정입니까?"

"사흘 예정하고 들어왔는디…… 모르겄소. 한 바꾸 둘러보고 더 있을 만허면 있고. 부평초 인생인디 작정이랄 게 뭐 있답디여?”

“이제 술은 그만 드시고 날씨 개면 우리랑 낚시나 합시다. 여기 까지 왔으니 제대로 회 맛도 보고 펄펄 뛰는 놈들 보면 기분이 달라 질 겁니다.”

이 사장의 제안에 남자는 빙긋이 웃을 뿐 말이 없다.

겨울비가 울음 밑이 긴 아이처럼 오후 내내 질금댄다. 이 사장과 김 사장은 좀이 쑤시는지 나가서 바다를 살피고 들어오더니 낚시 장비를 손본다. 땅끝섬은 평소에도 조류가 워낙 세서 파도 치고 주 의보 내린 궂은 날씨에 오히려 조황을 기대해볼 만하다.

“어때, 박 사장! 한번 나가볼까?”

비 오는 날씨는 사실 낚시하기엔 악조건이다. 줄이 젖으면 축축 해서 아무리 힘껏 던져도 멀리 안 나가고 해가 없으면 물고기들도 움직임이 떨어져 이래저래 피곤하다. 기압까지 낮으면 고기들은 먼 바다 깊은 수심으로 잠수해서 숨죽인 채 꿈쩍도 하지 않는다. 오 늘은 안 먹겠다는 뜻이다. 그러니 입질을 기대하는 것은 무리다.

“자연이 악수(惡手)를 둔다고 물러서면 고수가 아니지.”

“그럼, 그럼!”

“술 이레 묵고 위험하나! 너울이 심해서 갯바위가 미끄러울 낀 데…….”

빗발이 굵으면 고기 모을 시간이 없으니 가까이 던지는 것도 한 방법이다. 멀리 서울에서 없는 시간 쪼개 찾아온 낚시꾼들은 악천

후라고 물러설 수가 없다. 호쾌한 입질은 고사하고 한 수라도 걸어야 속이 풀릴 것이다. 두 사람의 얼굴에 조바심과 낭패감이 역력하다. 그 심정 모르는 바 아니지만 그럴수록 인규는 느긋하다. 먼 데서 온 손님에게 너그럽게 한 수 선물할지 말지는 어디까지나 자연이 정할 일이다.

"난 언제쯤 갯바위의 흑기사를 대면할라나? 찌를 물었다 하면 확실하게 물고 가는데 말야."

유난히 낚시 욕심이 많은 김 사장이 긴꼬리벵에돔 타령을 한다.

"내가 작년에 추자도에서 4짜 한 수 걸었잖아? 완전히 경주용 오토바이가 스피드를 낸 것처럼 일촉즉발이야. 팽팽하게 당겨지면서 미끼를 타악 차고 들어가는데 그때 그 뜨거운 손맛은 진짜 못 잊겠더라구. 초반에 제압 못 하면 백발백중 줄이 터져버려! 뜰채질도 버겁더라니까!"

김 사장에 비해 한 수 위인 이 사장이 무용담을 늘어놓는다.

"오늘은 좀 그렇고 낼 새벽에 동틀 때 나갑시다. 가들은 낮엔 활동을 잘 안 해! 안전한 데 숨어 있다 해 질 때나 해 뜰 무렵에 움직인다 카이. 날씨도 기상청 홈피 보이 낼이면 갠다 카고……."

"그럼 푹 쉬었다가 내일을 기대해볼까? 추운데 떨었더니 삭신이 다 쑤셔!"

"그래 하소. 근데, 할리 킴! 저 끝방 아지매는 갔나?"

"글쎄? 그러고 보니 통 안 보이네. 그 아줌마 이상해요!"

"뭐가?"

"벌써 며칠째 방에서 꿈쩍도 안 해. 죽었나 싶어 귀 기울이면 방에서 부시럭거리긴 하는데. 밥도 안 먹고 줄창 소주만 까요. 어제는 냉장고에 재어놓은 소주 다 깠더라니까? 가끔 우는 것 같기도 하고……."

나흘 전 젊은 여자 한 명이 막배도 끊긴 지 한참 지나 어두운데 방 있냐며 들어왔다. 관광객이라고 하기엔 지친 기색이 역력한 데다 변변한 여행 가방이랄 것도 없는 단출한 차림이었다. 여는 남자들만 있어 불편할 낀데 괜찮겠습니까? 아지매나 할매가 있는 다른 집으로 가면 편하실 낀데! 불 켜진 집이 여기밖에 없어요. 한참 외지에서 낚시꾼들이 몰려올 시기라 방이 없을 법도 했다. 게다가 민박보다 음식 장사에 치중하는 집들은 뭍에서 출퇴근하느라 막배 타고 나가 비었기 십상이었다. 그럼 뭐, 할 수 없지요. 들어오소! 날도 추운데 여태 어디 계셨습니까? 배 끊긴 지 한참 됐는데. 등대 앞…… 의자요. 역시나…… 혼자 섬에 찾아 들어오는 여자들은 일단 의심할 필요가 있었다. 더구나 직벽으로 사십 미터 가까운 깎아지른 절벽의 등대 앞 의자에 홀로 앉아 어둠 속에서 여자가 무슨 생각을 했을지 물으나 마나였다. 여자에게서 옅은 술 냄새가 났다. 얼마나 계실랍니까? 글쎄……요. 여자의 목소리가 기어들어갔다. 소주 한잔 하실랍니까? 속 풀 뭐라도 디리까요? 여자는 말없이 고개만 끄덕였다. 여자 등 뒤에 서 있던 할리 킴이 검지손가락을 관자놀이에 대고 빙빙 돌렸다.

인규는 여자의 방 보일러 온도를 최대한 올리고 쟁반에 소주와 맑게 끓인 자리돔 지리와 김치, 밥 한 공기를 차려 방에 넣어주었다. 여는 관광객 상대로 장사하랴 낚시하랴 바빠서 손님 따로 챙겨 주질 몬합니다. 내 집처럼 편히 생각하고 필요한 거 있음 냉장고에서 꺼내다 드소. 밥은 밥통에 있고, 선반 위에 라면도 있고. 소주는 밖의 냉장고에 있습니다. 계산은 나중에 가실 때 한꺼번에 하면 되는 기고…… 회나 매운탕 잡수고 싶으면 미리 말씀해야 바다에서 펄펄 뛰는 자연산 활어를 잡아 옵니다! 우린 자연산 아님 취급 안 해요. 갯바위의 흑기사도 있고 근육질의 잘 빠진 검투사도 있고…… 눈이 보석 오팔처럼 예쁜 놈도 있고. 손님 원하는 대로 물 반 고기 반 저 바다에서 그냥 주워 옵니다. 하하하.

인규가 짐짓 유쾌하게 큰 소리로 말했다. 여자가 핏기 없는 얼굴에 피식 미소를 띤 것도 같았다. 살다 보면 말이야, 사는 기 그기 암껏도 아이라는 거 알게 돼요. 지칠 새가 어딨노. 지칠 새가. 무슨 사연인지 몰라도 푹 쉬다 가소! 혼잣말로 중얼거렸다.

3. 난쟁이 야생화

앞집은 여전히 설거지 중이다. 벌써 세 시간째 달그락달그락…….

미친 듯이 폭우가 쏟아지는 이 밤에. 여자는 비가 사정없이 들이치는 창가에 붙어 선 채 어둠 속을 응시한다. 금세 얼굴이며 옷이 다 젖었지만 개의치 않는다. 달그락달그락……. 한 치 앞을 짐작할 수 없는 칠흑 같은 어둠에 잠긴 앞집에서 계속 설거지 소리가 들린다. 굵은 빗발에 선잠을 깼는지 바람의 잠투정이 심하다. 바람도 잠을 잔다.

여기선 모든 게 사선(斜線)이다. 빗발도, 침도 사선으로 떨어진다. 창밖으로 보이는 모든 게 빗금을 그으며 허공을 사른다. 빨랫 술의 빨래도 사선으로 말라가고 담배 불똥도, 재도 사선으로 날아가 저만치 떨어진다. 바람, 바람 탓이다. 설거지도 바람의 짓이다.

"캑 캑!"

내뿜던 담배 연기를 잘못 삼키자 사레가 들린 듯 가슴이 몹시 따갑다. 배운 지 얼마 되지 않아서 서툴다. 끊어라 끊어. 어울릴 짓을 해라. 기집애. 담배는 무슨? 그런 소리 마! 이거 아니었음 너네들 내 얼굴 다신 못 봤을 거야. 반 강제로 끌려 나간 고향 친구들 모임에서 친구들은 변한 그녀를 이해하지 못했다. 친구고 가족이고 다 귀찮아 두문불출할 때 위안이 된 게 오로지 소주와 담배였다. 아 참, 앵두, 꼭지, 삼식이 그 애들…….

서른아홉 먹도록 오로지 안 먹고 안 쓰고 억척같이 모은 전 재산을 십년지기 친한 언니에게 사기 당했을 때 여자는 끝까지 현실을 믿지 않았다. 뭔가 잘못된 거야. 그 언니가 그럴 리가 없지. 곧 나타

날 거야. 그게 어떤 돈인지 나보다 더 잘 알잖아. 언니, 난 나중에 번 듯한 식당 내는 게 꿈이야. 알지! 아니까 말인데, 나만 믿고 투자해. 신도시 아파트 단지 상가인데 아는 사람이 분양받았다가 급한 사정이 있어 넘기는 거야. 사십 평이니까 갈빗집 내면 딱이야! 고깃집이 돈 벌어! 인테리어랑 부대시설 하려면 빠듯할 테니 융자 조금 받지 뭐! 요즘은 돈이 돈을 번다 너! 망설이다 좋은 기회 놓치지 말고 나만 믿어. 네 배짱으론 평생 분식집 코 묻은 돈만 만지게 생겨서 하는 말이야. 저지를 때 크게 한 방 저질러서 갈아타는 배포도 있어야지! 고마워! 언니 진짜 고마워! 고맙단 인사는 나중에 개업식날 하구 지금 당장 이 계좌로 돈 보내. 알았지? 그럼 바빠서 이만 끊는다.

그걸로 끝이었다. 평소 주변 사람이 사기 당해 애걸 복통하는 걸 볼 때면 사기 당하는 건 본인 책임도 있다며 얼마나 어리석고 욕심이 컸으면 당했겠냐고 비웃던 자신을 반성하기엔 이미 돌이킬 수 없는 지경이었다. 충분히 재고 고민했는데 대체 뭐가 잘못된 걸까. 고생해서 번 돈으로 조금 큰 식당을 가져보겠다는 게 과욕이었나. 언니와 함께 고생했던 십 년 세월을 믿었던 게 잘못인가. 대체 그 언니는 왜 내게 몹쓸 짓을 했을까……. 여자는 모든 게 혼란스러웠다. 풀리지 않는 의문은 실의를 불러왔고 실의는 절망으로 치닫게 만들었다. 손가락 하나 까딱할 수 없는 무기력감, 앞이 보이지 않는 캄캄 절벽 끝에 서 있는 기분으로 두 달을 보냈다.

깜박 잠이 들었던 걸까. 눈을 떠보니 머리맡의 유리창에 붉은 기운이 돈다. 일어나 창밖을 보니 동편 하늘에 빨간 풍선이 하나 매달려 있다. 풍선은 빠른 속도로 커지더니 금세라도 빵 터질 듯 부풀었다. 주변에 퍼지는 부챗살처럼 환한 빛무리가 눈부시다. 햇빛에 눈이 찔린 여자가 손등으로 눈을 가린다.

훌라후프만 해진 빨간 풍선에 홀린 듯 그녀는 옷을 껴입고 방 밖으로 나선다. 홀의 테이블 하나를 차지하고 앉아 강소주를 마시는 남자와 눈이 마주쳤다. 누군가와 통화를 하고 있다. 여자는 직감적으로 그가 어제 방 밖에서 들려오던 큰 목소리의 주인임을 알아차린다. 이른 새벽이라 다른 사람들은 아직 깨지 않았는지 조용하다.

"긍게 얼마나 기다릴게라? 이, 이. 어제 그 선착장? 거그가 자리덕이여? 알았어라. 이따 다시 전화 때리씨요!"

"벌써 가시게요?"

"생각해봉께 여그서 사흘 묵기엔 시간이 아까워라. 근처 섬 몇 군데 더 둘러보고 올라갈까 허네요. 나가 진즉 요렇게 시간을 아낌서 살았으면 요 모양 요 꼴은 안 됐겠구나 싶응게 하고 자픈 거, 가고 자픈 디, 먹고 자픈 것도 참말로 많소. 히히히. 이잔 그렇게 살라요."

홀로 해장술을 마시고 있는 그가 불콰한 얼굴로 먼 바다에 시선을 던진다. 굳게 다문 입과 강인한 턱, 떡 벌어진 어깨가 그의 마지막 자존심을 받쳐준다.

"아줌마, 빗속에 안 내쫓고 재워줘서 고맙구만이라. 난중에 살아 있으면 또 봅시다아. 히히."

가게 주인 여자로 알았는지 사내가 인사를 건넨다.

'살아 있으면 또 보자구……? 서서히 죽어가는 독약을 쏟아부으면서도 농담할 수 있는 저 여유는 어디서 나오는 걸까?'

여자는 대답 대신 목례를 하고 가게를 나선다. 바다가 잔잔하게 포말을 일으키며 기지개를 켜고 있다. 언제 폭풍이 불었냐는 듯 온 천지가 맑게 개었다.

'아무리 살아온 시간이 후회돼도 시간을 되돌릴 순 없어.'

여자는 자기 설움에 겨워 흑 울음을 삼킨다. 지겹게 곱씹으며 되새긴 지난날의 실수를 이젠 생각조차 하기 싫다. 산책로를 따라 등대의 반대편으로 방향을 잡는다. 칠렐레 팔렐레 사방팔방에서 불어온 바람이 그녀를 억세게 낚아챈다.

'이대로 바람에 날아가면 좋겠어.'

양팔을 활짝 벌려 허공을 품에 안으니 금세라도 날아갈 듯 몸이 가볍다. 억새들이 옹기종기 몸을 포갠 너른 초원이 나타났다. 억새들은 며칠간의 시달림에 머리를 풀어 헤친 채 시난고난 빛을 잃고 늘어져 있다. 늙은 귀부인의 장신구처럼 온몸에 매달린 서리도 빛을 잃었다. 그것들을 일으켜 세우는 것은 바람이다. 모진 바람만이 그것들을 쓰러뜨리고 또 일으켜 세운다.

땅만 바라보고 걷던 그녀 발밑에서 무언가 햇빛에 반짝인다. 쪼

그리고 앉아 들여다보니 보랏빛 난쟁이 야생화다. 얽히고설킨 잔
디 뿌리 사이로 고개를 내민 엄지손톱만 한 꽃 한 송이. 모진 바람
을 피해 한껏 키를 낮춘 채 얼어붙은 흙을 뚫고 나와 '나 여기 있어
요' 제 존재를 한껏 뽐내고 있지 않은가. 찬비와 해풍의 성화로 대
지가 몸살을 앓는 동안에도 땅은 이미 몸을 풀고 봄 맞을 채비를 하
고 있었던 모양이다. 앙증맞은 얼굴 가득 햇살을 받으며 꽃이 웃고
있다. 여자는 손끝으로 보랏빛 꽃잎을 어루만지고 쓰다듬는다.

4. 사내들

"저 모퉁이 코너 하나 줄 테니 뭐라도 하란 말야. 오뎅을 팔든 붕
어빵을 굽든 니 힘으로 벌어 먹고사는 게 안 낫나? 오뎅 판다 카믄
내가 국물 끝내주게 만들어줄 기고, 붕어빵 굽는다 카믄 빵틀 구해
다 준다. 밤낮 술에 쩔어…… 우짤 긴데?"

"어라? 에이, 쪽팔리게 무슨 오뎅을 팔아요?"

"그럼 내한테 월급 받고 머슴 살래?"

"같은 말이라도 머슴이 뭐야, 머슴이……? 명색이 카순데. 형님
은 카수를 아주 우습게 아셔! 그러지 말고 조금만 생각해줘요. 형도
나 그냥 부려먹으면 미안하지 않아요?"

"하나도 안 미안타! 하하하."

　서울의 삼류 나이트클럽에서 노래를 불렀다는 무명가수 할리 킴은 어느 날 관광객들에 묻어 섬에 들어왔다가 어슬렁어슬렁 인규의 가게로 들어섰다. 아무 일이든 할 테니까 그저 먹여주고 재워주면 돼요. 돈 필요 없어요. 정말임다. 밥값은 할게요. 나이 불문하고 횟집 겸 민박집에서 남자들이 할 일이란 민박 손님 심부름해주고 청소하고 관광객들 호객하고 낚시 포인트 안내해주고 밤에 함께 술 마시고……. 한마디로 세월 죽이는 데 땅끝섬처럼 만만한 곳도 없다.

　직장 잘리고 사기 당하고 돈 떼이고 이혼하고 부도 맞고 보증서서 집 날리고……. 한마디로 인생 실패자들이 오갈 데 없으면 섬으로 들어왔다. 할리 킴도 나가던 업소 한꺼번에 잘리자 당장 먹고 살 일도 막막하고……낚시나 하자 떠나왔다가 인규네 가게에 눌러앉은 것이다.

　그가 처음은 아니다. 어디서 소문을 들었는지 생면부지의 남자들은 속속 인규네 가게에 와서 몇 달씩 머물렀다. 처음에는 한결같이 그저 먹여주고 재워주기만 하면 된다, 돈 필요 없다, 했다가 눈앞에서 현금이 돌아가고 섬 생활이 무료해지면 슬슬 본전 생각이 나는지 월급 타령을 했다. 게다가 열등감으로 똘똘 뭉쳐 사소한 말 한마디에도 발끈하거나 틈만 나면 왕년에 잘나가던 시절의 자신을 과대포장해서 늘어놓았다. 술자리가 길어지면 주정으로 이어져서 이래저래 피곤했다. 숱한 사내들이 제집처럼 드나들다 보니 인규는 오는 사람 막지 않고 가는 사람 잡지 않는다.

요즘 부쩍 할리 킴은 입이 댓발 나와서 무슨 말을 해도 못 들은 체하거나 마지못해 움직이긴 해도 느려 터졌다. 월급 주지 않는다고 시위하는 것이다.

"니 와 불어 터졌노? 사람이 눈치가 있어야지. 눈치가! 그래 불퉁거려봐야 니만 손핸 기라."

장사를 해서 스스로 먹고살라며 월급을 거절하자 단단히 맘 상했는지 초저녁에 나가 밤이 이슥해서 만취해 들어오는 날이 많다. 좁은 섬에서 밤에 남자들끼리 모여 술타령할 만한 집이 뻔하다. 좁은 섬에서 빤한 사람들끼리 부대끼다 보니 모이면 뒷담화다. 사내들도 수다스럽다. 으레 그 자리에 없는 사람이 안주다. 말 많고 탈 많은 주민들과 섞이는 걸 원치 않는 인규는 차라리 모르는 체 잠자코 있다.

"형, 아무래도 끝방 여자 뛴 거 같아요."

"뛰다니?"

"짐은 있는데 며칠째 안 보여!"

"신분 확인할 만한 거 뭐 있드나?"

"없어. 그냥 낡은 옷 몇 벌…… 방값이랑 소주, 백반정식, 라면…… 처먹은 게 얼마야? 에이, 니미 씨팔! 그러게 중간 정산 한번 하래니까…… 형은 이상할 때 맘이 좋더라! 나한테도 좀 그러지."

"어데 갔노…… 온다 간다 말은 하고 갈 사람 같던데……."

인규는 마음 한구석이 영 찜찜하다. 몇 년 전이었던가. 부부가 놀러 와서 밤에 매운탕에 소주 한잔 마시다 시작된 부부싸움이 격렬해졌다. 갑자기 뛰어나간 아내가 돌아오지 않자 캄캄한 밤에 손바닥만 한 섬 구석구석 뒤졌지만 흔적이 없었다. 다른 민박집 수소문해봐도 어디에도 머물지 않았다. 답은 나온 셈이었다. 밤새 울부짖으며 헤매 다니는 남편 보기가 딱했다. 여자는 무려 보름 만에 조류에 쓸리고 물고기 밥이 돼 처참한 몰골로 형제섬 앞바다에서 건져 올려졌다.

바다 한복판에 고래등처럼 둥실 떠 있는 섬은 사방이 깎아지른 절벽이라 어둠이 내리면 목책을 쳐놓은 섬 가장자리엔 여간해서 접근하지 않는다. 인규는 내내 사라진 여자가 꺼림칙하다.

5. 재회

적정 수온이 유지되는 겨울철에 근거리 뱅에돔 낚시는 여치기가 최고다. 한두 평 남짓한 여에 올라서 안전장치 하나 없이 오로지 발바닥에 힘을 준 채 집어삼킬 듯 밀려오는 파도와 맞서며 찌를 드리우는 건 순전히 입질과 손맛 때문이다. 그런 만큼 파도를 두려워하지 않는 전투력과 집중력이 필요하다. 여치기는 간조 때문에 시간이 촉박해 얼른 치고 빠지는 게 수다. 지난번 헛손질을 만회하러 다시 시간을 내 섬에 들어온 이 사장과 인규는 쌍퉁찬여로 여치기 낚시를 나왔다. 상투를 뜻하는 쌍퉁찬을 줄여 보통 쌍여, 쌍여 하는데 인근 여치기 포인트 중 가장 조황이 좋기로 소문나 있다.

잡어들이 아우성치다가 일시에 잠잠해지면 벵에돔이 여로 접근하고 있다는 증거다. 재수 없는 날이면 안간힘 쓰며 저항하는 고기와 실랑이 끝에 줄이 여에 쓸려 끊어지고 고기도 놓치기 십상이다. 대물 낚시는 체력은 물론 뚝심이 중요하다. 집념과 노력의 결과라고 할까.

"그나저나 박 사장은 결혼 안 해? 아예 생각이 없는 거야?"

"할 생각도 없고, 가진 기 없으니 할 수도 없고……. 모아둔 돈도 없는데 여자 데려와 고생 시킬 바엔 혼자 사는 기 안 났나? 하하하. 어떤 여자가 답답하게 섬에 들어와 살라 카겠노. 내야 낚시하는 재미로 살지만 여자야 어디 그렇노? 혼자 살다 보니 돈도 필요 없고 쓸 데도 없고 돈이 귀찮다! 이래저래 그냥 사는 기지."

"결혼해서 마누라랑 자식새끼 키우고 사는 내 입장에선 안 하는 게 속편하다 말리고 싶지만……, 점점 나이 먹고 건강도 예전 같지 않다 보니 그래도 곁에 누가 있어줘야 하지 않겠나 싶어. 근데 하긴! 요즘은 그렇지도 않은 세상이야. 오죽하면 간 큰 남자 시리즈가 2탄, 3탄 떠돌겠어?"

"간 큰 남자? 그게 뭔데?"

"마누라 눈 똑바로 쳐다보는 남자, 말대답하는 남자, 마누라 윤

허 없이 채널 함부로 돌리는 남자, 쥐꼬리만 한 월급 주고 어디에
썼냐고 캐묻는 남자. 또 뭐라더라? 응. 마누라 외출하는데 어디 가
냐고 묻고 언제 들어오냐고 물으면 간이 배 밖에 나왔다나? 하하
하. 자네는 그런 마누라 없으니 세상 편한 거지. 안 그래?”

“하하하.”

모처럼 사이좋게 벵에돔 4짜를 몇 수 걸어 기분이 좋은 두 사람
이 태우러 다가오는 보트를 향해 힘차게 손짓한다.

도항선 막배가 들어왔는지 선착장 쪽의 언덕 위로 사람들의 머
리가 나타난다. 관광객들은 뿔뿔이 흩어져 사진을 찍으며 어슬렁
어슬렁 나타나지만 주민들은 일렬로 총총 바삐 걸음을 옮긴다. 인
규와 이 사장은 고기를 수족관에 풀어놓고 낚시 장비를 정리하느
라 손길이 바쁘다.

“저녁때 소주 한잔 해야지?”

“그래야지.”

그때 할리 킴이 막 도항선을 타고 들어온 새 주인의 짐을 오토바
이에 싣고 쌩, 가게 앞을 지나간다.

“쟤는 〈남도민박〉으로 완전히 옮긴 거야?”

“지가 간다 카니 가라 했지. 월급 받기로 했다 하대! 잘됐지 뭐.”

“이 좁은 구석에서 옮겨 다니고 그럼 뒷말 나지 않겠어?”

“뒷말할 게 뭐 있노. 다 겪어보면 알겠지. 신경 안 쓴다!”

저녁 겸 술 한잔 할 생각에 인규가 회 뜰 준비를 하는데 유리문이

조심스레 열린다. 한 여자가 서 있다.

"저어……."

"민박하실라고요?"

"저어 기억나세요? 외상값 갚으려고 왔는데……."

지난번에 사라졌던 그 여자다. 이번에는 제법 큰 옷 가방을 끌고 서 있다. 게다가 발치에서 불안한 눈동자를 굴리며 서성이는 개 세 마리.

"아, 드 들어오소."

인규는 무엇보다 여자가 살아 있었다는 사실이 반갑고 기쁘다.

"근데 웬 갭니까? 우째 이 먼 섬까지 아아들을 데리고……?"

"그때 제가 묵었던 방값이며 술값, 먹은 것까지 적잖은 액수일 텐데. 갚으려니 돈은 없고. 대신 제가 주방에서 뭐든 할게요. 설거지랑 음식 잘해요. 제가 원래 분식집 했거든요. 대신 애네들도 같이…… 지내면 안 될까요?"

인규는 난감하다. 음식에 개털 날리면 위생상 문제다. 숱하게 드나든 남자는 많았지만 애도 아닌, 개 딸린 여자는 처음이다.

"사정 좀 봐주세요. 저한테 또 버림받으면 정말 갈 데가 없는 불쌍한 애들이에요. 애늘 셋 다 짖지도 않고 오줌똥 잘 가려요. 제 방에서 함께 지낼게요. 대신 제가 두 배 세 배로 일 많이 할 테니 제발……."

"하아, 참! 어쨌거나 들어오소."

“우리도 막 저녁 겸 술 한잔 하려던 참이니 앉으세요.”

이 사장이 앞장서서 개들을 몰아 방에 넣더니 여자를 끌어 앉힌다.

“아지매, 그때는 와 온다 간다 말도 없이 사라졌습니까?”

“…….”

“이래 살아 계신 줄도 모르고 걱정 많이 했다 아입니까? 하하하.”

여자는 섬을 한 바퀴 돌고 나서 무심히 선착장을 내려다보다 어선을 대절해 나가는 검은 양복의 남자를 보자 불현듯 남겨두고 온 개 세 마리가 떠올랐다. 죽을 결심으로 아무 말 없이 나온 빈집에서 며칠째 굶고 있을 불쌍한 것들. 다급한 마음으로 허둥지둥 어선에 쫓아 탔다.

“앵두는 제가 원래 키우던 암컷이고, 저처럼 노처녀예요. 후훗. 그리고 꼭지랑 삼식이는 병들어 동네를 떠돌던 유기견인데 데려다 치료해서 함께 살기 시작했죠. 꼭지는 수술을 두 번 해서 건강해졌지만 버림받았다는 마음의 상처 때문에 사람을 안 따라요. 저 말곤……. 삼식이는 늙어서 눈이 멀었구요. 소리와 냄새로 주인을 분간해요. 제가 밥을 앞에 밀어줘야 겨우 먹어요. 하루 종일 자리에서 꼼짝도 안 하고 웅크리고 있지요. 제 사랑을 빼앗겼다는 질투심에 앵두도 점점 성격이 날카로워져서 세 마리가 다 따로 놀아요. 제 보살핌 없인 먹지도 싸지도 않는 애들을 어디로 보내겠어요? 아무리 궁리해봐도 보낼 데가 없더라구요. 저 역시 애들을 의지하면서 살아왔고요."

　처음 본 날과 달리 말문이 터진 여자는 적극적이면서도 조리 있
게 인규를 설득한다. 나지막한 목소리지만 간혹 웃을 때 드러나는
덧니며 머리를 쓸어 올릴 때 드러난 목선이 앳돼 보여 나이를 짐작
할 수가 없다. 열린 방문 턱에 기대어 주인을 기다리다 지친 세 녀
석이 각기 떨어져 잠들어 있다.

　"한잔 드십시오!"

　세 사람은 끄먹끄먹 졸기 시작한 백열등 아래서 말없이 술잔만
기울인다. 지척의 바다는 잠들었는지 기척이 없다. 여자가 유리문
을 열고 나가 돌하르방에 기대어 담배를 피워 문다. 간헐적으로 비
추는 등대 불빛에 드러난 여자의 가늘가늘한 뒷모습이 애처롭다.

　"박 사장, 난 피곤해서 먼저 들어가 잘게."

　인규 홀로 앉아 소주잔을 기울인다.

　"그때 아마 이 시였던 것 같아요. 맞아요?"

　그새 화장실을 다녀왔는지 여자의 손에 시집이 들려 있다.

　"그때 방에서 다 들었어요. 사장님이 시 낭송하시던 거……. 다
시 들을 수 있을까요? 나머지 마저……."

　나시막하지만 거역할 수 없는 힘이 실려 있다. 술 탓이었을까. 인
규는 말없이 시집을 끌어다 그녀가 짚은 자리를 읽기 시작한다.

　성산포에서는 사람은 슬픔을 만들고 바다는 슬픔을 삼킨다

성산포에서는 사람이 슬픔을 노래하고 바다가 그 슬픔을 듣는다

성산포에서는 한 사람도 죽는 일을 못 보겠다

온종일 바다를 바라보던 그 자세만이 아랫목에 눕고

성산포에서는 한 사람도 더 태어나는 일을 못 보겠다

　……

저기 여인과 함께 탄 버스엔 덜컹덜컹 세월이 흘렀다

살아서 무더웠던 사람 죽어서 시원하라고 산꼭대기에 묻었다

살아서 술 좋아하던 사람 죽어서 바다에 취하라고 섬 꼭대기에 묻었다

살아서 가난했던 사람 죽어서 실컷 먹으라고 보리밭에 묻었다

살아서 그리웠던 사람 죽어서 찾아가라고 짚신 두 짝 놔두었다

삼백육십오 일 두고두고 보아도 성산포 하나 다 보지 못하는 눈

육십 평생 두고두고 사랑해도 다 사랑하지 못하고 또 기다리는 사람……*

"그때 그분, 지금도 살아 계실까요……?"

"누 말요?"

"지난번에…… 전국을 떠돈다는……. 제가 배 얻어 타고 나갔던 그분……요."

---

* 이생진, 『그리운 바다 성산포』에서.

여자의 질문에 인규는 대답 대신 선반의 목탁을 힐끗 쳐다본다.

"이만 늦었으니까 정리합시다. 아 참, 내나, 요 옆 창고를 정리하고 담요 깔아주면 저 녀석들 지낼 만하지 않을까 싶네. 낼 집이나 만들어줍시다."

여자가 좋아서 어쩔 줄 모르는 듯 손뼉을 친다.

"어머, 고마워요. 설거지는 내가 할 테니 얼른 들어가 쉬세요."

재빨리 빈 그릇을 모아 싱크대로 가더니 때 낀 냄비며 프라이팬, 양푼까지 다 끄집어내 설거지를 시작한다.

"같이 하입시다."

뒷정리를 끝낸 인규가 옆에 서서 그릇을 헹구기 시작한다. 백열등 불빛에 비친 두 사람의 그림자가 정겹다.

섬, 섬옥수 纖獄囚

3

1. 숨비소리

"콥데산이가 아프겠수다."

쭈그리고 앉아 마늘을 까던 종태가 칼로 마늘 꼭지를 베다 말고 중얼거린다. 돋보기를 쓴 채 색동천을 마름질하던 막순 씨가 흘끗 아들을 일별하고 낮은 소리로 말한다.

"하지 말라 게도 하난?"

"오늘 같은 날은 괴기도 안 잡히게 놀멍 뭐항? 울 어멍 호강시키 줄람 재기 뭐등 해야게. 히힛!"

풍랑주의보가 내려 낚시를 할 수 없자 종태는 누가 시키지도 않았는데 엊그제 받아다 놓은 마늘 자루를 들고 와서 자리를 잡았다.

천성이 부지런하고 잠시도 몸을 놀리지 않는 성미라 무엇이든 해야 직성이 풀린다.

"쉬엉 하라."

꼼꼼하게 껍질을 벗기고 꼭지를 따는 솜씨가 웬만한 처자 못잖게 깔끔한 것을 눈여겨본 〈해룡횟집〉 주인이 종태에게 소일거리로 맡겼다. 서로 형 동생 하며 틈나는 대로 낚시도 함께 다니는 해성은 종태에게 늘 뭔가 일거리를 만들어준다.

"근데 어멍, 콥데산이가 안 아프게?"

"콥데산이는 아픈 게 뭔지 몰르게. 잠이라도 자두지. 누가 널렁 돈 벌어 오라게?"

"나도 돈 잘 버니까 어멍 이제 물질 그만하우다."

"날랑 걱정 말고 너나 앞길 틀 궁리해라."

종태가 마늘 자루를 옆으로 밀어놓고 간만에 다리를 뻗더니 기지개를 켜다 말고 비명을 지른다.

"앗, 눈, 눈이 맵수다."

"콥데산이 깐 손으로 눈을 비빔 어떵하난? 학 맑은 물로 헹구라. 학!"

"그래도 맵수다."

"먼저 손을 씻고 눈을 헹궈야게. 콥데산이보다 네 눈이 더 아프게. 호썰만 있시라."

막순 씨는 어린아이 세수시키듯 종태의 두 손에 비누칠해준 후 눈을 씻어주고 코까지 풀게 한 뒤 수건으로 닦아준다.

“어멍이 세수시키주니 좋수다.”

“혼저 곱들란 비바리 얻어 해달라 해야게.”

“헤에. 우리 섬에는 시집올 비바리 없수다. 뭍에 가면 있지. 정말
이영.”

막순 씨는 더 이상 대꾸를 안 하고 미닫이 유리문 너머 바다를 물
끄러미 바라본다. 오늘따라 오목가슴이 꽉 얹힌 듯 답답하고 미어
진다. 어미 마음이 다 그렇듯이 저것을 두고 어찌 눈감을 수 있으
랴. 조금씩 나아지겠지 하는 마음으로 버텨온 지난 세월이 허무하
고 야속하다.

바다가 또 뒤집어졌다. 풍랑주의보가 떨어지면 바다는 완전히
다른 얼굴이 되어 닥치는 대로 집어삼킬 듯 날뛴다. 어제 조짐이 심
상찮았지만 오늘은 유난하다. 한 길, 두 길 높이의 너울이 갯바위를
훑어 내릴 때마다 물보라가 튀고 뒤미처 달려온 파도가 기세등등
하게 산책로를 뒤덮는다. 저 기세라면 섬에서 가장 지대가 낮은 종
태네 앞마당까지 물이 들지도 모른다. 사방팔방에서 부는 바람에
유리창이 달강대고 돌로 눌러놓은 지붕마저 들썩거린다. 계절풍
이 지나가는 길목이라 사시사철 집이며 사람이 몸살을 앓는다. 그
래도 섬사람들 먹거리를 바람이 정해주는 터라 불평커녕 순응하고
살아왔다. 바람이 불면 부는 대로 몸단속 집단속 하고 잠잠해지길
기다리면 또 언제 그랬냐는 듯 투명한 유리 액자 속에 들어앉은 양

맑게 개곤 했다. 겨울이 깊어지기 전 지붕을 손봐야지 해놓고 차일 피일 미루다 해를 넘겼다.

'요왕신님 거저 무탈하니 넘어가게 해줍서.'

얼마 전 현씨네 막내딸 사고 탓인지 마음이 뒤숭숭하고 일이 손에 잡히질 않는다. 오십 년이 넘도록 바당을 텃밭 삼아 구석구석 뒤지며 살아와서 물 바깥보다 물에 들었을 때 더 편안하고 물앙 길을 손금 보듯 꿴다. 그런데 요즘 들어 부쩍 천지가 뒤집어지고 바다가 울부짖으면 무섬증이 드는 건 왤까.

'늙는갑서.'

갑자기 골이 쑤시면서 명치께가 메슥거리자 허둥지둥 뇌선 한 봉지를 입에 털어 넣는다. 다른 잠녀들도 하나같이 뇌선이나 사리 돈 중독이다. 뇌선은 카페인 성분이 많아 오래 먹으면 위까지 아프지만 높은 수압을 견디며 수시로 물속을 오르내릴 때 골이 빠개질 것 같은 통증을 다스리는 데 뇌선만 한 것이 없다. 두통이야 뇌선이 최고지만 최근 시작된 구토증은 속수무책이다. 나이 들면서 팔다리 저리는 증세까지 더해져 물에 들어갔다가 쥐라도 날까 은근히 걱정이다. 상군 잠수 체면에 망신당하는 일은 없어야 할 텐데…….
평생 머리를 거꾸로 처박고 바다 밑에서 전복이며 소라, 미역, 우뭇가사리를 캐다 보니 골 흔들리고 숨 쉬기 힘든 게 어제오늘 일은 아니다. 건강이 허락하는 순간까지 바다에서 살다 죽으리라 작정했건만 요즘 들어 초조하고 마음이 조급하다.

“어멍, 나 졸리게. 잠깐 자우다.”

마늘 자루와 양푼을 발치로 밀어놓은 종태가 마르고 긴 몸을 새우처럼 구부린 채 막순 씨 무릎으로 파고든다. 천성이 착하고 순해서 생전 가야 어미 말거리 만드는 법이 없는 아들이건만 오십이 가깝도록 장가도 들이지 못한 채 품에 끼고 있으려니 언제부턴가 아들의 등을 토닥이는 막순 씨 입에서 절로 한숨이 샌다.

“그여. 촘말로 혼저 쉬어라.”

베개를 끌어다 아들의 머리맡에 괴어주고 막순 씨는 밀쳐두었던 색동 옷감을 집어든다. 잠수꾼들은 폭풍주의보가 내리고 바다가 뒤집어져야 물질, 밭일에서 벗어나 쉴 수 있다. 그러나 평생 노동에 길들여진 몸뚱이는 쉬는 것이 황감해 집에 들어앉으면 오히려 삭신이 쑤셨다. 몸뚱이가 유일한 밑천인데⋯⋯. 물속에선 힘 좋고 날렵한 고래지만 물 밖에 나오면 물먹은 소금가마 진 당나귀다. 그래서 기어이 청소며 빨랫감을 끄집어내고 밑반찬 장만하다 보면 하루해가 짧다.

오늘 막순 씨는 작정한 바가 있어 다 관두고 반짇고리를 꺼내 왔다. 젊어서부터 손바느질 솜씨가 야무졌기에 뚝딱 말아낼 줄 알았는데 눈이 가물가물하고 손이 떨려 아까부터 자꾸 헛손질이다. 바느질은 올 갖고 다투는 법인데 가위가 제멋대로 나가서 야금야금 아까운 옷감만 축내고 있다. 해마다 당제를 지낼 때면 똑떨어지게 말아낸 아기업개 한복에 해녀들 탄성이 절로 터져 나왔다.

“촘말로 곱들락 잘도 아깝수다. 형님, 속았수다예!”

“그영, 형님 솜씨야 온 동네가 다 알우다. 아기업개 할망도 좋아 팔짝팔짝 뛰겠수다.”

저마다 칭찬을 늘어놓으면 제풀에 흐뭇해지곤 했는데 작년 다르고 올해 다르다더니 요즘은 어제오늘이 다른 것 같다. 눈이 침침한 데다 속이 더부룩하고 뭐가 얹힌 듯 답답해서 도무지 바느질에 집중할 수가 없다. 돋보기를 고쳐 쓰며 잡념을 떨치려는 듯 마름질해 놓은 저고리를 바짝 끌어당긴다.

‘촘말로 아기업개 할망 노하지 않게 정성을 쏟아야 하게⋯⋯.’

엊그제 뭍에 나가는 인편에 단골 포목점에 부탁해 사 온 본견 색동천의 빛깔이 곱고 화려하다. 이제는 눈도 어둡고 건강이 예전 같지 않으니 포목점에서 파는 한복 기성품을 사서 올리자는 의견이 나왔지만 막순 씨가 한사코 고집을 부렸다. 물질하는 잠녀들은 항상 혼백상자 옆에 차고 칠성판 지고 물속을 오락가락하는 처지라 한 치 앞을 모르다 보니 매년 마지막이라는 심정으로 옷을 지었었다. 오늘도 어쩌면 마지막 솜씨가 될지도 모르는 터라 정성을 다하고 싶은데 마음과 달리 더디기만 하다. 돌쟁이가 입기엔 조금 작은 앙증맞은 색동 치마저고리 한 벌 짓는 데 이렇게 진땀을 뺀 적이 있던가.

‘아기업개 할망이 단단히 노하셨쿠다.’

얼마 전 물숨을 들이마셔 허망하게 세상 떠난 정희는 처녀 시절 알아주던 한몫잡이 잠녀였다. 뭍으로 시집갔다가 이혼하고 돌아와 물질을 시작했지만 몇 년 쉬었다 해도 물숨을 들이마실 만큼 욕심이 많거나 서툴지 않은데 참 이상한 노릇이었다.

'가가 얼이 빠졌주…….'

얼추 모양새를 갖춘 한복을 눈앞에 들어 보이자 옛날 종태 물애기일 때 초생아 옷이며 기저귀, 강알 터진 바지를 만들어 입히던 기억이 새삼스럽다. 워낙 부지런해서 잠시도 몸을 놀릴 줄 모르던 막순 씨는 이른 아침 물질해서 상 차려놓고 밀물과 썰물이 교차되는 점심때 밭에 나갔다가 해가 뜨거운 오후면 다시 물가로 정신없이 돌아치면서도 틈틈이 종태의 입성을 챙겼다. 섬 아이답지 않게 또렷한 이목구비가 어찌나 예쁘던지 손에서 놓기가 아쉬워 한시도 떨어진 적이 없던 종태는 마을에서 소문난 귀염둥이였다. 손수 해 입힌 풍차바지 입고 아장아장 걸을 때면 저것이 내 새끼 맞수꽈? 정신이 혼미해지고 입에서 흐물흐물 웃음이 떠날 줄을 몰랐다.

물질 나갈 때마다 불턱에 데리고 나가 앉혀두고 자맥질해서 따온 소라며 고동을 쥐여주면 벙긋벙긋 웃어서 어미 가슴을 뿌듯하게 했다. 귀하고 값나가는 전복도 첫물에 딴 것은 무조건 종태 입에 넣어주었다. 제비 새끼처럼 입 쩍쩍 벌리고 받아먹는 모습을 보면 신이 절로 났다. 일찍이 청상과부 신세가 됐지만 종태가 있기에 목숨 걸고 바다로 풍덩풍덩 뛰어들 수 있었다. 역시 혼자된 시어멍 눈치가 보여 돌상을 차려주지 못한 게 늘 마음에 걸렸기에 시어멍 눈

닿지 않는 곳에선 아까운 게 없었다. 옛날부터 섬 할망들은 물애기한테 돌상 차려주고 좋은 옷 입혀 호강시키면 병 걸리거나 일찍 죽는다며 발에 채는 돌멩이처럼 기르도록 했지만 막순 씨는 귓등으로 들었다. 정들일 새도 없이 떠난 서방이 떨구고 간 일점혈육인 탓도 있지만 어려서부터 친정 부모의 살뜰한 정을 받지 못하고 자란 까닭에 열 달 동안 배에 실었다가 태어나 꼬물대는 어린 생명은 경이로움 그 자체였다.

"성님, 그렇게 종태 물고 빨우다 시어멍 알믄 어떵하우꽈?"

말 많은 동네 잠녀들의 눈총이 따가웠지만 한정 없이 솟아나는 자식에 대한 사랑을 억누르기 어려웠다. 게다가 자신이 물질로 시어멍 약값을 대는데 어쩔 거냐, 내 새끼 내가 예뻐하는데 어쩌겠냐는 배짱도 생겼다.

어멍, 어멍! 한 개라도 더 틀 욕심에 물속에 오래 머물면 저 수면 위에서 들려오는 종태의 울음소리에 정신이 퍼뜩 들곤 했다.

'그영 종태가 날랑 여러 번 살렸게.'

실제로 물 밖의 종태 우는 소리가 들렸다기보다 늘 정신이 어린 것에게 쏠려 있다 보니 잠시라도 혼자 두면 울지 않을까 하는 조바심이 환청을 불러왔던 것이다.

한몫잡이 해녀라도 물엣것에 욕심을 내 오래 머물다가 급히 수면으로 떠오르면서 물숨을 들이마시면 세상 하직하기 십상이다. 톨파리 하군 잠수일수록 초창기에 그런 실수를 자주 해서 물에 들어갈 때면 항상 상잠수 할망들의 잔소리를 귀에 못이 박히게 들어야 했다. 어멍 아방 것도 공껏이엉, 내 형제간 것도 공껏이지만 물엣것만큼 공껏은 없수다. 천지백깔 공껏이 널린 바당이니 나만 부지런함 언제든 다 내 것이엉. 행여 욕심내지 말우다. 저승질에 앞서 가고 싶잖음 알았수꽈? 해풍에 그을리고 거센 바다 물살에 단련이 되어 주름 자글자글한 할망 상잠수들은 구구절절 옳은 소리만 했다. 오랜 경험에서 나온 충고라 그 어떤 말보다 설득력을 지녔다. 숙달된 잠녀일수록 열 길 넘는 물 위로 올라갈 시간을 계산하며 바닥을 뒤지고 다녔다. 한 번 무자맥질에 이 분 안팎의, 길다면 길고 짧다면 짧은 시간이 생사를 가늠하기 때문이다. 상군 잠녀일수록 숨을 더 오래 참으면서 망사리는 두둑했다.

"호오이, 호오이!"

비단을 깔아놓은 듯 잔잔한 수면에 점점이 떠 있는 하얀 스티로폼들……. 마을 사람들은 멀리서도 스티로폼 수에 따라 잠녀들이 몇 명이나 작업하고 있는지 알았다. 그네들이 수면에 떠올라 휘파람 불듯 내는 호이, 호잇 소리는 자맥질하는 동안 참았던 숨을 토해내는 소리다. 스티로폼 테왁에 매달려 몸속에 쌓인 질소를 내뿜고 산소를 들이마시며 숨을 고르는 숨비소리인 것이다.

막 물질을 시작해 망사리 채우는 재미에 빠진 풋내기 잠녀일수록 전복밭, 소라밭이라도 발견하면 이성을 잃어서 강가에 내놓은 애나 다름없었다. 아슬아슬 솟아올라 거칠게 숨비소리를 내뱉으며 축 늘어지는 톨파리라도 있으면 그날은 어김없이 상잠수 할망의 불호령이 떨어졌다. 그래서 신참내기가 함께 물질을 시작할 때면 중군 잠녀들은 물속에서 끊임없이 서로의 움직임을 통눈으로 곁눈질해가며 바다 속을 뒤지게 마련이었다. 옵서 나가게! 기여 나가게! 손짓으로 의사소통이 되면 동시에 힘차게 발짓을 하며 물 위로 솟구쳤다. 물속에서 그네들은 보이지 않는 끈으로 연결된 한 몸이나 다름없어서 멀리 사는 형제간보다 의리가 더 끈끈했다. 잠녀들이 모여 잠수복으로 갈아입고 물질이 끝나면 모닥불 피워 젖은 옷을 말리며 싸 온 삶은 고구마, 감자 따위로 끼니를 해결하는 불턱은 늘 깔깔대는 웃음소리와 상잠수들의 잔소리, 그날의 수확물을 자랑하고 부러워하는 소리로 시끌벅적했다. 그럴 때 말간 눈망울 끔벅이며 한쪽에 오도카니 앉아 있는 종태는 잠녀들의 귀염을 독차지했다.

“종태야, 이것 먹어보라.”

머정이 좋아 수확이 푸짐한 잠녀들은 약속이나 한 듯 너도 나도 아이의 손에 뿔소라며 고동을 쥐어주곤 했다. 그러면 아이보다 막순 씨가 더 좋아서 입이 벙그레해졌다. 선천적으로 물질할 운명을 타고나서 같은 장소에서 똑같이 물질을 해도 유난히 전복밭이 눈에 잘 띄거나 소라, 천초(우뭇가사리)를 남보다 많이 캐 올릴 때 머정이 좋다고 말한다. 숨 오래 참고 몸 부지런한 것도 중요하지만 물질 운을 타고나서 머정이 좋아야 수입이 짭짤했다. 그래서 대부분 첫

물에 전복을 캐면 침을 퉤 뱉거나 혀로 핥으며 계속 전복이 붙게 해 달라고 용왕님께 빌었다.

종태가 국민학교에 입학해서도 행동이 얼뜨고 구구단을 못 외워도 그저 남보다 좀 늦은 거려니 걱정하지 않았다. 행여나 놓칠세라 눈 닿는 곳에 있어주기만 하면 다른 걱정은 없었다. 그러나 점차 나이를 먹고 성장해도 종태의 지능 발달은 어느 한 지점에 멈춰 있는 듯했다. 어떤 때 보면 멀쩡한데 또 달리 보면 어딘가 모자라 보이고……. 종태 스스로도 자신의 정체성에 혼란을 겪는 듯 이따금 아리송한 표정을 띠며 생각에 잠겨 있을 때가 많았다. 아이답지 않은 조숙함에 또 어미는 가슴이 덜컥 내려앉곤 했다.

"성님 계시우꽈?"

"바람 찬데 재기 들어오우!"

윗말 사는 역시 상군 잠수 할망 현씨네다.

"성님, 옷 짓느라 고생이 많아 파전 부쳐 왔수다. 날랑 술 한잔 합서."

오늘처럼 궂은 날씨에는 집집마다 들어앉아 삼삼오오 술잔을 기울이게 마련이다. 현씨네는 해물을 듬뿍 넣어 푸짐하게 부친 파전과 막걸리를 풀어놓는다. 천장 낮은 방엔 백열등 그을음처럼 어둠이 서서히 내려앉기 시작했다. 막순 씨는 누구보다 현씨 할망의 심정을 잘 안다는 듯 두 손을 꽉 잡은 채 눈물부터 앞세운다.

"동생, 맘이 어떵한지 내 잘 알엉."

"성님, 고맙수다. 당제도 아닌데 옷 짓느라 정성 쏟는 성님한테

고마워 술 한잔 대접하러 왔수다."

"촘말로 잘 왔엉. 재기 앉읍서."

찬장에서 오래 묵힌 귀한 백년초 선인장 술을 꺼내 온 막순 씨는 다림질만 앞둔 색동 치마저고리를 어루만지며 눈물 바람 하고 있는 현씨를 보자 가슴이 메어 할 말을 잊는다.

2. 총각딱지

달게 한잠 자고 난 종태는 여느 때처럼 어둠 속을 가로질러 〈해룡횟집〉으로 걸음을 옮긴다. 낚시로 잡은 벵에돔이며 자리돔, 긴꼬리벵에돔을 좋은 값에 쳐주는 〈해룡횟집〉 해성과는 시간 날 때마다 소주를 기울인다. 섬 자체가 어선 정박 시설이 없고 어선도 없다 보니 횟집 사내들은 하나같이 다 낚시해서 잡은 고기로 장사한다. 그래서 유람선 막배가 끊기면 너나없이 다음 날 쓸 고기를 잡기 위해 점찍어둔 포인트로 달려갔다. 그중에서도 종태는 으뜸 낚시꾼이다.

바람이 금세라도 그를 거꾸러뜨릴 듯 몰아치자 헉 숨을 몰아쉰다. 어릴 때는 곧잘 장군바위에 올라서서 망망대해를 바라보며 온몸으로 불어오는 바람을 막아내는 바람 맞서기 놀이를 하곤 했다. 자신을 거꾸러뜨리려는 바람과 맞서 안간힘 쓰며 버티다 보면 어

느 순간 눈에 가득한 하늘과 바다가 빙빙 돌면서 아찔한 게 마치 창
공에 높이 떠 있는 새 같다는 느낌이 들었다. 자칫 잘못해 발이라도
헛디디면 까마득한 절벽 아래로 추락할 수 있는 위험한 놀이였지
만 그는 새처럼 나는 기분이 좋아 자주 장군바위에 기어 올라가곤
했다. 그러다 어멍 눈에 띄어 혼쭐이 난 후로 놀이를 관두었다. 위
험하기도 했지만 예로부터 장군바위는 천신이 지신을 만나러 내려
오는 길목으로 해신제를 지내는 신성한 장소라 마을 사람은 함부
로 범접하지 못하는 장소였던 것이다.

일월이라지만 칼바람 속에 봄기운이 묻어 있다. 봄이 멀지 않았
다는 걸 그는 오랜 경험으로 안다. 막순 씨나 그나 태어나서 평생
단 한 번도 뭍에 나가 살아보지 못해서 텔레비전에 나오는 고층빌
딩은 어디 먼 나라 이야기다. 고작해야 제주도가 가장 멀리 한 나들
이라 도시는 텔레비전 속에 있고 뭍 소식은 하루에도 수백 명씩 몰
려오는 관광객들의 수다 속에서 바람결로 전해 듣는다.

멀리 어둠 속에서 등대처럼 불을 밝힌 집. 종태는 재게 발걸음을
옮긴다. 미닫이 유리문 두 짝 가득 불을 밝힌 〈해룡횟집〉에는 멀리
서 봐도 시커먼 그림자들 여럿이 모여 앉아 술잔을 기울이고 있다.
전국 팔노에서 제각각 사연을 안고 땅끝섬까지 흘러와 사는 사내
들은 폭풍주의보가 내려 손님이 끊기고 낚시도 못 하면 왕년에 한
가락 했던 사연들을 안주 삼아 술자리를 벌인다.

"어이, 종태 씨! 어서 오쇼!"

"종태 형, 들어와요."

"벌써 판을 벌였수꽈?"

"형님 올 줄 알고 하영 기다렸수다. 혼저 옵서."

〈해룡횟집〉 주인 해성이 반갑게 웃으며 자리를 내준다. 홍삼 물회와 삶은 문어를 안주 삼아 이미 소주가 두어 순배 돌았다.

"형, 마늘은 얼마나 깠수꽈?"

"아우 말 마라, 콥데산이 까다 눈 매워 혼났다야."

"낚시 고수한테 마늘을 까라고 시켜? 체면이 말이 아니구먼. 종태 씨, 한다고 했어요?"

"그게 아니고 심심풀이로 까라는 거지. 급할 것도 없고. 그냥 손 심심할 때 말야."

뭍에서 오는 관광객들을 상대하느라 토박이 횟집 사내들은 섬 사투리와 도시 말을 어중간하게 섞어 쓰는 버릇이 있다. 종태 역시 섬 토박이가 아닌 사람들을 만나면 종종 도시 말 흉내를 낸다. 낚시 고수라는 말에 금세 그의 표정이 우쭐해진다.

"날랑 못하는 게 없수다. 뭐등 다 잘해!"

"그러엄!"

홀 안의 남자들이 이구동성으로 종태의 기를 살려준다. 낚시가 좋아 땅끝섬에 눌러앉아 횟집이나 민박집을 차린 사내들은 누구나 낚시엔 내로라하지만 그들도 내심 종태의 솜씨는 인정한다. 오십 년 가까이 섬에서 나고 자라 지형이나 물속 지형, 조류, 정확한 물때, 포인트를 훤히 꿰고 있기 때문이다. 종태가 낚싯대를 드리우면 백발백중 사십 센티 이상의 벵에돔, 자리돔은 예사다. 그래서 도시에서 낚시꾼들이 오면 포인트 안내를 해주고 받는 가욋돈도 쏠쏠하다.

"그나저나 날씨가 계속 이러면 미뤄야지 않겠나?"

"배가 안 뜨면 새신랑 신부도 제때 못 들어올 테고."

"아까 일기예보 들으니까 내일 오후쯤이면 풀릴 거라던데? 마침 종태 형도 왔으니 잘됐네."

"뭐꽈? 뭐양?"

"〈회나라〉 형님 신혼여행에서 돌아오면 잔치에 쓸 도새기 잡아야지! 이번에도 형이 수고 좀 해줘야게?"

돼지를 잡는다는 말에 종태의 표정이 눈에 띄게 어두워진다.

"싫쿠다. 날랑 이제 안 해. 싫우!"

종태의 단호한 의사 표현에 둘러앉은 남자들이 서로 멀뚱멀뚱 바라보며 할 말을 잃는다.

"왜? 형, 왜 싫수꽈? 말해보게."

복날 섬 사내들끼리 복달임할 때 개를 몽둥이로 때려잡는 일을 시키면 신나서 하고 마을 잔치나 용왕제를 올릴 때 쓸 도새기 먹따는 일노 낭연히 종태 몫이었다. 그런데 왜 갑자기 세차게 도리질을 하는가.

"울 어멍이 이제 그런 거 하지 말라게. 나 안 해. 절대 안 하우다!"

작년 여름, 초복 때였다. 워낙 센 해풍 때문에 밭작물이며 농사커녕 나무를 심어도 시난고난한 섬에서 유일하게 옴폭한 분지에 방풍림으로 심어둔 난쟁이 솔숲에 사내들이 모였다. 차일을 치고 큰 솥을 걸고 장작불을 지피는 동안 해성이 소리쳤다. 형! 한두 번 해본 게 아니니까 잘 알우꽈? 내가 줄 잡아당기는 동시에 어멍 젖 빨던 힘까지 다해서 재게 두들겨 패우다! 알았수꽈? 자, 재게 재게! 뭍에서 사 온 누렁이의 목을 맨 줄이 팽팽하게 당겨지자 소나무 가지가 휘청하면서 네 발을 버둥거리기 시작했다. 형, 뭐꽈? 재게 패우다! 힘껏! 그래, 혼저 힘껏! 종태는 해성의 부추김에 망나니 칼춤 추듯 몽둥이를 휘두르기 시작했다.

농익은 자둣빛 혀를 쭉 빼문 누렁이의 몸이 겨울에 피 빼느라 거꾸로 매달아놓은 방어처럼 축 늘어지자 해성이 부탄가스 토치로 털을 그슬기 시작했다. 형, 목 단 도새기가 그슬린 도새기 보고 웃는단 말 생각나게. 히히히! 신이 난 해성이 잡담하느라 해찰하는 사이 죽을힘을 다해 몸부림치는 바람에 줄이 끊어진 누렁이가 사내들 바짓가랑이 사이를 쏜살같이 빠져나갔다.

어, 어, 잡아. 잡으라고! 근처의 빗물을 받아두는 하늘연못에 빠져 뜨거운 몸을 식힌 누렁이가 어찌 된 일인지 종태에게로 달려왔다. 반은 시커멓게 그을리고 반은 누런 털 그대로 부르르 물기를 털고 나더니 꼬리를 치며 애잔한 눈빛으로 쳐다봤다. 녀석은 단 하루지만 해성의 집 뒷마당에 묶어놓았을 때 같이 놀아준 종태를 기억하고 있었다. 누렁이의 눈빛에 종태는 그만 온몸이 찌릿해졌다. 손을 뻗어 녀석의 머리를 쓰다듬어주려는 순간 해성과 〈삼다도민박〉 주인 사내가 올가미를 씌우고 장작으로 사정없이 머리통을 후려갈겼다. 깨개애앵. 올가미를 쓴 채 질질 끌려간 놈이 다시 소나무에 매달렸고 뒷걸음질 치는 종태의 손에 몽둥이가 들려졌다.

어이, 종태! 두들겨 팰수록 육질이 부드러우니까 사정없이 패! 힘을 쓴 만큼 맛있는 고기 먹을 수 있다구! 〈삼다도민박〉 사내가 흐흐흐 웃더니 담배를 깊이 빨았다. 종태가 엉거주춤해서 소리쳤다. 난 아맹해도 안 돼쿠다! 해성이 사발에 부은 소주를 건네주었다. 종태는 벌컥벌컥 들이마신 후 마지막 모금을 카악 뱉고 나서 갈지자로 춤추듯 닥치는 대로 몽둥이를 휘두르기 시작했다. 퍽퍽 소리가 날 때마다 누렁이의 뱃구레가 터지고 피가 튀었다. 그럴수록 더 세게 미친 듯 두드려 팼다. 또다시 녀석이 살아나면 어떡? 이번엔 꼬리를 치는 대신 물 것 같았다. 주둥이는 이미 뭉그러졌건만 종태는 무서웠다.

땅에 내려진 누렁이의 그슬린 털을 해성이 솔가지로 털어내자 삼다도민박이 토막을 내기 시작했다. 음경은 정력에 좋다며 따로 챙겼다. 이게 말이지. 불에 쬐어 말려서 빻은 다음 술에 타 먹으면 직방이라니까! 열 계집도 안 두려워! 흐흐흐. 사내들이 눈을 부릅뜨며 탐을 냈다. 형씨, 그런 게 있으면 나눠 먹어야지. 의리 없게 딴 주머니 차기요? 어, 형! 같이 먹쿠다. 야, 야, 넌 나이도 젊은 놈이. 새벽에 발랄하게 텐트 치는 인간들은 눈독 들이지 말어! 나도 요즘은 예전 같지 않다니까! 알았어. 나중에 따로 보자구!

　종태는 온몸이 땀으로 흠뻑 젖은 채 한쪽에 쭈그리고 앉아 그들의 수작을 반쯤 넋이 나간 표정으로 바라봤다. 그리고 솥이 바닥을 드러내도록 개장국에 전혀 손을 대지 않은 채 빈속에 소주만 들이켰다. 그날 밤 식은땀을 흘리며 앓아눕자 자초지종을 안 어멍이 간곡하게 타일렀다. 종태야, 앞으론 촘말 누가 꼬셔도 하지 마게. 알엉? 새가 끼멍 몸 아프고 심하믄 심방 불러 어깨 들러 새풀이해야게. 산목심 함부로 원한 살 일 경허지 마라. 어멍은 너 평생 바당에서 괴기 잡는 것도 맘에 걸리게……. 소나이로 태나 한번 약속은 꼭 지키게. 사(邪)가 끼어 몸 아프고 헛소리하면 무당 불러 굿을 해야 할지도 모른다는 말에 종태는 두 팔을 허우적거리며 손사래를 쳤다. 그러나 눈만 감으면 털이 절반 타버린 누렁이의 애처롭던 눈빛, 흙먼지 일으키며 타닥타닥 치던 꼬리, 터진 뱃구레에서 튀던 피가 떠올라 견딜 수가 없었다. 물만 겨우 삼키며 헛소리를 하고 앓아누운 지 닷새 만에 겨우 자리를 털고 일어났다.

　너 나 할 것 없이 술이 거나해지자 누군가 화장실을 다녀오며 중얼거렸다.

　"아, 쓰발, 홀아비 신세 서러워서 어디 살겠나."

　"왜 기집 생각나?"

　"형님이야 날마다 형수 끼고 자니까 홀아비 사정 알 턱이 있나?"

　이 밤, 몸을 포개는 남정네가 몇이나 될까. 마을엔 젊은 여자들이 귀하다. 여자라고 해봐야 거의 과부 해녀 할망들뿐이다.

"종태 씨는 여자랑 자봤어?"

누군가 장난스레 말을 던지자 종태가 눈을 반짝 빛내며 으스대 듯 말한다.

"그럼, 날랑 여자랑 자봤수다."

"정말? 종태 씨가 여자를 안다고?"

"어디서? 누구랑?"

종태가 발그레해진 얼굴로 무용담처럼 늘어놓았다. 몇 년 전, 유람선이 취항하면서 잠녀들 물질에 지장을 줘서 미안하다며 보상금 격으로 목돈을 주자 종태 씨 어멍이 모슬포 수협에 저금을 하고 오라고 심부름을 시켰다.

점심 장사 마치고 막배로 나간 게 사달이었다. 하루 자고 다음 날 수협에 들른 다음 곧장 들어올 작정으로 포구의 술집에서 딱 한 잔만 걸친다는 게 두 잔, 석 잔이 됐고 호주머니에서 돈 냄새를 맡은 술집 아가씨가 2차를 가자며 유혹했다.

"오빠! 오빠 하니까 골이 띵하고…… 정신이 하나도 없었수다…… 오빠…… 헤헤."

총각딱지 떼던 그 밤이 떠올랐는지 싱글벙글 벌어진 입을 주체 못 했다. 술 취하면 말이 빨라지고 더듬기까지 하는 종태는 내내 그 밤이 아쉬운 듯 입을 다신다.

"그래서 잘 치렀어?"

“그럼, 잘했지. 헤헤헤. 날랑 뭐등 잘해.”

반신반의하는 얼굴로 사내들이 건배를 제의했다.

“종태 씨도 얼릉 장가가야지. 종태 씨 장가가는 그날을 위하여!”

“위하여!”

“위하여!”

기분이 좋아진 종태는 단숨에 술잔을 들이켠 후 안주로 홍삼 물회를 그릇째 들고 마신다. 달강달강 졸고 있던 미닫이 유리문이 바람에 놀라 흠씬 떤다. 이 밤 내내 심심한 바람은 머리를 풀어 헤친 채 집집마다 잠긴 문을 기웃거리며 섬사람들의 시름을 엿듣고 다닐 것이다.

3. 아기업개

아주 옛날 땅끝섬은 철저히 사람들의 발길을 거부해서 감히 아무도 접근할 수 없었다. 어부나 잠녀 들을 태운 배가 다가가면 갑자기 폭풍이 불고 파도가 거세 배를 댈 수가 없고 물러서면 언제 그랬냐는 듯 잔잔해졌다. 사람의 손을 타지 않아 자연 그대로 보존된 섬은 아름다웠고 섬을 둘러싼 바다는 온갖 물고기와 해산물이 풍부했다. 모슬포 사람들은 땅끝섬 주변의 해산물을 채취하면 바다 신이 노해 화를 입을 거라고 믿어 미련을 두지 않았다. 다만 일 년에 딱 한 차례, 망종에서 보름 동안만 땅끝섬에 발을 디딜 수 있었다. 다들 그 무렵이면 풍요로운 만선을 기대하며 섬으로 몰려갔다.

한편 땅끝섬 인근 모슬포에 살던 어느 잠녀의 집에 갓난쟁이 업둥이가 들어왔다. 아기를 낳지 못해 고민하던 여인은 정성스레 친딸처럼 키웠고 세월이 흘러 자신의 아기를 낳자 소녀는 자연스레 아기업개가 되었다. 그해 망종이 되자 여인은 다른 잠녀들과 함께 배를 빌리고 아기업개에게 아기를 업혀 땅끝섬에 들어가 물질을 시작했다. 바다는 잠잠했고 전복이며 소라, 오분자기, 돌미역 등등 수확이 푸짐했다. 어부들도 물 반 고기 반인 바다에서 자리돔이며 벵에돔을 낚아 올리자 신이 났다. 하루 이틀 사흘…… 일주일이 지나자 갖고 온 양식도 떨어지고 돌아갈 때가 됐다.

"이번 물질은 잘도 푸지니 오늘랑 돌아갑수다게."

"기여. 그러우다."

일행이 떠날 채비를 하자 그때까지 잠잠하던 바다가 뒤집어지면서 폭풍이 일기 시작했다.

"지금 배 띄우면 뒤집어지게. 가라앉으면 가야 되큰게."

주저앉자 그제서 바다가 가라앉았다. 떠날 채비를 하면 바다는 뒤집어지고 손 놓고 기다리면 물결도 순해졌다. 귀신이 곡을 할 노릇이었다.

"아맹해도 용왕님이 노했수다. 살앙 돌아가긴 틀린 거 닮수다게."

더 이상 버틸 양식도 없자 지친 사람들이 무슨 수를 써서라도 내

일은 떠나자고 입을 모았다. 막상 날이 밝자 나이 많고 지혜로운 잠녀 할망이 조심스레 지난 밤 꾼 꿈을 털어놓았다.

"어젯밤 꿈에 누가 말항 아기업개를 두고 가야 합서. 데꾸 가면 다들 물에 빠져 죽을 거랜. 어멍, 아방도 없어 불쌍해도 놓고 가야쿠다. 어떵하우꽈?"

우연의 일치였을까. 아기업개를 친딸처럼 키웠던 여인 역시 똑같은 꿈을 꾸었다.

"아맹해도 안됐지만 어떵하우꽈……."

여인은 눈물을 삼키며 여러 사람의 살길을 위해 아기업개를 희생시킬 수밖에 없다고 결심했다. 널랑 나랑 인연이 여까진가 보게. 어떵호느냐. 일행들이 배에 오르고 돛을 올리자 역시나 바다가 뒤채면서 성난 바람이 금세라도 배를 뒤집을 기세였다. 여인이 소리쳤다.

"아이고, 애야. 애기 지성귀 널어놓은 걸 깜박하고 안 걷어 왔쿠나. 저 갯바위에 허연 걸렁 보이느냐? 얼른 가서 걷어 오라."

영문 모르는 아기업개가 폴짝폴짝 뛰어간 사이 배는 기운차게 노를 저어 바다 한가운데로 미끄러져갔고 뒤늦게 알아차린 소녀가 섧게 섧게 울었다.

"나도 데려가줍서! 어멍, 제발 돌아오우! 나도 데려갑서. 어멍, 아방……."

바다는 언제 폭풍이 불었냐는 듯 잠잠해졌고 배에 탄 사람들은 미어지는 가슴을 억누르며 뒤돌아보지 않았다. 그 일이 있은 후 사람들은 두려움에 차마 땅끝섬에 물질을 가지 못하고 몇 년이 흘렀다. 뇌리에서 잊혀질 즈음 다시 섬으로 들어간 사람들은 놀라 주저앉았다. 모슬포가 손에 잡힐 듯 잘 보이는 자리에 하얀 백골로 남은 아기업개……. 기다림과 원망, 두려움과 굶주림에 지쳐 서서히 죽어간 아기업개를 보자 그 일이 마치 어제 일처럼 생생했다. 잠녀들은 정성스레 그 자리에 돌로 눌러 무덤을 만들어주고 담을 쌓아 아기업개당을 만든 후 해마다 당제를 지내면서 억울한 원혼을 달래주었다. 그 후로 땅끝섬 인근을 지나는 배 사고는 물론 잠녀들의 물질 사고도 눈에 띄게 줄었다. 당제를 지내고 나면 수확도 푸짐해서 요즘은 아무 때고 물질이 시원찮거나 잠녀들이 사고를 당하면 누가 먼저랄 것도 없이 아기업개 할망당에 가서 정성스레 재를 올린다.

4. 이어도 사나

뭍으로 시집가 오랫동안 소식 없던 정희가 이혼하고 꺼칠한 얼굴로 섬 집으로 돌아온 게 작년 봄이던가. 군말 없이 횟집 하는 친정 일 거들더니 겨울이 깊어져 바닷물이 따뜻해지자 물질을 하겠다며 불턱에 나왔다. 삼대째 해녀로 물질이 얼마나 고된지 누구보다 잘 아는 현씨 할망은 펄쩍 뛰며 말렸지만 막내딸의 고집을 꺾을 도리가 없었다.

"어멍, 걱정 마우다. 날랑 비바리 적에도 소문난 한몫잡이 아니
었주?"

"하던 사램도 싫우 싫우 손 놓고 떠날 궁리만 하는데 널랑 왜 돌
아와 그영 물질을 하령?"

"어멍, 난 아맹해도 잠녀 체질이우다. 물을 떠나 살 낙이 없수다
게. 그영 뭍에 살려니 가슴이 답답하고 밥맛도 없고 넋 놓고 고향
바당만 떠올리다 솥도 태우고 헛간에 불낼 뻔도 안 했주? 애들도
커서 고등핵교 갔고 시어멍도 있고 날랑 바다가 좋수다. 이젠 이 바
당에서 죽을 때까지 살 꺼우다. 고래처럼 헤엄치며 물앙 전복밭도
뒤지고 소살 쏘아대며 방어 쫓아댕기우고 물꾸럭도 잡아 올리고
테왁 두드리며 어멍이랑 노래도 부르고 그렇게 살 꺼우다. 날랑 그
게 춤말로 좋수다."

불턱에서 스티로폼 테왁 걸머지고 잠수경을 선글라스처럼 멋지
게 머리에 올리고 해살대던 정희의 모습이 눈에 선하다.

"우리 정희가 소라며 천초 머정도 좋아서 한때 푸지게 건져 올렸
수다. 성님 기억나주?"

"기여. 기억나고말고. 춤말로 알 수 없게. 그런 정희가 물숨을 먹
었다니. 순간 헤까닥하지 않고서야……. 물질 처음 하는 톨파리 잠
수도 아니고."

물에 들어간 지 십 분이 넘도록 정희의 모습은 보이지 않고 주인
잃은 테왁만 하릴없이 물에 떠서 흔들리던 사고 순간을 떠올리자

다시금 한숨이 나온다.

　평생 섬을 떠나 살아본 적이 없는 현씨와 막순은 칠십 고개를 넘어가는 마당에 진즉에 서방 앞세우고 젊은 딸마저 앞세운 시름을 달래느라 독한 백년초 선인장 술을 꽤나 마셨건만 취한 기색이 없다. 누가 먼저랄 것도 없이 두런두런 늘어놓는 이야기에 유리창이며 지붕을 들썩이던 바람마저 귀 기울이는지 조용하다. 간간이 한숨을 섞어가며 옛날 기억을 더듬자 지나간 세월이 두루마리 화장지 풀리듯 간단없이 펼쳐진다.

　"넹바리 팔자 두렁박 팔자란 옛말 틀린 거 없수다."

　"기여……."

　"오죽하면 옛날 우리 어멍들이 가지 좋고 섶 좋은 때엔 제섬 생이 다 모여들단 가지 지고 섶 지여부난 빙든 새도 지넘엉간다 했을 거나……. 젊었을 땐 무슨 말인지 몰랐주. 이제 날랑 그 처지고 보니 하나 그른 거 없수다."

　나뭇가지 좋고 잎 좋은 시절에는 온 섬 새가 다 모여들다가 가지 지고 잎 지니까 병든 새도 못 본 척 지나가니, 곱던 시절 물질에 젊음을 바치고 남편마저 잃고 나이 들어 병들었으니 어찌 처량하지 않겠는가. 살아오면서 숱하게 눈앞에서 잠녀들 죽어 나가는 광경 봐왔지만 나이 들어 저승 문턱이 코앞인데 눈에 넣어도 아프지 않을, 더구나 이혼까지 하고 온 딸이 죽어 나자빠지자 현씨 할망은 여간 충격이 크지 않았다.

일찍이 4·3 사태로 부모를 한꺼번에 잃고 할망 슬하에서 물질 나간 동네 잠녀들 아기업개 하면서 자란 막순은 부모의 애틋한 정을 받아보지 못했다. 늘그막까지 물질로 손주들을 거두느라 제대로 허리 한번 펴지 못했던 할망은 성품이 억세고 뚝뚝해서 어린 막순이나 동생 막동의 어리광을 받아주지 않았다. 늘 바닷가에서 오지 않는 어멍, 아방을 기다리며 가슴앓이했던 사춘기를 보내고 나서 막순은 어렴풋하게 삶과 죽음이 꿈과 생시처럼 혹은 밤과 아침처럼 붙어 다니는 것이라 두려울 것도 반가울 것도 없는 담담한 무엇처럼 여겨졌다.

마을에서 소문난 상잠수였던 할망은 막순에게 물질을 대물림하고 싶지 않았다.

"할망, 나도 물질하고 싶우. 허락해주우다."

"쯧쯧, 얌전히 있다 뭍으로 시집갈 궁리나 트지 않고."

"헹, 무슨 수로 뭍으로 시집가꽈?"

"제도만 가도 농사지으며 이 지긋지긋한 물질 안 해도 뒝."

"난 뭍도 싫고 물앙 뒤지며 전복 트는 게 소원입주."

"조런, 조런…… 그 조막손으로 무슨 머정이 있어 전복이며 소라를 틀래?"

고막순, 이름을 따서 별명이 조막손인 그녀를 할망이 놀렸다.

"그걸랑 별명이고 날랑 몸이 재고 숨도 잘 참아서 뭐등 많이 틀 수 있수다. 응? 할망……."

"칠성판 옆에 차고 여차하면 저승길인데 물질이 뭐 좋다고…….
신소리 말고 미역 말리는 걸랑 잘 뒤적이고 보라. 비 맞춰 못쓰게
되면 혼날 줄 알엉!"

미역 말리는 것은 부지런하고 몸이 잰 막순의 몫이었다. 할머니
가 바다 속에서 따 온 돌미역은 말릴 때 손이 많이 가는 대신 돈을
많이 쳐줘서 수입이 짭짤한 만큼 말리는 데 온갖 정성을 기울여야
했다. 다 말렸다 싶어도 까딱 잘못해서 비라도 맞히면 헛수고였다.
아기업개를 하면서 밥 짓고 빨래하고 철철이 미역 말리고 톳 채취
하고……. 가난한 살림에 바닷가 비바리 몸이 몇 개라도 모자라건
만 막순의 시선은 늘 갓물에서 자맥질하고 어멍에게 물려받은 두
렁박을 갖고 노는 또래 친구들을 쫓았다. 차츰 한 길, 두 길 숨을 참
으며 톨파리 잠녀 흉내를 내는 친구들을 부러운 시선으로 바라보
았다. 잠수꾼이 자신의 어린 딸에게 두렁박으로 만든 테왁을 만들
어주면 물질을 해도 좋다는 무언의 허락을 의미했다. 늦가을까지
완전히 영근 박의 꼭지에 조그맣게 구멍을 뚫어 씨를 빼내고 다시
구멍을 막으면 물에 잘 떠서 자맥질하고 올라와 쉴 때 적격이다. 두
렁박 테왁에 망사리 달고 빗창과 소살을 꽂아 메고 나서면 일단 장
비는 다 갖춘 셈이다.

언제나 골이 흔들린다, 팔다리가 저린다, 숨이 차다는 말을 입에
달고 살던 할망이 더 이상 물질을 할 수 없자 작심이라도 한 듯 어
느 날 제주시에 나가 검정 고무옷 한 벌을 사갖고 왔다. 그 무렵 막

고무옷이 들어와 잠녀들 사이에서 유행할 때였다. 할망은 막순에게 자신이 쓰던 두렁박 테왁과 망사리, 빗창, 소살을 내주며 말했다.

"그영, 너도 물질로 나서쿠나. 널랑은 안 시킬려 했는데……. 구메구메 인생 뜻대로 되는 게 어디 있시냐?"

"할망은 만날 하얀 광목 물소중이 입고 머릿수건 동여매더니 날랑 이 새거, 비싼 거 좋은 거 사줍서?"

입이 함지박만 해진 막순이 팔짝팔짝 뛰며 물었다.

"사램들 말이 이 고무옷 입으면 열 발 물속도 거침없이 들어간다니 널랑 자맥질 연습 많이 해 나중에 고래상군 돼라."

상군 잠수보다 더 잘난 고래상군이 되라는 덕담의 속뜻을 미처 알지 못했던 막순은 그저 자신도 물질을 할 수 있게 됐다는 사실에만 신을 냈다.

할망은 끝내 그해 겨울을 넘기지 못하고 뒷산 솔밭 중턱에 자리를 깔고 누웠다. 남대문바위와 아기업개 할망당이 한눈에 내려다보이는 장소였다. 멀리 태평양으로 나가는 길목의 손바닥만 한 땅 끝섬 한 뙈기를 차지하고 누운 할망은 이제 지긋지긋한 잠수병을 털어냈을까. 젊어 한때 출가 물질로 대마도며 목포, 울진으로 고래처럼 자유롭게 떠돌았지만 끝끝내 손주들 부양의 멍에를 벗지 못했던 고달픈 삶이나마 편히 쉬길……. 막순 씨는 나중에 훨씬 철이 들고서야 할망의 무덤에 탁배기 한 사발 부어주며 명복을 빌었다.

스티로폼으로 바뀌어 지금은 쓰지 않는 낡은 두렁박 테왁을 선반에서 끌어내린 막순 씨가 빗창으로 장단을 맞추기 시작했다.

"어릴 적 우리 할망, 목소리는 뚝뚝해도 어여싸 소리 하나만큼은 촘말로 구성지게 잘 불렀시니."

"촘말 우리 어렸을 적에 어멍이랑 잠녀 삼촌들도 으찌나 구성지게 불렀덩 아직도 귀에 선하게."

태왁 짚고 두 발로 물장구치며 떼 지어 깊은 바다로 나아갈 때나 나룻배에 모여 탄 여러 명의 잠녀들이 먼 바다로 출가 물질 나갈 때 상군 잠수가 노를 저으며 선소리를 매기면 나머지 잠녀들이 뒷소리를 받곤 했다.

"한착 손에 태왁을 심고 한착 손에 빗창을 심어 한 질 두 질 물숨 차고 물 아래를 물숨 차고 들어야~~가니 저 셍도가 분명하다 이어도 사나 이어도 사나 어기여차 이여도 싸나 이여도 싸나~~"

발동선이 등장하면서 해녀 노래를 합창하는 모습은 자취를 감추었지만 지금도 불턱에선 누가 먼저랄 것도 없이 선소리를 매기며 이따금 어여싸 소리를 한다.

"우리도 오랜만에 그거나 불러봅주……?"

"그럴까나……."

막순 씨가 선소리를 매기자 기다렸다는 듯 현씨네가 뒷소리를 매긴다.

　　바람일랑 에헤 밥으로 먹고 에헤 구름으로 똥을 싸 물결일랑 집

안을 삼아 집 안을 삼아 섧은 어머니 떼어두고 섧은 어미 떼어두고
에헤 이어도 사나 에헤 이어도 사나 부모 동생 에헤 한강 바다 에헤
집을 삼아 집 안 삼아 한강 바다 집 안 삼아 에헤

너른 바다 에헤 앞을 재어 에헤 한 길 두 길 들어가 통합 대합 비쭉
비쭉 이어도 사나 이어도 사나 미역귀가 너훌너훌 미역에 정신 들여
에헤 이어도 사나 에헤 이어도 사나 미역만 에헤 하다 보니 에헤 숨
막히는 줄 모르는구나 숨 막히는 줄 모르는구나 에헤~~*

두 여인이 빗창으로 두렁박 옆구리를 두드리는 구슬픈 장단이
노랫가락 사이를 파고들자 신명인지 설움인지 모를 것이 유장한
장단을 타고 실타래처럼 풀려 나온다.

이어도 사나 이어도 사나 노를 저어 어디를 가나 물로야 뱅뱅 돌
아진 섬에
먹으나 굶으나 물질을 해영 으샤 으샤
우리 어멍 날 날 적에 어느 바당 미역국 머겅 으샤 으샤
차라 차 차라 차~~ 이어도 사나 이어도 사나
성님 성님 사촌 성님 시집살이가 어떵허꽈 으샤 으샤
이어도 사나 이어도 사나~~**

---

* 제주 민요 해녀노래.
** 제주 민요 해녀노래 「이어도 사나」에서.

피는 못 속이는지 막순 씨도 목청이 터지자 굽이굽이 마디를 돌아 넘어갈 때 구성진 설움이 뚝뚝 묻어난다. 칠흑 같은 어둠을 뚫고 두 할망을 실은 나룻배가 넘실넘실 깊은 바다로 나아간다.

"성님, 우리 정희 이승에서 한 풀고 미련일랑 저 넓은 바당에 떨구고 홀가분히 갔겄주……?"

한바탕 설움을 풀어놓고 나자 현씨가 코를 팽 풀면서 정희 걱정을 앞세운다.

"기여, 그랬을 거영. 이 설운 세상 무슨 미련이 남았거시냐. 울지 마게. 눈물 흘리면 정희가 가다 돌아보느라 발부리 채어 못 가우다……. 동생 맘 알지만 경허지 맙서."

반나절이 흘러 떠오른 정희의 시신은 천만다행하게도 온전했다. 갯바위에 부딪혀 찢기거나 성난 파도 등쌀에 물멍이 들어 얼굴을 알아보기 힘든 게 보통이었다. 그녀가 사고를 당한 장소는 아기업개당 절벽 바로 아래 아늑하니 들어앉은 좁은 만(灣)이라 특히 물살이 세기로 유명했다. 들물일 때는 한길 넘게 여를 품어 자리돔이며 벵에돔이 많이 들어와 낚시 포인트로도 유명하고 물질에 능숙한 잠녀들이 곧잘 작업하는 곳이다. 절벽에 뚫린 해식동굴을 불턱 삼아 잠녀들의 숨비소리가 갈매기 울음에 섞여 어쩐지 구슬프게 들리던 자리였다.

"아기업개 할망이 보하사 성한 시신을 빨리 찾았응게 귀양풀이나 걸판지게 해줍서."

경황 없는 가운데 장례를 치르자마자 다른 잠녀들이 나서서 모슬포에서 심방을 데려다가 귀양풀이를 서둘렀다. 물에서 죽으면 집 안으로 들이지 않는 전통에 따라 해식동굴에 제상을 차린 후 물혼을 불러들여 넋풀이와 바다를 깨끗이 하기 위한 물굿을 겸했다.

"어멍, 나 기막혀서 저승질 어떵 가꼬? 울 어멍이랑 이 바당 놔두고 저승 갈라니 발질이 떨어지질 않소. 어멍!"

정희의 영혼이 애달픈 소리로 하소했다.

"아야, 정희야! 내 새끼야! 너 어쨌냐? 어째 욕심을 냈시냐? 불쌍한 내 새끼!"

"아녕, 어멍, 날랑 왼통 공첫것에 욕심을 냈겅? 그게 아니엉……."

뭔가 말하고 싶은 눈치가 간절했지만 현씨 할망이 혼절하는 바람에 잠시 굿판이 어수선해지고 순서에 따라 정희의 영혼을 싼 '큰지'를 불태워 한지로 만든 작은 종이배에 실어 바다에 띄우면서 귀양풀이와 물굿도 아쉬운 대로 마무리를 했다.

깡마르고 눈꼬리가 매섭게 치켜 올라간 여자 심방이 현씨의 손을 잡고 흔들며 말했다.

"너무 애달파 맙서. 온 정성 들였으니 영등할망님, 요왕신님, 천지신명님 도우게 좋은 데 갔을 거영."

단호하고 자신만만한 표정으로 치맛자락을 휘감는 폼에 기가 눌린 잠녀들이 고개를 숙여 예를 갖췄다.

"온 질에 아기업개 할망당에 재를 올리고 가야게. 서두릅서."

할망당에서는 땅끝섬 잠녀들뿐만 아니라 모슬포, 제주도에서도 만신과 박수무당들이 영발이 떨어진다 싶으면 종종 제물을 싸갖고 와서 정성스레 재를 올리곤 한다.

5. 당제

비바람에 다듬어진 현무암 바위가 옹기종기 낮게 담을 이뤄 아늑한 할망당에 촛불이 밝혀지고 과자와 빵, 초콜릿, 과일이 정성스레 차려졌다. 아기업개의 혼백을 위로하기 위한 것이라 술 대신 아기업개가 좋아할 만한 것들로만 차려진 비념이다. 막순 씨가 정성 들여 지은 색동 한복을 올리자 현씨가 향을 피운다. 돌아가신 할망의 덕담대로 평생 고래상군으로 대접을 받아온 막순 씨가 제일 먼저 아기업개 할망의 혼백을 위로하며 간절하게 비손을 한다.

"날랑 죽어도 펜히 눈을 감을 수 없는 우리 종태, 불쌍히 여기십서 곱들락 착한 비바리 만내 장개 보내줍서. 글고 불쌍한 우리 정희 혼백일랑 저 짚은 바당에 갇워두지 마시고 훨훨 좋은 질 터줍서. 비나이다 비나이다 비나이다……"

젊은 날, 언제 어떻게 사고를 당할지 몰라 자신이 죽더라도 종태 살길을 마련해주려고 돈이 되는 일이라면 무엇이든 마다하지 않고 억척스레 돈을 모았다. 돌미역은 어느새 양식 미역에 잠식당해

시큰둥해졌지만 톳이 전량 일본으로 수출되면서 돈이 되자 봄이면 톳을 캐느라 짬짬이 갯바위를 훑고 다니고 검푸른 물결이 일렁이는 바당에 풍덩풍덩 뛰어들었던 것도 오로지 종태 때문이었다. 다만 한 가지, 좀더 젊을 때 목돈 쥘 수 있는 좋은 기회라며 너도 나도 전라도, 강원도, 대마도, 홋카이도로 출가 물질 나갈 때 차마 종태가 걸려 마다했었다. 평생 한시도 아들 곁에서 떠나본 적이 없기에 요즘 들어 오목가슴이 꽉 막힌 듯 답답하다.

'넬랑 죽음 저것 어떵 살꾸?'

인형 옷보다 조금 크고 돌쟁이 옷보다는 작은 색동 한복 자락이 바스락…… 앙증맞은 저고리가 허공에서 춤을 춘다. 순간 막순 씨는 침침한 눈을 비비며 크게 뜬다. 잘못 봤을까. 이번엔 비스킷 봉지가 바람에 팔랑팔랑 과자가 흩어진다. 마치 누가 손으로 뜯어 펼쳐놓기라도 한 듯…….

'아기업개 할망 오셨수꽈……? 아녕, 아녕 날랑 잘못 봤겠주. 기여.'

막순 씨가 한숨을 포옥 내쉰다. 둘러선 잠녀들이 차례로 돌아가며 큰절을 올리고 비손을 하고 있다.

통곡과 혼절을 거듭하다 진이 빠진 현씨 할망이 떨리는 손으로 괴춤에서 꼬깃꼬깃 접은 만 원짜리 한 장을 꺼내 돌멩이로 괴어놓는다.

"아기업개 할망, 모쪼록 우리 불쌍한 정희, 정희를 잘 보해줍서. 늙은이 소원은 그것밖에 없수다."

막순 씨도 종이돈을 과자 옆에 괴어놓고 웅얼웅얼 종태의 앞날을 기원한다.

잠녀들의 부축을 받으며 현씨가 집으로 돌아가고 심방 일행도 정해둔 민박집으로 철수하자 비로소 아기업개당에 고요가 찾아왔다. 아무리 바닷바람이 사나워도 돌담으로 둘러친 손바닥만 한 당 안은 아늑해서 촛불이 너울너울 잘도 탄다.

바다는 거대한 미역을 깔아놓은 듯 윤기를 내며 잔잔히 흐르고 바다를 가득 채웠던 방어잡이 배가 자취를 감춘 대신 관광객을 가득 실은 유람선만 뿌웅 뿡 기적을 울리며 바삐 오간다.

멀리, 종태가 휜 등을 더 구부린 채 자전거를 일렬로 세우고 경적을 울리며 손님을 부르고 있다. 관광객을 상대로 자전거 임대업을 새로 시작했다. 잘 닦인 산책로와 너른 갈대밭이 자전거 일주하기엔 안성맞춤이다. 머잖아 넓은 초원에 낚시돌꽃이며 한련초, 반들가시나무 꽃이 피면 종태는 자전거를 타고 신나게 섬을 돌다 한두 송이 꺾어 와 늙은 어미의 머리에 꽂아주며 예쁘다고 애교를 떨 것이다. 갯기름나물을 한 움큼 뜯어 와 무쳐달라며 반찬 투정을 할지도 모르지……. 아들을 바라보는 막순 씨 입가에 흐뭇한 미소가 번진다.

섬, 섬옥수纖獄囚

4

1. 무적(霧笛)

　단잠에 빠져 있던 장 씨는 귀청을 찢을 듯한 큰 소리에 눈을 번쩍 떴다. 휘둥그레져서 사방을 훑어보지만 모든 게 그대로다. 꿈을 꾸었나……? 이불을 끌어올리려는 순간 또다시 — 빠아아아아앙. 금세라도 천장이 무너져 내릴 듯 들썩거리고 유리창이 와랑와랑 흔들린다. 머리까지 어쩔어쩔하다. 망동산 비탈진 마을의 맨 윗집, 등대 발치라 유난히 더 크게 들린다.
　적응할 때도 됐건만 불시에 저 소리를 들으면 아직도 넋이 반쯤 나간다. 방문 밖 툇마루에서 웅크리고 자던 각지도 놀라 깼는지 깨 갱 깽, 숨넘어가는 소리를 지른다. 마당에 제집이 있건만 언제부턴가 꼭 마루에 올라와 방문 앞에서 잔다. 평소에는 방에 들어올 엄두를 못 내지만 에어폰만 울면 혼비백산해서 숨을 구석 찾기 바쁘다.

'안개가 짙은 모양이구먼.'

기압이 낮은지 뒷골이 욱신욱신 쑤신다. 잠을 잔 동 만 동 무지근한 뒷머리를 툭툭 친다. 무적이 울기 시작했으니 잠자긴 다 틀렸다. 마지못해 몸을 일으켜 머리맡의 담배를 피워 문다.

그의 기척을 알아챈 깍지가 노골적으로 방문을 긁는다. 달래줘야 한다. 같이 늙어가는 처지에 녀석의 무섬증을 나 몰라라 할 수 없다. 방문을 밀자 습기 머금은 돌쩌귀가 삐걱 소리를 내며 마지못해 열린다. 툇마루가 덜 짠 걸레로 물칠을 한 듯 축축하다. 모깃불을 놓은 듯 서리서리 부연 안개가 안마당을 가득 채웠다. 안개에 섞인 담배 연기가 흩어지지 못하고 허공에 떠 있다.

반가움 가득한 눈으로 깍지가 앞발을 경중거린다. 차마 문턱을 넘지 못하고 안타까운 듯 꼬리만 툇마루를 타닥타닥 친다.

"안개가 짙구먼. 암시랑토 안 혀……. 이리 온나!"

어리광이 늘었다. 오랫동안 떨어져 지내다 다시 만난 이후 시작된 어리광이다. 사람이나 짐승이나 못 보면 기다리고 애태우는 심정이 똑같다는 걸 깍지를 보고 절절이 깨달았다. 마을에서 둘은 애틋한 부녀지간으로 통한다.

— 빠아아아아앙.

"깨갱 깨애앵 깽……."

압축 공기를 모아 부는 사이렌이 또 한 차례 길게 울린다. 이렇게 안개가 짙은 날엔 등대 불빛도 무용지물이라 소리로 신호를 보낸다. 섬에 들어와 처음 저 소리를 들었을 땐 어찌나 놀랐던지 순찰 돌다 발을 헛디뎌 길옆 웅덩이에 빠질 뻔했다. 섬에는 식수로 쓰기 위해 빗물을 받아놓는 하늘연못이 군데군데 있다. 가뜩이나 안개가 짙어 한 치 앞을 구분하지 못하는데 마치 귀에 대고 나팔 불듯 큰 소리가 혼을 빼앗았다. 이런 제길! 불면 분다고 말을 헐 것이제. 물똥 쌀 뻔했구먼! 짙은 안개에 허리가 뚝 잘린 등탑을 올려다보며 그가 종주먹을 쥐었다. 앞서거니 뒤서거니 따라오던 깍지 역시 놀라서 펄쩍 뛰다가 웅덩이에 빠졌다. 간신히 헤엄쳐 나오긴 했지만 태어난 지 얼마 안 된 어린것이라 무척 놀랐을 것이다. 그때의 기억 때문일까. 무적(霧笛)만 울면 녀석은 겁쟁이가 된다. 데시벨이 얼마나 높은지 등대원들조차 귀마개를 하고 에어폰을 직동한다. 오랜 등대지기 관록을 자랑하는 등대장 이 씨는 가는귀를 먹어서 평소에 큰 소리로 말해야 알아듣는다.

"아야, 너도 여적지 저 소리가 겁나냐? 암시랑토 안 혀! 너나 내남 그런갑다 무심헐 때도 됐잖여! 이리 온나!"

깍지를 품에 안은 재 마두에 앉아 물끄러미 바다를 바라본다. 물론 한 치 앞도 분간할 수가 없어 파도 소리로 저편 바다를 짐작할 뿐이다. 날이 갈수록 눈이 침침해져 오늘처럼 안개가 짙은 날은 더욱 사위 분간이 어렵다.

'요러코롬 짙게 찐 날은 첨이랑께. 마누라도 저 소리 오지게 싫어
했제. 가뜩이나 시낸고낸 앓던 사램이 무적이라도 빠아앙빵 울어
싸면 밤새 뒤척이느라……. 깍지야, 기억나냐? 너그 어매도 저것만
울면 공그려댐서 악을 썼잖여. 맴을 각단지게 묵어야 혔는디. 살림
은 야물게 했음서 으째 신경줄이 고러코롬 약했으까. 쩌어것을 못
견디고 잉…….'

아내는 그 사건 이후로 부쩍 신경이 예민해졌다. 헛것이 보인다,
가슴이 벌렁댄다, 뒷골이 당긴다는 말을 입에 달고 살았다. 안개가
끼거나 기압이 낮고 풍랑주의보라도 떨어질라치면 먼저 알아차렸
다. 아내는 살아 움직이는 일기예보였다. 무다시 뒷골이 쑤신다요?
온 삭신이 칼로 쑤시디끼 아프당게! 왜는 왜여, 날궂이하는 거이
제. 거시기, 임자도 이자 섬사램 다 돼부렀어. 허허허. 퉁퉁하고 성
격 좋던 아내가 신경질적으로 변해가는 것을 그는 속수무책, 지켜
볼 수밖에 없었다. 말 상대 안 해주면 안 해준다고 타박, 실없는 소
리라도 한마디 지껄이면 말 같잖은 소리로 사람 속 뒤집는다고 타
박이라 한마디 한마디가 조심스러웠다.

특히 마을 잔치나 주민자치회의를 한 날이면 아내의 짜증은 도
를 넘었다. 참말로 여그서 살다간 지명에 못 죽제. 말끝마다 육지것
들! 뭍것들! 누구 들으라는 거여? 뭐여? 차암 나! 긍게 우덜이 여그
살고 싶어 내발로 들어왔당가? 공무 집행하는 소장님 알기를 뭣 맨
치도 안 알고 말여! 거시기…… 긍게, 임자는 신경 꺼브러. 우더러

대놓고 뭐라 하간? 싸잡아서 너그들 들어라 내싸지르는 말에 일일이 토달지 말고오오! 우덜이 즈그 밥그릇을 빼사 묵었나? 죄 도둑놈 보디끼 헌당게. 당신이야말로 즈그들 시시비비 가려줄 나라 공무원인디 대접은 못 해줄망정 참말로 모지락스럽당게. 쯧쯧쯧.

목과 어깨가 굳어서 머리를 떠받치고 있기도 무겁다며 끙끙대다 잠든 날, 무적이라도 울면 아내는 어둠 속에서 몸부림쳤다. 징허네. 참말로 징허네이. 저 소리! 꼭 총소리 같당게. 하루 이틀도 아니고…… 빠앙 빵! 워매 죽겄네. 당장 떠나브러요. 뭍으로 가장게. 죽어도 고향 땅 밟고 죽고 자퍼. 언능……? 아따, 임자도 섬이 첨이간디 왜 이려싸? 안개 찐 바다 지켜주는 저 소리가 뭔 죄냐고? 총은 무신 총소리랴? 참말 요상시럽네. 통박을 주었지만 아내가 총소리 운운할 때면 그는 내심 온몸을 끈끈한 미역으로 덮어쓴 듯 찜찜한 기분을 떨쳐버릴 수가 없었다. 단 한 발의 총성은 아내의 뇌리에 깊은 상흔을 남겼다.

고향을 떠나 남도 땅 두루 거쳐 다도해 한직으로 돌던 그는 임기 말년에 땅끝섬으로 발령을 받았다. 정년퇴직도 몇 년 안 남은 터라 마지막 발령지거니 싶어 홀가분한 심정으로 짐을 쌌다. 삼십 년 가까이 남편 발령지 나라 이삿짐 싸는 데 이골이 난 아내도 별말이 없었다. 평생 경찰 아내로 살아오면서 말 없고 내성적인 남편과 달리 외향적이고 배포가 커서 오히려 그가 의지하고 기대는 편이었다. 실제로 붙임성 있고 잔정 많은 아내는 어딜 가나 인기가 좋았다.

부임해서 인수인계하고 주민 동향 파악이 끝났을 즈음엔 이 섬이 마음에 들기까지 했다. 섬의 특성상 도항선과 유람선 막배가 뜨고 나면 하루가 일찍 마감되니까 시간적 여유도 있고 가구 수도 적은 데다 대부분 본섬을 오가며 반살림하는 집이 많아 오후 네 시가 지나면 섬은 적막하기 이를 데 없었다. 관광객들 잠깐 들어왔다 나갈 동안 안전사고에 신경 쓰는 것 외엔 특별히 사건이랄 것도 없었다. 좋아하는 낚시나 하면서 세월 보내다 임기 채워 대과 없이 퇴직하면 그런대로 한세상 잘 산 셈 칠 요량이었다.

아내가 섬사람들에게 정떨어지고 몸서리치기 시작한 건 그 일이 터진 직후였다.

'그려, 그 사건 땜이여. 당시 나도 충격이 컸응게. *끄응.*'

평생 험한 사건 사고 두루두루 겪어온 그도 정말 떠올리고 싶지 않은 사건이다.

지금도 마치 마누라의 앓는 소리와 투정이 들리는 듯 방금 자신이 빠져나온 이부자리를 돌아본다. 이부자리랄 것도 없이 요때기에 때 전 홑이불이 전부다. 홀로 다시 섬으로 들어온 그에겐 변변한 살림살이랄 게 없다. 코를 팽하니 풀자 품에 안겨 겨우 맘을 가라앉힌 깍지가 놀라 퍼뜩 몸을 일으킨다.

"아녀, 아녀! 아야, 괜찮당께!"

알아듣기라도 한 듯 깍지가 그의 턱과 입 주변을 연신 핥는다. 눈빛과 꼬리, 몸짓으로 웬만한 의사소통은 다 된다. 십 년 세월을 함께했으니 말만 못한다뿐이지 자식이나 매한가지다.

"아야, 깍지야. 오늘은 낚시도 틀려부렀구먼. 이런 날은 마누라가 부쳐주던 해물 문지에 탁배기 한잔 걸쳐불면 딱인디……."

축축해진 턱수염을 어루만지며 장 씨가 중얼거린다. 말귀를 알아들은 듯 깍지가 혀를 날름거리더니 그의 입가를 핥는다. 술을 즐기진 않지만 이따금 간절할 때가 있다. 바로 오늘이 그렇다. 뭔가 심사가 허우룩하고 무지근해서 아무 의욕이 없다. 낚싯대를 손질할까, 폭풍에 무너진 돌담을 손질할까, 고장 난 보일러를 고칠까. 이 궁리 저 궁리 하지만 어느 것도 앉은자리 털고 일어나게 만들지 못한다.

오늘처럼 안개가 짙은 날은 섬은 완전히 정지 상태가 된다. 모든 게 흐릿하게 짓뭉개진 채 비안개 속에 묻힌 채 고샅길을 오가는 사람도 없고 하다못해 동네 개들조차 입에 재갈을 물린 듯 잠잠하다.

"허험, 소장님! 일찍 일어났수꽈? 안개가 짙어 마시."

잿빛 안개 커튼을 들추고 불쑥 낯익은 얼굴이 들어섰다. 등대장 이 씨다. 가는귀를 먹어서 목청이 유난히 크다. 두 사람은 오래전부터 호형호제하며 유일하게 속을 털어놓는 사이다. 관사에서 아내와 함께 사는 능대장은 틈틈이 장 씨를 챙긴다.

"이 대장 왔구먼, 무적이 저래 울어쌓는디 잠을 잘 수 있간? 일나부렀제. 허허허."

"불빛도 무용지물이래던 먼 바당에서 운항하는 선박들 안전할라게 에어 사이렌을 불어야 허우다. 시끄럽댄 참아줍서.”

“당연지사, 말해 뭣한당가. 근디 동상, 펄써 어디 댕겨오능가?”

“무사? 섬 한 바퀴 돌고 오는데 〈해룡횟집〉 해성이가 이거 주우다. 장마로 손님도 없다 마시 모슬포에 오래 나가 있을 거라게 어항 청소허우다. 암만해도 소장님이랑 술 한잔 해야 할랑갑서. 하하하.”

등대장이 검은 비닐봉지에서 돌문어를 들어 보인다. 민머리에 퉁방울눈의 녀석은 온몸이 군데군데 상처로 헐었고 눈의 힘도 빠졌다. 딱 보니 어항에 갇힌 지 오래된 놈이다. 처음 잡혀 와 갇히면 힘이 넘쳐 움직임 둔한 물고기부터 차례로 감고 흡반을 밀착해 뜯어먹지만 홀로 남으면 결국 저도 굶어 죽게 마련이다. 제 운명을 예감한 듯 풀이 잔뜩 죽었다.

“이참 저참, 해성이가 인심 써부렀구먼.”

“즈녁때 맛있는 초고추장이랑 김치 들고 올 테니, 소장님은 담가둔 겡이주 있주? 그것 잘 익었수꽈? 이참에 그것 헐읍서.”

“익다마다. 봄에 게가 푸져서 몇 단지 담가놨제. 그거 하나 헐면 쓰겄구먼. 게장도 한 단지 줄 텡게 제수씨 갖다주소.”

“무사 마시? 게장까지? 에이, 그걸랑 형님 듭서!”

“나눠 먹어야 맛이제. 제주도 맛이랑 전라도 맛이 달러. 한번 맛보면 환장혀서 싫단 말 후회헐 턴디?”

“하하하. 그럼 줍서. 울 애 어멍도 솜씨가 없어서 두루 맛보게 합주.”

"근데 맛이 제대로 들었을랑가 몰러. 울 마누라 게장 솜씨 하난 알아쥤당게. 나가 숭내나 지대로 냈나 모르제. 그냥저냥 먹어보랑게!"

장독을 들추며 장 씨가 너스레를 떤다.

"무사 마시? 뭐꽝 뭐꽝 해도 전라도 음식 맛은 팔도가 알아줍주. 나가 몰라도 그건 안다 마시. 음식도 먹어본 사램이 비슷하게 흉내낸다고, 평생 먹어본 그 입맛 어디 가겠수꽈?"

갯바위 틈바구니에서 작정하고 게 낚시를 하면 반나절에 양동이 하나 채우는 건 일도 아니다. 한 마리 낚으면 다리에 다리를 물고 줄줄이 올라와 그냥 줍다시피 한다. 장 씨가 낚시하는 동안 깍지는 갯바위에서 게를 갖고 놀 정도로 천지에 널렸다.

지난 음력 삼월 보름, 잡은 게를 해감한 후 병에 넣고 소주를 부어 밀봉해두었다. 겡이주는 다리뼈 아픈 데 특히 효과가 좋다. 적당히 삭은 게를 한 마리씩 쪽쪽 빨다 보면 안주가 필요 없고 과음해도 속을 파지 않아 해마다 꼭 담근다.

"그럼 즈녁때 올 테니 이놈 좀 삶아놓습서게. 소장님 이십서."

등대장은 게장 단지를 들고 만면에 웃음을 띠며 대문 밖을 나선다. 마을에서 장 씨는 여전히 소장님으로 통한다. 직원이라야 순경 두 명에 지원받은 해경 네 명이 전부인 단출한 초소에서 직급이 높은 그를 주민들은 파출소장, 줄여서 장 소장님으로 불렀다. 그뿐 아니라 직원이 한 명뿐인 보건소 의사도 보건소장, 전교생이 두 명뿐인 학교 선생도 교장 선생님이다.

2. 시간이 정지된 섬

안개가 걷히면서 시야가 트인 대신 천둥 번개를 동반한 폭우가 내리기 시작했다. 본격적으로 장마가 시작된 것이다. 한반도가 점차 아열대 기후로 바뀌면서 장마에 대한 개념도 바뀌고 있다. 잦은 오보로 인한 항의에 난감해진 기상청은 따로 장마 예보를 하지 않겠다고 밝혔지만 문의 전화가 빗발치자 남부 해상에 장마전선이 올라오고 있다고 짧게 언급했다.

TV가 없는 장 씨는 낡은 라디오를 이따금 틀어놓는다. 어둠이 내리면 무덤 속처럼 적막한 것이 싫어 켜놓을 뿐 귀 기울여 듣진 않는다. 섬으로 들어온 후 바깥세상 소식이 궁금하지 않다. 날씨도 마찬가지다. 아침에 일어나 방문 열어젖히면 곧장 시야에 들어오는 바다와 하늘을 바라보며 일기를 짐작할 뿐이다. 뭍에 나갈 일이 없다 보니 도항선이나 유람선 뜨는 것에도 관심 없다. 집 앞 순환도로에 횟집 골프카가 쌩하니 달려가면 유람선이 뜨는 것이고 잠잠하면 유람선이 결항됐거니 짐작할 뿐이다. 관광객에 민감한 것은 오로지 횟집들뿐이다. 골프카가 연달아 몇 대 지나가면 곧 섬이 시끌짝해질 테고 이따금 한 대 지나가면 횟집 주인들이 낚시를 가는 것이다. 관광객들은 떼를 지어 마당까지 들어와 기웃거린다. 그들에 겐 현무암 돌담도 사진 배경이 되는 모양이다.

그는 매일 깍지 앞세우고 낚시 다니는 것이 유일한 소일거리다. 그렇다고 낚시가 돈벌이 수단도 아니다. 그저 물끄러미 바다를 바라보고 있노라면 해가 속절없이 떴다 지고 하루가 가다 보면 계절이 바뀌었다. 크게 불편할 것도, 외로울 것도 없다. 깍지가 유일한 말동무다. 입에 군내 안 날 정도로 개와 씨부렁댄다. 도시에 살았어도 마찬가지였을 것이다. 노인정이나 길가에 앉아 먼 산 바라보며 세월 죽이느니 공기 좋은 섬에서 바다와 벗하는 삶을 택했다.

사실 그가 섬으로 되돌아온 이유는 따로 있다. 그 사건에 대한 책임감과 갈수록 강퍅해지는 주민들 간의 화해에 미력이나마 보태고 싶은 마음……. 그러나 마음과 달리 변방으로 겉돌고 있다. 하루가 다르게 변하는 인심은 그 시절보다 더하면 더했지 덜하지 않다. 이미 그가 개입하기엔 위험 수위를 넘어선 듯하다. 입을 봉한 채 낚싯대 드리우며 장군바위 망부석이 된 것도 그런 까닭이다.

임자, 왜 이러는겨? 어디가 얼매나 아프냐고? 음마, 이러다 사람 잡겠네. 갑자기 하혈하기 시작한 아내는 한 달 가까이 피를 쏟았다. 죽기 전에 큰 병원 한번 가보는 것이 소원이랑게. 연일 피를 쏟으면서 까무러치기를 여러 번, 보건소장의 긴급 요청으로 헬기에 실려 후송됐다. 대도시 대학병원에서 정밀검사를 받은 결과는 청천벽력이었다. 자궁암 말기예요. 이 지경이 되도록 검사를 한 번도 안 받왔단 말입니까? 의사가 고개를 저었다. 음마, 긍게 거시기, 그 뭐시냐? 암이라곤 꿈에도 생각 못 했당게요. 항암치료로 하루하루 버티는 아내 곁에서 장 씨는 간병에 최선을 다했다. 병원비를 감당할 도리가 없어 명예퇴직하고 퇴직금을 당겨 썼다. 진통제에 의지해 죽을 날 기다리는 아내를 위해 그가 해줄 것은 아무것도 없었다. 검불처럼 사위어가는 아내 곁에서 수없이 자책했다. 여보, 임자. 암만혀도 나 땜시 몹쓸 병 든 거 같어 참말로 미안시럽네. 나가 죄인이여. 으째야 쓰까……. 그런 말 마씨요. 병도 다 팔자랑게. 항아리 속에 숨어도 팔자 도망은 못 한다잖여. 긍게 맘 펜히 가지씨요. 땅끝섬에선 그토록 사사건건 짜증을 내던 아내가 오히려 남편을 위로했다. 그게 아내의 본모습이기도 했다.

그 무렵 등대장 이 씨에게서 전화가 왔다. 소장님, 사모님 건강은 어떵하우꽈? 그야 말해 뭣헌당가. 그냥저냥 근근이 버티제. 근디 워쩐 일이랴? 아, 그게 말입서. 소장님 댁에서 키우던 개 있잖수꽈? 깍지라덩? 콩깍지라덩? 그 개 말이우다. 아, 깍지? 가가 있었지? 까맣게 잊고 있었구먼.

입원과 퇴원을 반복하며 우왕좌왕하는 사이 딸과 사위가 섬에 들어가 이삿짐을 쌌다. 대절한 바지선에 옹색한 살림살이 대충 싣고 황망히 떠나오느라 딸은 키우던 개를 미처 신경 쓰지 못했다.

잉, 깍지가 워쩌? 말도 마우다. 소장님 떠난 후로 날이믄 날마다 장군바위 날망에 쪼그리고 앉아 꼼짝도 안 하우다. 가까이 가면 그

순하던 놈이 으르렁대며 짖어대고 하영 변했수다. 눈 비바람 맞아 달달 떨어도 벼랑 틈에서 꼼짝도 안 하고 저러다 병들어 죽지 싶으게. 형님도 경황없을지 알면서 보다 못해 전화했수다. 장군바위 날망이라면 그가 매일 업무가 끝난 후 깍지를 앞세우고 낚시하던 바로 그 자리였다. 녀석이 안쓰러웠지만 어쩔 수 없었다. 아내의 병세가 날로 나빠져 까딱하면 일 치를 판이라 한시도 비울 수가 없었다. 나가 지금 꼼짝할 형편이 못 되여. 형편 봐서 한번 들어갈 텡게 동상이 좀 살펴주게. 강제로 잡아다가 멕이고 줄 묶어 마당에 들여놓으면 안 될랑가? 안 해봤겠수꽈? 얼마 전 폭풍주의보 내려 관사 안 마당에 묶어놓고 먹이 줘봤지만 소용없수다게. 줄 끊고 내뺀 뒤론 더 싸나워져서 얼씬도 못 하게 형. 갯바위에 먹이 놓아주면 멀찌감치 떨어져서 안 볼 때 먹고 이젠 장군바위 망부석 다 됐수다. 허허. 허어, 그놈 참! 장 씨는 가슴 한구석이 쓰려서 입맛만 쓰게 다셨다. 경핸 날랑 어떻게든 해볼 테니 재기재기 형수님 건강 건사하고 이십서게.

　다시 섬에 들어온 지도 어언 오 년이 흘렀다. 아내를 보내고 심란한 마음에 깍지 걱정에 이참 저참 땅끝섬으로 들어오던 날, 먼발치에서도 옛 주인을 알아본 걸까. 원망스러운 듯 카랑카랑 짖어대면서 달려온 깍지는 주위를 뱅뱅 돌고 뛰어올라 얼굴을 핥더니 발라당 드러누워 배를 드러냈다. 장 씨는 그런 녀석을 보면서 마치 잃었던 자식을 찾은 듯 감격했다. 주인이 떠나 퇴락한 빈집을 손본 후 깍지와 새 보금자리를 만들었다.

"아야, 깍지야! 너도 그때 생각나냐? 아빠 섬에 다시 들어오던 날 말이여!"

아까부터 꼬리를 바짝 세우고 돌담 밑에서 앞발치기를 하며 경중거리던 녀석이 자랑스럽게 무엇을 입에 물고 달려온다. 들쥐다. 어느 한 날, 쥐를 잡아 물고 다니길래 칭찬해줬더니 그때부터 틈만 나면 녀석은 갈대숲이며 돌 틈, 쥐가 숨어 있을 만한 곳을 뒤지고 다닌다. 몸이 날랜 녀석은 쥐뿐만 아니라 날아다니는 새도 잘 잡는다. 그러나 물고 다닐 뿐 먹진 않는다.

이제 섬 개들은 더 이상 들쥐를 잡지 않는다. 섬 개들 중 유일하게 쥐를 잡는 녀석은 깍지뿐이다. 들쥐 성화에 뭍에서 들어온 고양이들은 사나운 섬 개들의 텃세에 떠밀려 절벽이나 해식동굴로 쫓겨났고 들쥐들은 한동안 덩치 큰 개들의 먹이와 장난감이 됐다. 그러나 개들 역시 관광객이 던져주는 빵과 과자에 길들여지면서 이제 들쥐 따윈 거들떠보지 않는다. 다시 갈대숲은 쥐들 천지가 됐고 이따금 깊은 밤 동굴에서 울어대는 고양이는 더 이상 쥐의 천적이되지 못했다. 요즘은 고양이들도 자취가 없다. 자연도태된 것이다. 몸집은 작지만 약삭빠른 들쥐들이 이겼다. 덩치만 컸지 게으른 개들도 들쥐의 적수가 못 됐다.

민가를 드나들며 극성부리는 쥐 한 마리 잡는 것에도 게으르기 짝이 없는 섬 개들이 서열 싸움에는 거의 목숨을 건다. 진흙탕 개싸움도 섬의 작은 골칫거리다. 개들도 제 주인 못잖게 난폭해서 주인한테 받는 스트레스를 싸움으로 푼다. 녀석들은 심심풀이로 서로 싸움을 걸었고 반드시 피를 봐야 끝냈다. 한 마리 왕따시켜 초주검이 되도록 물어뜯기도 한다. 그래서 마을은 항상 개들의 비명으로 어수선하다. 주민들이야 어제오늘 일이 아니라서 그러려니 하지만 관광객들, 특히 여자나 어린애의 공포에 질린 비명이 심심찮게 섬을 뒤흔든다.

섬 개들에게 싸움은 스트레스 해소다. 주인에게 사랑받지 못하는 것이 가장 큰 이유다. 분명 주인이 있건만 개들은 스스로 알아서 살아간다. 처음에 마을 사내들은 경쟁심에 질세라 족보 있는 비싼 개를 들여왔지만 섬에 들어오는 순간 바로 방목했다. 개들은 어디 누구네 집 개로 살아가되 먹는 건 스스로 해결한다. 관광객들에게 앵벌이로 목숨을 부지하든 말든 주인들은 개를 돌보지 않는다. 그래서 고샅길이나 신작로에서 개와 주인이 마주쳐도 서로 모르는 사이인 양 외면하고 지나친다. 그러다 적당히 살이 오르면 잡아먹힌다. 그들에겐 순종 진돗개나 콜리, 도베르만, 그레이트 피레니즈도 식육견과 다를 게 없다. 〈해룡횟집〉 해성이만 자신의 진돗개가 다른 녀석들과 쌈질이나 하면서 성질 버리는 게 안쓰러워 뭍으로 내보냈다. 그는 보신탕을 좋아하되 식용과 애완을 구분했다.

사랑받지 못하고 앵벌이 하면서 쌈질이나 일삼다가 최후엔 잡아먹힐 것을 알아서일까. 개들의 눈빛은 언제나 우울하고 슬프다.

그런 녀석들에게 깍지는 눈엣가시다. 똥개 주제에 주인 사랑을 듬뿍 받는 게 자존심 상하고 꼴사나운 것이다. 그래서 틈만 나면 깍지를 혼내주려고 호시탐탐 노린다. 그것을 간파한 깍지는 용케 잘 피해 다닌다. 장 씨가 뭍으로 떠나고 홀로 장군바위에서 떠돌이 생활할 때도 벼랑 틈에서 올라오지 못했던 것은 〈삼다도민박〉 사모예드 쌍둥이 녀석들의 텃세와 횡포 탓도 있다. 생긴 건 귀족 아가씨처럼 생긴 게 어찌나 깡패처럼 깍지를 괴롭히던지……. 게으른 다른 녀석들은 귀찮아서라도 굳이 벼랑이나 갯바위까지 쫓아오지 않았지만 쌍둥이들은 몸도 날래서 벼랑 끝까지 따라와 위협했다. 아빠와 다시 살게 된 깍지는 요즘 무서운 게 없다. 아빠 믿고 으르렁대며 덤비다가 불리하다 싶으면 냅다 줄행랑친다. 그래서 더욱 마을 개들에게 밉상이다.

'느네들, 개도 주인 사랑 받으면 남들이 함부로 못 한다는 말도 모르냐? 엉?'

깍지의 얼굴엔 자부심이 넘친다.

3. 생존 방식

"허벌나게 맛나네. 입에 쩍쩍 붙고마잉?"

"그쥬? 하하하. 쫄깃쫄깃한 게 문어는 이 맛으로 먹주."

"문어도 문어지만 이 삼겹살 괴기랑 제수씨가 끓인 시래기국 말여. 제수씨 솜씨가 좋구먼. 허허허."

"형님, 많이 들엉. 도새기는 냉동실에 얼려둔 거라 좀 질기게?"

"아녀, 아녀! 오늘 모처럼 목구멍에 찐 때가 다 벗어지겠네잉."

장 씨는 낚시로 잡은 회를 물리도록 먹다 보니 언제부턴가 죽은 아내가 끓여주던 시래기 된장국이나 소고기 무국이 간절하게 먹고 싶었다. 이젠 회보다 육고기가 좋고 군대 온 젊은이처럼 사탕이나 과자 같은 단것이 당겼다. 오늘 모처럼 포식하게 생겼다. 기분이 좋아진 장 씨는 벌써 겡이주를 반 단지나 비웠다. 고기 굽는 냄새를 맡은 깍지가 마루에 앞발을 걸친 채 언제 한 점 주려나 침을 흘리고 있다.

"깍지 이놈, 옛날에 말깨나 안 듣더니 이젠 날랑 봄 친한 척하우다. 하하하."

"그래도 이 대장을 꽤 따른당게. 속이 빤한 놈이여. 이놈이!"

"참, 얼마 전 아랫말 별장집 진돗개 말이우다. 귀가 다 뜯겼대던 협디다."

"별장집? 서울서 왔다는 교수님 댁, 그 자알생긴 진돗개 말여? 누담시? 누가? 내가 알기론 가가 마을에서 젤로 싸나워서 〈남도민박〉 누렁이도 꼼짝 못헌다던디?"

별장집 진돗개 '초콜릿'은 한눈에 봐도 귀골인 데다 용맹심이 뛰어나 마을 개들이 함부로 건들지 못한다. 처음 섬에 들어올 때부터 부인 '공주'와 함께 들어와 새끼도 한배 낳았다. 주인인 김 교수는 행여나 마을 개들과 떼 지어 몰려다니면서 품종이 섞일까 봐 마당 안에 최대한 동선 거리를 길게 잡은 개 줄에 묶어 키웠다. 어쩌다 운동 삼아 한나절 풀어주면 허줄한 동네 개들이 초콜릿의 용맹심에 본능적으로 압도돼 납작 엎드려 기를 못 폈다. 초콜릿이 일단 한 차례 군기를 잡은 후 자리를 뜨면 그제야 슬금슬금 뒷걸음질 치던 〈남도민박〉집 노랭이가 평소 원한을 풀기 위해 한밤중에 떼로 몰려가 초콜릿과 공주를 공격한 것이다. 밤하늘을 찢을 듯한 비명을 듣고 달려나온 주인의 물벼락에 싸움은 일단락 났지만 이미 초콜릿의 한 귀가 떨어져 나갔고 공주도 주둥이가 피투성이였다. 두 마리는 개 떼의 공격을 피하기 위해 몸부림칠수록 줄이 온몸을 옭아매 저항도 못 하고 꼼짝없이 당했다.

"허어, 참! 마을 개들 문제가 많당게. 그래서 사램들이 들쥐 잡는 답시고 약을 놓아 개들을 잡는 것이제! 누구 소행인지 몰라도 필시 그런 연유여!"

"형님도 글케 생각허우꽈? 개 주인들 세도에 말은 안 헝 주민들 사이에 불만이 많수다. 참, 얼마 전 절집 반야도 죽었다 마시!"

"반야가? 왜?"

"절집 사람들이 반야 새끼들 죄 뭍에 보냄시 밥도 안 먹고 시름시름 앓더니 한날 죽었댄. 사름이나 짐승이나 새끼에 대한 모성은 눈물겹수다."

148

"허어, 그 녀석 우리 깍지를 참 이뻐라 했는디 안됐구먼. 긍게 짐승이라고 다 같은 짐승이 아니랑게."

"옛날에 깍지가 장군바위에서 떠돌면서 동네 개들한테 괄시당할 때도 반야가 많이 보호해줬다 마시. 한때 반야가 사납기로 일등 갔대던? 가이 나서면 동네 개들 꼬랑지 팍 내리고. 하하하."

"절집 개라 반야도 측은지심이 짚었는갑제. 낚시 갈 때면 절집 앞을 지나가잖여? 반야가 다른 개들헌티는 사납게 몽니 부리는데 우리 깍지가 지나가면 핥고 예뻐해주더랑게. 불심이 참 짚었는디 안됐구먼."

"겡이주가 아주 잘 익었수다. 술맛이 끝내준다 마시."

등대장은 기분이 좋은지 습기 머금은 밤하늘을 올려다보며 헛웃음을 흘린다. 그때 깍지가 두어 번 컹컹 짖다 말고 마루 밑으로 숨는다. 어둠 속에서 불쑥 자치회장집 개 땡이가 나타났다. 고개 냄새 하나는 기가 막히게 잘 맡는다. 땡이 역시 이 집 저 집 앵벌이로 끼니를 잇는다. 주민들이 자치회장은 꺼려 해도 녀석은 잘 거두는 편이다. 래브라도 리트리버 특유의 외모 덕에 인기가 최고라 관광객이 물밀듯 들어오는 여름이 땡이에겐 메뚜기 한 철이다. 그러나 요즘저럼 장마로 관광객과 낚시꾼 발길이 뚝 끊어지면 배를 곯아 풀이라도 뜯어먹을 지경이다.

"마을 민박집에 낚시꾼들 한 팀도 없는가? 땡이가 우리 집엘 다 오고?"

녀석은 배가 들어오면 관광객들은 곧 떠날 사람들이라는 걸 본능적으로 안다. 그래서 며칠 묵어 갈 낚시꾼 한 팀을 딱 찍어 사흘이고 나흘이고 줄곧 그림자처럼 따라다닌다. 그들이 묵는 민박집 댓돌 밑에서 자고 낚시를 가면 앞서거니 뒤서거니 따라다니는 것도 그들이 떠날 때까지 먹이 걱정이 없기 때문이다. 외지에서 온 낚시꾼들은 대부분 영리하고 말 잘 듣고 순한 땡이에게 먹을 것을 아끼지 않았다.

"허어, 땡이야, 이 집 저 집 네 새끼들 잘 크고 있나 시찰 다녕?"

"그게 뭔 소리여?"

"하, 이놈이 땅끝섬 최대 바람둥이 아니우꽈? 암내만 풍겼다 하면 젤 먼저 달려가 올라타니까 이 집 저 집 땡이 새끼 없는 집이 없다 마시! 허허허."

암컷 한 마리가 암내를 풍기면 힘 좋고 덩치 좋은 수컷들 차례로 흘레를 붙지만 덩치 작고 힘없는 녀석들은 침 흘리며 그저 바라볼 뿐이었다. 갈대밭이고 잔디밭이고 장소불문 그들만의 원시적 축제가 벌어졌다. 이윽고 암컷이 새끼를 낳으면 다 어슷비슷했다. 래브라도 리트리버와 진돗개가 섞이면 그중 두세 마리는 영락없이 땡이를 닮아서 '큰애비 땡이'로 불린다.

녀석은 두 사람이 제 얘길 하든 말든 모르는 체 주는 고기 날름날름 받아먹더니 제 볼일 다 봤다는 듯 어둠 속으로 사라진다. 불러도 들은 척도 안 한다.

"허어, 그놈 참!"

"쟤가 저래 바보처럼 굴어도 촘말로 속은 빤한 놈이우다. 동네 개들 하는 짓 보면 암컷에 대한 수컷들의 치열한 싸움은 사람이나 짐승이나 다를 게 없댄. 하하하."

여름밤이 깊어간다. 비구름 잔뜩 낀 하늘은 낮게 가라앉았고 대기는 축축한데 바람 한 점 없어 마당에 놓은 모깃불 연기만 자욱하다. 겨울에는 바람이 극성을 부리지만 여름엔 미풍 한 오라기 없고 습기와 모기 떼 극성으로 여름나기가 더 고달프다. 장 씨는 나이 먹을수록 습기로 온몸이 쑤셔 밤잠을 설친다. 보일러라도 한 차례 돌리면 나은데 번개 맞아 고장 난 보일러는 언제 고칠 수 있을지 기약이 없다. 아무리 본섬 보일러 가게에 전화해도 돌아오는 대답은 똑같다. 부품을 선착장에 맡겨놓을 테니 찾아다 직접 고치우다. 우리도 바빠서 섬까지 애프터서비스 못 간다 마시. 아따 한두 집이 아니랑게? 환장허겠네. 그러들 말고 한꺼번에 몰아서 하루 수고 좀 해주랑게! 하영 바빠 그렇게 못 해 마시!

'가을이 오기 전에 손보긴 봐야 쓰겄는디, 아니 그보다 터진 모기장부터 꿰매야 혀! 모그 새끼들 뜯어먹는 통에 잠을 잘 수 있간디! 근디 부다시 눈이 침침하고 손꾸락 하나 까딱허기 싫디야?'

장 씨는 아까부터 무엇이 그리 불안한지 연신 술잔을 들었다 놓았다 하다가 넌지시 말문을 연다.

"이 대장 자네, 그때 그 사건…… 지억하능가?"

“그때 일이람……? 무사? 아무도 알은 척 안 허는 그 일 말형? 무사? 형님 취하셨수꽈?”

“난 말여, 그 사건이 바로 어제 일처럼 생생하당게. 동상도 기억허제? 안즉 안 잊었제? 아무래도 그때 나가 일 처리를 잘못했지 싶당게……. 나 땜이 여러 목숨 놓친 거 아닝가 맴도 무겁고. 아직도 꼭뒤에 달라붙어 있단 말씸이여.”

“형님은 무사? 다들 입 다물고 있는 공공연한 비밀을……. 혼저 털어버리우다.”

“아니, 긍게…… 참말로 땁땁허네이.”

장 씨는 어떻게 말문을 열어야 할지 몰라 앓는 소리를 낸다.

4. 원죄

그해 늦가을, 온 섬이 칠흑 같은 밤에 〈한라민박〉만 불을 훤히 밝히고 있었다. 한라산으로 오소리 사냥 나갔던 복만이 돌아온 것이다. 며칠씩 집을 비웠다가 돌아온 날이면 아내 미순과 허드레 일꾼 병수는 복만의 술주정에 밤새 시달리곤 했다.

그날도 남편의 안색이 푸르족족, 이마에 갈매기 두 마리 띄운 것을 본 미순은 괜히 주눅이 들어 눈도 마주치지 못하고 어정쩡하니 식당과 안채를 오락가락했다. 막배 타기 전 이미 한잔 걸쳤는지 불콰해진 복만의 심사가 뭔지 모르게 잔뜩 꼬여 있었다. 처자식 있는 남자와 눈이 맞아 밤도망하다시피 땅끝섬으로 들어와 살림을 차린 지도 어언 삼 년, 남편 표정만 봐도 무슨 일이 벌어질지 훤했다. 아니나 다를까 버럭 소리부터 질렀다.

"뭔 지랄로 부엌서 딸그락거랜? 누가 밥 달라게? 들어와 약 좀 발라보랜! 병수는 자리돔으로 지리 끓여 술상 봐 오랜!"

"얼른 들어가요. 또 날벼락 떨어지기 전에. 내가 술상 봐 갈게요."

슬그머니 다가온 병수가 미순의 등을 떠밀었다. 마지못한 듯 여자가 주춤주춤 안채 미닫이문을 열었다. 웃옷을 벗고 돌아앉은 남편의 등짝에 짐승 발톱 자국이 깊었다.

"이게 뭐꽝? 어쩌다 피까지? 많이 다쳤수꽈?"

놀라서 무릎걸음으로 다가가는 미순을 세게 떠다밀었다.

"재수 없을라게 지달이한테 속았다 마시! 허어! 고놈이 천하의 김복만 등짝에 발톱을 박았다 마시?"

"그러게 이제 지달이 사농 관두고 꿩만 잡는다고 엽총까지 샀잖수꽈?"

"이번 딱 한 번만 더 한다고 안 했샤? 재수 없게 이타 저타 말이 많다 마시!"

복만은 원래 오소리 사냥꾼으로 젊어서 한라산 골짜기 속속 누비고 다닌, 알아주는 사농바치였다. 대를 이어 사냥으로 잔뼈가 굵었고 오소리가 워낙 비싼 값에 팔리다 보니 한때 남부러울 것 없이 살았고 흉년이 들어도 끼니 걱정한 적이 없었다. 그러나 오랫동안 오소리 사냥을 해온 사냥개가 죽고 자신도 늙어 기력이 떨어지던 차에 마침 꿩엿 공장에 꿩을 대주는 벌이가 쏠쏠하단 말에 엽총을 장만했다. 하지만 오소리에 대한 미련을 버리지 못해 마지막 한 번만 더 하자 싶어 동료들 사농 길에 끼었다가 부상을 당한 것이다.

오소리란 놈은 워낙 죽은 척을 잘해서 도끼로 골을 찍고 사냥개가 목덜미를 물어뜯어도 반쯤 죽었다가 다시 살아나는 강한 생명력을 갖고 있다. 남 당했단 소리는 들어봤어도 자신이 당할 줄은 몰랐다. 피투성이 축 늘어진 놈을 망태에 넣고 산을 내려오는데 살아난 놈이 맹수보다 더 날카로운 발톱으로 찍은 것이다.

"약은 발랐수꽈?"

"소주 뿌렸다 마시! 병수야! 이놈은 술상 봐 오랬더니 어데 자빠졌더냐? 게을러 터져게…….'

"너무 닦달하지 마우다. 제 딴엔 하느라 열심을 내우다."

"뭐랜? 이년이 이젠 대놓고 역성들언? 내 돈 주고 부리는데 무사 내 맘대로 못 시켠? 헹, 증거만 잡히면 넌놈들 내 손에 죽었다 마시!"

"아맹해도 그런 소리 마우다. 하늘 무섭지 않수꽈?"

복만은 스무 살 가까이 나이 차 나는 어린 아내가 항상 못 미더웠다. 손이 아쉬워서 병수를 들이긴 했지만 그의 젊음과 힘이 내심 못 마땅했다. 의심은 불결한 확신으로 번져 현장만 잡혀라 벼르고 있는 중이었다. 조년이 필시 젊은 놈이라 환장할 거라 마시 으으음.

처음 땅끝섬에 들어와 횟집 겸 민박집을 차릴 때만 해도 모든 게 순탄해 보였다. 그러나 손바닥만 한 섬에서 관광객들 주머니만 바라보며 밥그릇 싸움 하는 상황이라 외지인을 경계하는 섬사람들의 배척과 텃세는 생각보다 심했다. 뭍것들이라는 차가운 시선과 부부 나이 차가 암만해도 수상쩍다는 수군거림에서 비롯된 왕따로 하루하루가 가시방석이었다. 그들은 철저하게 소외당했고 〈한라민박〉은 섬 속의 작은 섬처럼 고립됐다. 배알이 뒤틀린 복만은 장사는 뒷전이고 만날 술타령만 하다 다시 사냥을 시작했다. 오소리 사냥바치로 명성을 날리던 그 시절이 그리웠던 것이다.

몇 날 며칠씩 집을 비우는 일이 잦아졌다. 간판만 횟집이지 횟감도 없고 민박이라고 세워놓은 가건물은 비가 새고 거미줄이 쳐져 을씨년스러웠다. 남편이 기약 없이 떠나면 여자 혼자 하염없이 바다만 바라보며 눈물 바람을 했다. 낯선 외딴 섬에서 말 붙일 사람, 의지할 식구 하나 없는 처지가 한스러웠다. 그때 유일하게 들여다보고 끼니 걱정해주며 말벗을 해준 이가 파출소 소장 사모님이었다.

"젊으나 젊은 사램이 허구한 날 이러구 살면 으쩐디야? 밥은 먹었능가? 몸 축나면 말짱 도루묵잉게 이것 먹고 지운 채려! 잉? 아야, 꼭 막내 동상 같아서 허는 말잉게, 성 말 듣소. 잉?"

오며 가며 수시로 들여다보는 사모님 성화에 그나마 기운을 냈다. 어쩌다 돌아오는 남편이 던져주는 돈 몇 푼은 간당간당해서 뭐라도 해서 먹고살 궁리를 해야 했다.

"동상, 우리 집 소장님 말씀이 일꾼 하나 소개하면 으떨까 싶다네잉. 사람은 착실헌디 근본은 우리도 몰러. 섬에 놀러 왔다가 눌러 앉았는디 아무 일이나 좋다고 일자리 찾는 청년이 있디야. 낚시도 시키고 민박 손님 받으면 청소도 허고……. 가게를 살려야지. 안 그려? 현금이 돌아야 동상도 먹고살제. 젊은 사램은 일을 혀야 얼굴이 핀당게. 지금 봐봐! 동상 얼굴이 산 사램 얼굴인가? 잘 생각해보고 복만 씨랑 상의혀봐!"

복만도 순순히 동의했다. 어차피 섬에 틀어박혀 오가는 관광객 주머니만 바라보는 것도 성에 안 차고 좀이 쑤시는데 일꾼 들여 양쪽에서 벌면 금세라도 기반 잡고 일어설 것 같았다. 병수는 부지런하고 말수도 적은 데다 무슨 일이든 알아서 척척이었다. 가게는 하루가 다르게 변했다. 어항엔 낚시로 잡아 온 고기가 그득하고 손님방은 깔끔하게 청소가 돼서 낚시 손님이 제법 꼬였다. 병수는 천연덕스럽게 원주민인 척 낚시꾼들을 상대로 포인트며 낚시 비법을 설명했다. 자연스레 단골손님도 늘어났다. 〈한라민박〉이 북적거릴수록 동네 인심은 날로 사나워졌다. 마을에서 지켜보는 눈이 많아질수록 따돌림도 심해서 마을 대소사에 끼워주긴커녕 걸핏하면 감투 쓴 이들이 찾아와 행패를 부렸다.

"동상, 아무리 자치회장 패거리들이 못살게 굴어도 눈도 꿈쩍 말어! 다 저그들 살 궁리는 해놓은 인사들이니께. 알부자들이여! 이 섬 전체가 저그 땅도 아니고……. 다 묵고살자고 허리띠 졸라맸는디 같이 잘 살어야지. 안 궁가? 욕심이 푸지면 망조 드는 벱! 여그 사램들 속사정 말은 안 혀도 재혼해 배다른 자석 키우며 사는 사람들 더러 있당게? 살려고 맴 먹었으면 독허게 견뎌내야 허는 게 섬 생활이여. 한번 뜨겠다 작정하면 나갈 궁리만 허게 돼야! 동상, 맴 각단지게 묵어! 이 섬서 살아남으려면!"

동네 사람들 눈치 보여 예전처럼 자주 오지 못해도 이따금 들른 사모님은 늘 미순이 편이었다. 그녀는 비로소 사람 사는 재미가 무엇인지 알 것 같았다. 사모님도 고맙고 병수도 고마웠다. 병수는 마치 누나 집에 일 도와주러 온 친동생 같아서 의지가 됐다. 밖으로 도는 남편 때문에 허전하고 동네에서 따돌림당하면서 괴로운 처지에 위로가 됐다. 그래서 허물없이 대하면서 먹을 것, 입을 것 하나라도 더 챙겨줬다.

그럴수록 두 사람을 바라보는 복만의 눈엔 핏발이 섰고 말 마디에 가시가 박혔다. 폭음을 하면 화냥년이니 서방질이니…… 대놓고 모욕했지만 수중에 돈이 모이고 장사로 바쁘다 보니 터무니없는 오해거니 가볍게 흘려들었다. 갈수록 복만은 실력행사를 했다. 밥상이나 문짝 부수는 건 보통이고 급기야 미순에게 발길질에 주먹이 날아왔다. 복날 개 패듯 두들겨 패다 지쳐 잠든 새벽이면 미순은 컴컴한 홀에 앉아 쓴 소주를 마시며 흐느꼈다. 그럴 때 슬그머니 병수가 나타나 멍든 눈자위에 문지르라며 계란을 쥐여주거나 파스를 내밀었다. 그런 새벽이면 둘은 부옇게 유리문이 밝아오도록 내내 말없이 술잔을 주고받았다.

"병수 저놈 들어오고부터 얼굴은 무사 처발르냐? 젊은 놈이라 좋던? 아맹해도 네년 속은 날랑 더 잘 알지!"

"내 속에 들어와봤수꽈? 억울한 소리 하멘 저 바다에 풍덩 뛰어들음수다."

"이년 말하는 거 보랜. 콱!"

복만은 병수가 막 차려갖고 들어온 술상을 냅다 던졌다. 하마터면 미순이 뜨거운 지리 냄비를 뒤집어쓸 뻔했다. 순간 병수가 외마디 소리를 질렀다.

"사장님! 진짜 왜 이래요? 해도 너무 하심다. 미순 누님이 뜨거운 냄비 뒤집어썼으면 어쩔 뻔했어요?"

"뭐랜? 미순 누님? 야, 이 새끼야! 널랑 뭔데 끼이? 지금 누구 편 들었시냐? 엉? 내 오늘은 하영 결판낼꿩. 나와라! 혼저 쫒아 나오랜! 결판내자 마시"

복만이 먼저 어둠 속으로 뛰쳐나가자 병수가 어쩔 수 없다는 듯 신발을 고쳐 신었다.

"가지 말엉. 병수 총각! 피하는 게 수영! 나가지 맙서!"

미순은 불길한 예감에 병수를 말렸지만 소용없었다. 열린 유리문으로 찬 가을비가 들이치고 있었다. 엎어진 국 냄비와 상을 대강 치우고 시계를 보니 자정이 넘었다. 캄캄한 어둠 속에서 두 사내는 기척도 없고 처덕처덕 찬비만 내리고 있었다. 불안한 맘에 두어 차레 소리쳐 남편을 불렀지만 아무 대답이 없었다. 그의 성미에 순순히 들어올 리 없고 아무래도 병수가 걱정돼 견딜 수가 없었다. 간헐적으로 등대 불빛만 서치라이트처럼 온 섬을 쓰윽 쓱 훑었다. 그날 따라 등대 불빛이 불온하게 느껴졌던 건 웬까.

다음 날 남대문 벼랑 아래 갯바위에서 병수가 발견됐다. 추락하면서 바위에 얼굴을 부딪힌 듯 피투성이로 엎어져 있었다. 조용하던 섬마을이 벌집을 쑤셔놓은 듯 시끌벅적했다. 파출서에 붙잡혀 간 복만은 한사코 결백을 주장했다.

"아녕, 아니우다! 날랑 그 그저 좋은 말로 타이르려는데 병수 그놈이 바락바락 대들었댄. 서 서로 밀치고 달치덩 몸싸움을 했댄 가갑재기 병수가 발을 허 헛딛어 떨어졌수다! 초 촘말이엉. 난 밀지 않았수다. 촘말 미 밀지 않았댄! 내 말 믿어줍서."

겁에 질린 복만은 말까지 더듬었다. 서귀포 본서로 압송되기 위해 대기 중이던 그가 잠깐만 집에 다녀오겠다고 했다. 장 소장은 배가 뜨지 않는 한 좁은 섬에서 도망이야 가겠냐는 생각에 순순히 허락했다. 그는 내내 입이 썼다. 평소에 복만이 병수를 의심한다는 건 알고 있었지만 이런 일이 벌어질 줄은 꿈에도 생각 못 했다.

'젊으나 젊은 병수 놈이 안됐구먼! 이 일을 우짠디야? 뭘 헌다고 그 새북에 쫓아 나가? 복만이 성질 번연히 암서…… 쯧쯧. 복만이도 성질 죽여야 허는디, 이번 일로 정신 차릴랑가? 조사해보믄 다 나오겄제. 그나저나 미순이 상심이 크겄구먼. 우짠디야!'

그 시간, 자신의 가게에 들른 복만은 미순이 보는 앞에서 순식간에 엽총을 턱에 대고 방아쇠를 당겼다. 미순은 경악했다. 미처 말릴 틈도 없이 눈앞에서 벌어진 참극에 넋이 나갔다. 가게를 뛰쳐나간 그녀는 정신없이 달리기 시작했다. 총소리에 놀란 마을 사람들이 우왕좌왕했다. 파출소에서 뛰어나온 장 소장이 〈한라민박〉으로 향하려는 순간 등대 쪽으로 달려가는 미순을 발견했다.

"미순이, 미순이 어딜 가능겨? 복만이는? 서봐! 미순이!"

맨발에 헝클어진 머리, 치마를 펄럭이며 전속력으로 달려가는 게 무슨 일을 벌일 기세였다. 관사에서 뛰쳐나온 아내와 해경 대원들이 그녀를 쫓기 시작했다.

"미순아아, 아야, 거그가 어디라고 걸로 뛰어가? 서보랑게!"

아내가 소리친 순간 등대 못 미쳐 억새밭 앞에서 미순이 흘깃 돌아보았다.

"아야, 미순아! 뭔 일이여? 응? 뭔 일이냥게? 복만이는?"

순간 미순이 그정절벽 가장자리에 낮게 쳐두었던 밧줄을 가볍게 뛰어넘었다.

"위험하우다! 멈춰 서게!"

사람들이 다가가자 그녀는 망설일 새도 없이 허공으로 몸을 날렸다. 착시현상이었을까. 한 마리 나비처럼 허공에 잠시 머물더니 빠른 속도로 추락하기 시작했다. 섬에서 가장 높은 그정벼랑, 삼십구 미터 아래, 물살이 세기로 유명해서 잠녀들도 물질을 꺼리는 깊은 바다로 그녀는 모습을 감추었다.

5. 세월을 낚는 사람

장 소장은 오늘도 낚시 장비를 메고 울 밖을 나선다. 그의 주변을 맴돌던 깍지가 신이 나서 달려가다 하마터면 골프카 바퀴 속으로 빨려들어갈 뻔한다. 관광객을 태운 골프카들이 놀이동산 꼬마기차처럼 줄지어 지나간다. 산책로를 점령한 골프카들의 곡예 운전으로 늘 아슬아슬하다. 장마가 끝나고 본격적으로 휴가철이 시작되자 관광객들이 물밀듯 들어오면서 온 섬이 잔치 분위기다. 골프카에서 흘러나오는 트로트 음악과 요란한 경적, 횟집들의 호객 외침, 관광객들의 낭자한 웃음소리로 모처럼 활기가 넘친다. 일 년 중 가장 번성한 때라 횟집과 골프카 들의 경쟁도 눈에 보이지 않게 치열하다.

멀리서 양손에 짐을 든 할망이 골프카를 피해 조심조심 걸어오고 있다. 장 씨는 습관적으로 달려가 할망의 짐을 받아든다. 파출소 소장 시절부터 마을 어른들이 도항선에서 내리면 항상 짐 들어주고 부축해주던 버릇이 여태 남았다.

"어디 댕겨오시능가요?"

"응? 응. 못살포 병원 갔다 장 좀 봤수다."

칠순이 넘은 현씨 할망은 잠수병으로 이곳저곳 고장났지만 총기는 여전하다.

"아, 모슬포 말잉게라?"

예로부터 바람이 심해 사람이 못 살 포구라 해서 못살포! 못살포! 하다 오늘날 모슬포가 됐지만 옛날 사람들은 아직도 못살포란 지명이 입에 뱄다.

"소장님은 낚시 갑서?"

"예."

"소장님도 혼자 몸에 뭐등 돈 벌 궁리를 해야 먹고살우다. 괴기라도 잡아 팔엉?"

"에이, 뭘요. 그냥 재미로 낚는 거랑게요."

"밤에 심심하면 할망들 놀이 화투치는 데 오우다. 혼자 뭔 재미로 긴 밤 보내우꽈? 날랑 소장님 돈 좀 따봅서. 헤헤헤."

"그려요. 한번 갈 텡게, 들어가셔요."

장 씨는 평소 가던 장군바위 대신 할망당 쪽으로 발길을 잡는다. 관광객 아가씨들이 아기업개 할망당 표지판 앞에서 사진을 찍고 있다. 그들에겐 단순히 관광지에 지나지 않지만 섬사람들에게 할망당은 특별한 의미가 있다. 낚시꾼들 역시 불경스럽게 함부로 할망당을 가로지르지 않는다. 잠녀 할망들이 치성을 들이거나 소원을 빌러 가지 않는 한 할망당 앞은 한산한 편이다.

장 씨는 주머니에서 천 원짜리 지폐 넉 장을 꺼내 돌로 괴어놓고 초코파이 네 개를 올린 다음 정성스레 절을 한다. 제단을 쌓아놓은 현무암 돌 틈 사이에서 들쥐 한 마리가 고개를 내밀었다가 잽싸게 사라진다. 제물로 올려놓은 과자며 사탕 부스러기에 맛을 들인 단골 쥐인 모양이다.

'할망, 그저 노여움일랑, 서운함일랑 푸시고 복만이, 병수, 미순이 불쌍히 여겨 넋이나마 극락왕생허게 해주랑게요. 암만혀도 한이 많아 안즉 이 섬을 못 떠났을 거구면요. 고생만 하다 간 우리 마누라도 살펴주씨오. 글고…… 모지락스런 섬사램들……. 참말로 깝깝허네요.'

절을 마친 그가 뒷짐을 진 채 무연한 시선으로 바다를 내려다본다. 모슬포가 손에 잡힐 듯 가깝다. 시선을 돌려 섬을 둘러보자 멀리 가르마 같은 산길에 골프카가 한 대 서 있다. 관광객들이 내려서 사진을 찍는 모양이다. 조상 대대로 섬을 지켜온 원주민과 돈벌이를 위해 전국 각지에서 사연을 안고 들어온 외지인들이 모여 사는 땅끝섬. 하루가 멀다고 시비가 벌어지는데 명색이 파출소장을 지낸 자신이 역할을 못 하고 있는 게 영 껄쩍지근하다. 등대 옆 억새밭이 스산하게 머리를 풀어 헤쳤다. 미순의 넋이 여태 그 자리를 떠나지 못하고 맴도는 것 같다. 처음 섬에 들어올 때는 낚시로 세월이나 죽이자고 온 게 아닌데……. 자신이 한없이 무기력하게 느껴진다.

그때다. 살레덕 선착장이 시끌짝하다. 유람선이 도착해 관광객들이 내리자 골프카 운전사끼리 싸움이 붙었다. 이단 옆차기와 주먹질이 오가고 욕설이 난무한다. 서로 손님을 끌어가려다가 싸움이 붙었다. 현직 파출소장까지 출동한 걸 보니 싸움이 커진 모양이다. 장 씨는 고개를 돌려 코를 팽 풀고 깍지를 부른다.

"한 날도 죄용할 날이 없구먼. 저러다 사단이 나도 크게 나지 싶당게. 깍지야, 이리 온나! 아빠랑 낚시 가자아~"

섬, 섬옥수 纖獄囚

5

1. 불 꿈

온 섬이 활활 타고 있었다. 망동산 솔밭에서 시작된 불길이 순식간에 마을 쪽으로 고개를 돌리더니 초가집 두어 채를 삼키고도 성에 안 찬 듯 벌건 혓바닥을 널름거렸다. 뱀 밭으로 유명한 망동산 일대 우거진 숲은 순식간에 불바다가 됐다. 망나니 같은 불길은 도무지 수그러들 기세가 아니었다. 손바닥만 한 섬에서 도망갈 곳을 찾지 못한 사람들은 울부짖었다. 불길을 피해 우왕좌왕하던 사람들이 하나둘 바다로 뛰어들었다. 서로 엉킨 붉은 뱀들이 섬을 통째로 집어삼키기 일보직전이었다.

"부, 불이야! 사름 살려…… 살려줍서."

고래상군 현씨 할망은 두 팔을 허우적거리다 전화벨 소리에 가까스로 눈을 떴다. 〈남도민박〉 정 사장이다.

"혼저 옵서. 다들 모였수다. 할망 기다리느라 눈이 빠정! 하하하."

"기여? 호끔 싯당 가메, 낼랑 기다리지 말고 먼저 패 돌립서."

전화를 끊은 할망이 시계를 본다. 초저녁잠이 많은 데다 아침 일찍 서둘러 모슬포 다녀왔더니 피곤했던 모양이다. 평생 물질로 골병든 몸뚱이, 고스톱이라도 치면 잠깐이나마 아픈 걸 잊을 수 있다. 한 번 두 번 끼다 보니 이젠 얼굴 안 비추면 찾고 난리다. 늘그막에 외로운데 찾아주는 그들이 고맙다. 품 안의 자식이라고, 결혼해서 제 가정 꾸리고 뭍에 나가 사는 자식들보다 이웃사촌이 더 살뜰한 법이다. 막내딸 정희가 죽고 난 뒤 마음이 헛헛해져서 혼자 있는 게 싫다. 치마만 둘렀지 대장부로 오지랖 넓고 활수한 현씨네지만 요즘 들어 부쩍 외로움을 탄다.

서둘러 나갈 채비를 차리다 말고 사납던 꿈자리가 떠오르자 마음 한구석이 덜컹 내려앉는다.

'꿈이 촘말 생생하영. 종태 할망은 또 뭔 조화시냐. 할망이 불을 냈더랜……'

아직도 유황불구덩이가 눈에 선하다. 남들은 불 꿈을 꾸면 재수가 좋다는데 현씨 할망은 반대다. 정희가 물숨 먹는 사고를 당하기 전에도 온 섬이 활활 타는 꿈을 꾸었다. 오늘은 아궁이에 불을 때면서 졸다 옷에 불이 붙어 타 죽은 종태 할망까지 보였다. 그 집 아궁이에 붙은 불이 순식간에 마을로 번졌던 것도 같고…… 뭐가 뭔지 종잡을 수 없지만 어쨌든 꿈자리가 뒤숭숭하다.

'이엉 무신 불길한 징조고……. 옛날 고리짝에 죽은 종태 할망은 무사 꿈에 보였시냐?'

할망이 자랄 때 마을 어른들에게 들은 바에 의하면 지금은 나무 한 그루 자라지 못하는 민둥섬이지만 백이십 년 전만 해도 산림이 울창해 어디를 가나 숲이었다고 했다. 무인도에 이주한 조상들은 먹고살 길이 막막하자 땅을 개간해 밭농사를 지으려고 일부러 숲에 불을 냈는데 얼마나 나무가 많았던지 석 달 열흘을 탔다고 했다. 또 다른 하르방 말에 따르면 퉁소를 잘 불던 어느 선비가 달밤에 망동산 솔밭에 앉아 퉁소를 부는데 퉁소 소리에 홀린 뱀이 수백 마리 나타나자 혼비백산해서 불을 질렀다고 했다. 그때 뱀들이 거의 다타 죽거나 꼬리에 꼬리를 물고 바다를 헤엄쳐 도망가서 지금까지 뱀이 한 마리도 없다는 것이다.

어떤 말이 사실인지 몰라도 어쨌든 온 섬이 불에 탔다는 이야기는 어린 현씨의 뇌리에 깊숙이 자리 잡았다. 그러더니 언제부턴가 불에 타는 섬을 직접 본 듯 삼삼하게 눈앞에 떠오르다 못해 꿈자리를 어지럽히기 시작했다. 꿈에서 불길에 쫓기거나 불길을 피해 장군바위 날망까지 기어올랐다가 급기야 바다에 뛰어내리는 아슬아슬한 장면에서 깼다.

'언제부터 불 꿈을 꾸기 시작했덩……?'

께름칙한 심사를 달래려는 듯 할망은 서둘러 걸음을 재촉한다. 온몸에 들러붙는 모기를 손바닥으로 찰싹찰싹 때리며 가로등도 없는 밤길을 밟는데 등대 불빛이 큰 도움이 된다. 어둠 속에 불을 밝히고 선 등탑은 언제 봐도 위용이 넘치고 보무당당하다. 어린 시절, 마을에서 유일하게 현대적 건물이었던 등대는 마을 아이들의 꿈을 키워주었고 등대지기 총각은 처녀들의 가슴을 콩닥콩닥 뛰게 만들었다. 그런데 예나 지금이나 한결같이 밤바당을 지키고 선 등대를 바라보는 현씨는 어느새 꼬부랑 할망이 됐으니 세월 참 무상하다.

젊은 시절만 해도 절해고도 외딴섬에 전깃불이 당키나 했던가. 아방이랑 동네 아즈방들이 바당에 나가 잡아 온 수염상어나 불범상어의 내장을 끓여 만든 기름을 이용한 각지불이 고작이었다. 상어 내장을 오래 끓이면 기름이 둥둥 뜨는데 그걸 모아서 불을 붙이면 등유 부족한 섬에선 훌륭한 등잔이 됐다. 모든 게 부족하고 아쉬워도 죽으란 법은 없었다. 마을 남자들은 머리를 맞대 지혜를 짜냈고 여인네와 아이들은 아껴 쓰면서 절약을 몸에 익혔다. 내 것 네 것 없이 마을 전체가 한 살림이고 한 마음이던 시절 얘기다.

멀리 〈남도민박〉이 불을 훤히 밝히고 있다. 반살림하느라 장사 끝내고 막배로 나간 집 빼고 주민들은 텔레비전을 보는지 섬 전체가 적막하다. 횟집에서 심부름하거나 골프카 운전해서 손님 끌어주고 월급 받는 사내들은 긴긴 밤 텔레비전이나 술타령도 지겹자 화투판을 벌이기 시작했다. 노름이라면 남 못잖은 이력을 지닌 사내들은 평생 물질만 하다 병들어 일선에서 물러앉은 잠수 할망들의 주머니를 노렸다. 그러나 할망들을 어수룩하게 봤다간 큰코다쳤다. 잠녀들이 누군가. 평생 거친 바다에서 목숨을 건 물질로 자식들 건사해온 터라 담력은 물론 배포도 크고 억척스러워서 화투 역시 녹록잖았다.

화투는 도깨비 살림이라지만 '점 백' 판이 벌어지면 저마다 눈에 핏발이 서고 눈치작전도 치열했다.

"아따, 물질만 했는 줄 알았더이 언제 고스톱은 다 꿰었대요? 우리 할망들!"

"헤헤헤. 물앙이나 화투나 이치가 똑같다 마시! 닐랑 화투판에서 전복 틀 거라. 나 경 맬라지 마라!"

"어이구, 우리가 할망을 무시해요? 큰코다치게? 하하하."

늦은 밤까지 판을 벌이면 잃은 사람은 있어도 딴 사람은 없었다. 하나같이 최고로 많이 땄을 때가 본전이었던 양 앓는 소리를 했다. 사내들은 처음엔 불순한 의도로 시작했지만 이젠 땄거니 잃었거니 농담 주고받으며 시간 때우는 재미가 더 크다.

현씨 할망이 〈남도민박〉 미닫이 유리문을 열자 담배 연기가 자욱하다.

"담배들 좀 작작 피엉! 오소리 잡게 생겼다 마시!"

"아따 기차 화통을 삶아 자셨나? 현씨 할망 목청 하난 알아줘야 한다니까?"

잠수병으로 가는 귀가 먹은 그네는 목소리가 점점 커져 마치 싸우자고 덤비는 것 같다.

"문 열고 연기 좀 빼영."

"모기 들어와요. 얼른 문 닫엉. 에어컨 켜놨는데⋯⋯."

"할망 오셨소? 혼저 들어오소. 오늘의 운세 떼보고 있었다 마시!"

서울서 온 할리 킴이 어설픈 사투리 흉내를 내며 자리를 비켜준다. 목청 크고 한성질 하는 대신 인정 많고 경우 바른 현씨 할망을 누구나 다 친아들, 손자처럼 따른다.

"술 마셨샤?"

"에이, 술은 무슨? 반주로 딱 한 잔 마셨수다. 할망, 오늘은 돈 많이 가져왔샤? 돈! 일단 복돈 한 장 이마에 딱 붙이고! 시작허우다."

할리 킴이 만 원짜리 한 장을 이마에 붙이며 너스레를 떤다.

"지전이 무신 전복이엉? 이마에 붙이긴! 침은 안 발랐샤? 침도 발라야 영험하영. 하하하."

"하여튼 우리 할망 화통하영!"

과부 잠녀 정순이도 상군 할망의 비위를 맞추느라 한마디 보탠다.

"이 친구들은 왜 이렇게 늦어? 전화해봤나?"

"삼다도 정 군은 모슬포 나갔다 마시. 낼 들어온댄. 〈부산횟집〉 가이는 금방 올 거우다."

"그럼 먼저 패 돌립시다⋯⋯."

주방에서 뚝딱뚝딱 물회 한 사발을 말아 온 정 사장이 자리에 앉자

마자 유리문이 벌컥 열리면서 전직 자치회장 삼봉이가 들이닥친다.

"이 인간들, 노름판 벌인다고 확 신고할까 마시! 당장 안 치울랜? 아쭈 이 쉐끼가 꼬나봄? 꼬나봄 어쩔랜? 엉? 좆만한 쉐끼!"

다짜고짜 욕설을 퍼붓더니 의자를 들어 유리문을 와장창 깨버린다.

"어이, 삼봉이. 술 마셨나? 이러지 말고 좋게 좋게……."

"어이? 어이 삼봉이? 이게 누시깔을 빼놓고 다녕? 날랑 너랜 언제부터 말 텄시냐?"

만류하는 정 사장을 거칠게 밀어붙이더니 주방으로 뛰어들어가 회칼을 들고 나온다. 그러자 모두 꿀 먹은 벙어리처럼 입을 다문다. 기세등등해진 삼봉이가 회칼을 휘두르며 고래고래 소리 지른다.

"덤비랑, 좆만한 씹새들!"

평소 그의 성격으로 보아 쳐부수다 지쳐 돌아갈 때까지 당하는 수밖에 없다. 사내들은 주머니에 손을 집어넣은 채 눈 마주치길 꺼리는 듯 딴청 피운다. 보자 보자 하며 참고 있던 현씨 할망이 허리에 손을 얹고 나선다.

"이봅서! 삼봉이! 재미지기 고스톱에 신고는 무신! 놈덜 우습게. 무신 일로 마빡이 돌았나 모르쿠제. 날랑 봐서 경허지 마라!"

"할망! 할망도 노망들었수꽈? 젊은 아덜 델꾸 무신 고스톱이꽈? 창피시레!"

"창피? 잔돈치기 화투가 뭐 창피형? 보자 보자 했딩 가로 째진 주둥이랜 함부로 놀령? 놈의 코 쓸젱마랑 이녁 코나 쓸라."

할망이 매섭게 쏘아붙이자 놀란 할리 킴이 가로막는다.

"할망, 할망 참으시고, 아이고, 형님! 무슨 일로 화가 나셨나 모르지만 고정하세요. 고정하시고! 자, 자 술 한잔 하실랍니까?"

할리 킴이 너스레를 떨자 정 사장도 용기를 내서 한마디 거든다.

"삼봉 씨! 아니 회장님, 아까는 내가 말실수했으니 화 풀고 밝은 날에 기분 좋게 한잔합시다."

"헤헤헤. 회장님! 재미 삼아 점 백짜리 친 건데 신고니 뭐니 그런 말씀 마시고 기분 푸십쇼!"

할리 킴이 구십 도로 깍듯이 절을 하자 삼봉이 침을 퉤 뱉더니 한 차례 더 을러댄다.

"조심들 해! 잘못 걸리면 돌덩이 매달아 바당에 처넣어 괴기 밥을 만들엉. 녤랑 벼르고 있댄!"

한 차례 을러댄 삼봉이 침을 찌익 뱉더니 나가버린다.

"저, 저, 야, 이, 완전 도라짱 아니?"

할망이 혀를 차자 할리 킴이 황급히 말린다.

"쉿! 들어요. 정신병자라뇨? 그러다 또 무슨 행패를 당하려고요?"

"야, 이, 뭐 하맨? 소금 뿌리랜. 자이 위아래도 몰라보는 순 도라짱! 촘말 곱곱하당. 옛날엔 자이 저러지 않았댄. 참 뻴라지네?"

할망이 혀를 차자 기다렸다는 듯 사내들이 볼멘소리를 늘어놓는다.

"소식 들었어요? 〈삼다도민박〉집, 요즘 방 몇 개 더 들이느라 공사하잖아요. 그게 눈꼴시었는지 재봉 회장이 괜한 트집 잡아 전기랑 수도 끊었대요. 공사도 중단되고, 그래서 정 군이 모슬포 나갔다는데?”

“어제는 〈해녀민박〉이 날벼락 맞았다 카대. 지나가다 괜히 〈해녀민박〉 손님한테 시비 걸고 몇 대 팼다던데? 결국 해녀 사장이 삼봉이 앞에서 무릎 꿇고 손이 발이 되게 빌었다 카드라!”

“하아, 진짜 앞으로 어떻게 될라고……?”

며칠 전 삼봉이네 골프카랑 〈땅끝횟집〉 골프카가 싸움 붙은 게 발단이 돼 화풀이 하느라 집집마다 찾아다니며 행패를 부리고 있다. 전직 자치회장인 삼봉이와 현직 자치회장인 재봉이 형제와 〈땅끝횟집〉은 오랜 세월 앙숙으로 사사건건 부딪혔다. 막강한 권력을 자랑하는 자치회장네 횡포도 두렵지만 지지 않고 맞서는 〈땅끝횟집〉은 대대로 섬을 지켜온 토박이로 둘째가라면 서러울 정도로 텃세가 심하다. 〈땅끝횟집〉은 처음으로 섬에 골프카를 들여와 관광객들을 상대로 돈을 쓸어 모으다시피 했다. 그러자 배가 아픈 삼봉이네도 골프카를 들여왔고, 너도나도 다 들여와 이젠 손바닥만 한 섬에 골프카 천지다. 게다가 두 집 다 해물 짜장면을 팔기 시작하면서 밥그릇 싸움은 2라운드로 섞어들었다. 싱싱한 해산물이 풍부한 섬에서 회나 소라, 해삼 같은 해물 대신 짜장면이 웬 말인가. 그런데 어찌된 일인지 한 집에서 짜장면을 팔아 장사가 되자 이 집 저 집 메뉴에 짜장면을 추가했다. 급기야 짜장면 전쟁이 벌어졌고 서로 ‘원조’

를 주장하면서 마을 분위기는 험악해졌다. 유람선이 들어오면 골프카들은 저마다 손님을 태우고 부리나케 섬을 한 바퀴 돈 다음 자신의 가게로 데려가 짜장면을 판다. 관광객들은 섬까지 와서 기껏 오징어와 새우 몇 개 얹어 시늉만 낸 해물 짜장면을 먹는다.

골프카가 늘어나면서 경쟁이 붙자 서로 대여료를 낮춰 부르다 폭력 사태로 번지는 건 다반사다. 수입이 줄어들자 자치회장네는 우선 외지에서 들어와 장사하는 사람들을 겨냥해 화풀이를 시작했다. 손바닥보다 작은 마을에서 '자치회장'은 큰 권력이다. 전직과 현직을 도맡은 재봉이 형제는 노골적으로 이권을 위해 행패를 부리고 폭력도 불사한다. 자신들에게 동조하지 않는 외지인 장사꾼들이 표적이다. 그들의 횡포에 아무도 맞대거리를 못 한다. 주로 삼봉이 나서서 행패를 도맡고 다음 날 술 취해 전혀 기억 못 하는 척, 언제 그런 일이 있었냐는 듯 시침을 떼면 주민들은 후환이 두려워 참는다.

정 사장이 말없이 깨진 유리 조각을 빗자루로 쓸어 담자 할리 킴이 쓰러진 의자를 바로 세우고 냉장고에서 소주를 꺼내 술상을 차린다.

"너무 많이 마시지들 말라. 날랑 가서 자야겠엉. 피곤하영."

"할망 나도 같이 갑서."

과부 잠녀 정순과 아랫말 상군 잠녀 영자도 따라 나선다.

"그러세요. 할망들. 오늘은 화투 칠 기분도 아니고, 그냥 술이나

마실랍니다. 어두운데 조심해 갑서.”

할리 킴과 정 사장이 배웅을 한다.

멀리서 삼봉이의 고함 소리가 들린다. 또 어느 집에 들어가 행패를 부리는 모양이다. 하루 이틀도 아니고……. 소주를 홀짝이던 사내들은 삼봉이의 목소리가 듣기 싫다는 듯 텔레비전 볼륨을 최고로 높인다.

2. 옛날 옛적에는

‘촘말 어쩌다 이래 됐을꽁……? 옛날엔 동니 사름들 모다 일가 피붙이처럼 내남없이 얼려 살았댄. 울타리가 있엉, 얼굴 붉히길 했엉? 욕심 없이 살던 그때가 잘도 좋았댄. 어쩌다……. 후이잇.’

할망은 숨비소리 비슷한 한숨을 쉬며 끙 돌아눕는다.

처녀 시절만 해도 좁은 마을에서 자란 처녀 총각 들끼리 혼인을 하는 누이바꿈이 성행하다 보니 한 집 건너면 다 사돈이고 팔촌이라 마을 전체가 일가친척이었다. 관혼상제는 물론이고 밭 갈고 씨 뿌리고 거름 주고 수확할 때 품앗이하면서 철저한 공동체 생활을 해왔다. 비록 살림살이는 넉넉지 못해도 웃음이 끊이지 않고 이웃 간에 정이 넘쳤던 게 엊그제 같은데, 현실은 강파르기 짝이 없어서 옛날을 기억하는 하르방 할망 들에겐 그저 나오느니 한숨이다.

‘먹고살기가 조금만 수월하고 살림이 피었시민 이렇게까진 안 됐을 거영.’

지금은 흔적도 없지만 삼십여 년 전만 해도 억새밭은 대부분 밭이었다. 불을 낸 땅을 개간해 어멍과 아방 들은 부지런히 보리, 조, 콩, 고구마를 심었다.

‘그땐 그래도 보리와 조를 섞은 잡곡밥일랑 먹었댄. 바람, 바람도 징글징글 불어 곡식들이 잘 자랄시냐? 흉년 들면 톳을 섞은 톳밥으로 모진 목심 이었댄.’

섬이 거대한 현무암 덩어리라 지하수가 나지 않으니 빗물을 식수로 쓰느라 물 부족에 시달렸고 해풍의 등쌀에 밭농사는 늘 반타작이었다. 작물은 크기도 전에 바람에 부러지거나 뿌리째 뽑혔다. 식량 마련 못지않게 땔감도 골칫거리였다. 긴 겨울을 견뎌내려면 땔감이 필요해서 마을 사람들은 궁여지책으로 소를 키웠다. 쇠똥은 화력이 좋아서 땔감 대용으로 최고였다. 어른 손바닥만 하게 빈대떡처럼 납작이 빚은 쇠똥이 돌담 위에서 말라가는 걸 보는 것만큼 흐뭇한 게 또 있으랴. 단단하게 잘 마른 쇠똥이 넉넉히 쌓인 고랑캐는 곡식창고 못잖게 소중했다. 소가 없는 집은 겨울이 다가오면 감태 같은 해조류를 말려서 군불을 땠는데 쇠똥에 비하면 화력이 새발의 피였다. 쇠똥을 얻으려면 소를 잘 먹여야 하니 새를 심는 것 또한 게을리 할 수 없었다. 초가지붕 이는 새를 여물로 먹였는데 다행히 숲이 사라진 들판에 새가 물결치는 걸 보면 우리 소들 배불리 먹일 수 있겠구나…… 어린 마음에도 한 시름 놓였었다.

 '그땐 다들 부지런했엉. 거저 굶지 않고 얼어 죽지 않으려고 죽을 힘 다하는 것뿐 다른 뭐가 있었샤? 먹을 것, 땔 것, 부족한 것투성이지만 그땐 그게 불편한 줄도 몰랐다 마시! 지금이야 어데 그렁? 그래도 그땐 산뒤며 감자, 고구마 구경은 했더랜. 자이 가이 들이랑 얼려 감자 서리, 보리 서리 해 동굴에서 모닥불에 구워 먹곤 손이며 입이며 시껌둥이 돼서 뭐꽝 그리 좋다고 낄낄댔시냐? 하마 그게 언제 적 이야기영?'

 어둠 속에서 뒤척이며 이 생각 저 생각 하던 할망은 동네 오라방들이랑 감자 고구마 서리해서 구워 먹던 지집아이 시절이 떠오르자 희미하게 웃는다. 닭을 수십 마리씩 키우는 집에선 동네 아이들이 슬쩍 한 마리 훔쳐서 모닥불에 구워 먹어도 몰랐다. 어쩌면 한창 크는 아이들 돌아서면 늘 허기진 사정을 알고 모른 척해줬는지도 모를 일이다.

 '그땐 뭐 그리 먹고 싶은 것도 많더냐……? 채소를 심그면 짠물에 말라죽고 배추김치 먹어보는 기 소원이었주. 만날 들나물 지긋지긋했시니.'

 돌아보면 바로 엊그제 같은데 어느새 육십갑자 한 바퀴 돌고도 남은 세월 저편의 이야기다.

 결국 섬사람들이 의지해서 먹고살아갈 경작지는 바당밭뿐이었다. 섬은 사방이 가파른 절벽이라 바당밭으로 나가는 포구도 없고 거센 물살과 사시사철 불어대는 바람 때문에 고기잡이도 만만치 않았다. 걸핏하면 뒤집어지고 용트림하는 바다에서 돛단배에 의지한 고기잡이는 목숨을 건 작업이었다. 물 반 고기 반이라지만 남정네들은 거의 다 고기 잡다 바당에 빠져 죽고 생활은 아낙네들 몫이었다. 자의 반 타의 반 가장이 된 여인들은 애옥한 살림살이에 보태기 위해 목숨 걸고 바당에 풍덩풍덩 뛰어들었다. 열 발 물속으로 잠수해 들어가면 전복, 소라, 해삼, 고동이 지천이었다. 억척스레 망사리 그득 캐 올려도 살림은 늘 쪼들렸고 나아질 기미가 보이지 않았다. 현씨 할망도 일선에서 물러나기 전에는 고래상군 소리 들으며 잠녀들 사이에선 종태 어멍 막순 씨 다음으로 대접을 받았다.

지금이야 해녀들을 위한 복지 정책이 많이 좋아졌다지만 옛날엔 물옷 갈아입을 탈의실이 있나, 언 몸 녹이면서 바람 피할 데가 있나, 어촌계가 있어 캐 온 해산물을 좋은 값에 쳐주길 했나. 일 년 열두 달 머리 거꾸로 처박고 높은 수압 견디며 깊은 물속을 오르내리다 보니 만날 두통약에 의지해 살았다. 현씨 할망이나 먼저 세상 뜬 다른 할망들 다 뇌선이나 사리돈 중독이다. 지금은 본섬에는 찜질방이며 노래방, 휴게실 다 나라에서 지어줬지만 땅끝섬 해녀들에겐 그림의 떡이다.

'주렁주렁 병을 달고 살아도 물질 땜이라는 증거를 대랐시냐? 날랑 괜시리 병들었시냐? 평생 혼백상자 옆에 차고 칠성판 지고 물앙 뒤지면서 한 치 앞을 몰르고 살았시니 너그들이 내 속을 알겠시냐?

쳇 지랄맞은 인사들이엉.'

나이 들면서 급격히 망가진 몸은 여러 가지 합병증으로 나타났다. 혈액순환 장애, 손발 저림, 관절염, 두통을 동반한 뇌질환이 잠수병 탓이라는 증거를 대야 의료보험 혜택을 받는다니 억장이 무너지고 부아가 치밀 일이다. 수입의 절반이 병원비로 들어가는데 빠듯한 살림에 의료보험 혜택 좀 받으려고 여기저기 증세를 호소하다 보면 앓느니 죽는 게 낫다.

이래저래 현씨 할망은 옛날과 비교도 할 수 없이 좋아진 세월이 마냥 기쁘지만은 않다.

'지금이야 춤말 좋은 세월이엉. 전기, 가스 걱정 없으니 추우면 때고 배고프면 먹을 게 천지백깔로 널렸샤. 살기 좋기로 하맨 두말 항 잔소리주. 배부르고 등 따시니 돈타령 쌈, 쌈들이라 마시. 걸핏하면 못 잡아먹어서 안달이게 다 돈, 돈, 돈 때문이라……. 기여, 날랑 설운 세상 너무 오래 살아 이 꼴 저 꼴 다 보주.'

땅끝섬 여인들은 열이면 열 다 잠녀 출신이다. 그들은 오로지 자식 굶기지 않기 위해 물질을 했다. 생존을 위한 최소한의 돈이 필요했고 그 '돈'을 벌기 위해 차갑고 깊은 물속도 두렵지 않았다. 그런 만큼 나름대로 철학이 있었다. 도덕이랄까, 양심이랄까. 나 살자고 남 짓밟지 않고 나 먹자고 남의 것을 빼앗지 않았다. 정직하게 꼭 먹고살 만큼만 벌면서도 순응했고 그런 어미 밑에서 자란 아들딸 역시 다르지 않았다. 평생을 물질과 고기잡이로 잔뼈가 굵은 섬사람들은 투박하고 거칠되 정직하고 욕심 사납지 않았다. 그런데 지금 섬에서 주인 행세하는 저들은 누구의 자식인가……. 토박이로 자랐으되 약삭빠르고 이악스럽게 변한 저들을 낳은 부모는 누구던가. 재봉이, 삼봉이 자라던 시절을 똑똑히 기억하고 있는 현씨 할망은 입이 있되 할 말을 찾지 못한다. 대대로 섬에서 나고 자라온 〈땅끝횟집〉 일가의 어제 오늘을 생생히 기억하고 있기에 더더욱 곱곱한 심사를 달랠 길 없다.

'기여. 모다 욕심, 허황된 욕심 때문이엉. 돈이사 예전에도 필요했고 돈 없이 살 수 있엉? 허나 돈이라고 다 똑같은 돈은 아니게. 촘말 옛날이 좋았시니. 잘도 좋았엉. 이 노릇을 어쩔거나. 후이잇…….'

3. 마을회의

주민들이 하나둘 마을회관으로 모여든다. 마을 자치회장이 긴급회의를 소집한 것이다. 썩 내키지 않지만 참석하지 않았다간 또 무슨 생트집을 잡힐지 몰라 눈치 보며 느릿느릿 걸음을 옮긴다.

"또 뭔 일이엉? 뭔 사단이 날까 무섭다 마시!"

"한번 일이 크게 터지긴 터질 거우다."

"그런 말 말엉!"

차기 자치회장 선거를 앞두고 연임을 꿈꾸는 재봉은 잃은 인심을 회복하고 분위기 쇄신도 할 겸 마을의 골칫거리인 골프카 문제를 의논하기 위해 회의를 소집했다. 눈엣가시인 외지인 장사꾼들이 쉽게 떠나지 않을 바엔 이참에 아예 버릇을 고쳐 제 편으로 만드는 게 낫다는 계산도 섰다. 거슬리는 놈들은 몽둥이가 최고지만 대놓고 팰 수도 없고……. 점잖은 척하는 게 체질에 안 맞지만 우선 참고 본다.

"에에, 다 모였수꽈? 날도 더운데 장사들 하느라 수고가 많수다. 오늘 여러분들을 모이게 한 이유는 에에, 이미 알고 있겠지만……."

이쯤에서 뜸을 들이며 주민들을 쭈욱 둘러본다. 마을회의라고 구색을 맞추느라 잠수 할망들도 서넛 모였지만 대부분 횟집과 민박집을 운영하는 사람들이다. 끼리끼리 모여앉은 그들은 자치회장의 입에서 나올 말에 별로 기대를 하지 않는다는 듯 심드렁하다. 그런 태도에 배알이 꼴린 재봉이 속으로 앙다짐을 하며 곧장 본론으로 들어간다.

"에에 천연보호구역으로 지정되엉 전국에서 관광객들이 몰려오는 우리 섬에서 그간 이렁저렁 불미스런 일들이 많았수다. 마을 자치회장을 맡고 있는 저로서는 앉아서 두고 볼 수 없었수다. 앞으로 섬의 발전을 위해 이 시점에서 새로운 규칙을 정하난 여러분들이 따라줘야 할 거우다. 어떵 생각하꽈?"

"좋수다. 아맹해도 규칙이 필요헝!"

"그야 그렇지. 두말해 뭐꽝?"

재봉 형제네 편에 서서 콩고물을 바라는 사람들이 이구동성으로 찬성을 표한다. 그러자 반대편 사람들이 뜨악한 표정으로 입을 연다.

"잘만 지키면이야…… 뭐!"

"말이 좋아서 규칙이고 회칙이지. 전에도 뭐 많았잖아?"

"정할 땐 좋아도 얼마 안 가 깨질 텐데 만날 뭔 규칙? 대체 누구 좋자고 만드는 거여? 쳇!"

몇 년 전, 골프카가 들어온 지 얼마 되지 않았을 때였다. 골프카 영업이 성행하면서 허구한 날 호객 때문에 분란이 일자 전임 회장은 협의회를 구성해 골프카를 공동 운영하자는 규칙을 정했었다. 그러나 협의회는 얼마 가지 않아 내분이 일어났고 협의회 소속 골프카는 쓰레기 소각장 앞에 방치됐다. 그 후로 골프카는 완전히 고삐 풀린 망아지가 되어 온 섬을 헤집고 다닌다. 이 집 저 집 경쟁적으로 골프카를 들여온 것이다. 없는 집은 중고나 할부로 들여왔고, 있는 집은 한 집에 서너 대, 많으면 대여섯 대를 구입해 유람선 손님들을 경쟁적으로 끌어모았다. 왕복 배편이 섬에 머물 시간을 한 시간밖에 주지 않는다는 이유로 관광객들은 엉겁결에 '탈것'에 몸을 실었다. 그러나 섬은 손바닥보다 작아서 천천히 걸어서 한 바퀴 돌아도 사십 분이면 충분했다. 사진 찍고 해물 한 접시 먹는다 한들 뭐 얼마나 걸리겠는가. 천천히 걸어서 천혜의 자연 경관을 둘러보기 위해 나선 걸음을 골프카가 방해했다. 그들은 트로트 음악 크게 틀고 뛰뛰빵빵 경적 울리며 부리나케 섬 한 바퀴 돈 후 자기 집으로 데려가 회나 짜장면을 팔았다.

언제부터 땅끝섬의 명물이 골프카와 짜장면이 됐는가. 섬에 처음 오는 관광객들은 배에서 내리자마자 즐비하게 늘어선 골프카 운전사들의 밀고 당기는 호객에 정신을 빼앗겨 선택의 여지가 없었다. 걷기에 먼 거리인가? 배 시간이 한 시간이면 촉박한데 타고 도는 게 낫지 않을까……? 천연보호구역으로 지정된 아름다운 섬은 이제 골프카 반, 관광객 반이 됐다.

섬 주민들 중에서 너른 초원과 잘 자란 잔디밭이 골프카 바퀴에 뭉개져 망가지는 것과 터무니없이 비싼 임대 요금과 천천히 걸어서 둘러보고 싶은 관광객들을 방해하는 경적과 뽕짝 소리를 심각한 문제로 인식하는 사람은 드물었다. 너나없이 한 푼이라도 더 벌기에 급급했다. 장사꾼들에겐 무엇보다 돈, 돈, 돈이 최고다. 재봉이네 형제와 대립하는 〈땅끝횟집〉도 이 점에선 한통속이었다. 누가 더 많이 벌고 누구 때문에 덜 버는가를 두고 끊임없이 충돌할 뿐이었다. 그들 틈바구니에서 외지에서 온 장사꾼들의 고충은 말이 아니다. 그러니 또 새로운 회칙이니 마을 규약이니 해서 무슨 올가미를 씌우려나…… 반가울 턱이 없다.

그런 속사정은 아랑곳하지 않고 회장은 속사포로 마을 규약을 읽어 내려간다. 집을 사서 들어온 매입자는 주민등록을 이전한 지

오 년, 세입자는 십 년이 지나야 마을 주민으로 인정한다. 진정한 주민 자격인 정리민이 되려면 최소한 십 년은 어떤 문제도 일으키지 않고 규약을 따라야 한다. 만약 그에 반하는 행위를 할 시 가스 공급은 물론 전기와 수도를 끊는다……. 사람들이 웅성웅성하기 시작했다. 이때를 놓칠세라 회장은 내처 골프카 문제를 거론한다.

"에에, 우리 섬에 골프카가 들어온 지도 어언 오 년, 이제 집집마다 골프카 없는 집이 없수다. 땅끝섬의 명물이 됐다 마시! 명색이 관광지인데 한 바퀴 타고 돌면 여행객들의 피로를 풀어주고 우린 돈 벌어 좋고! 이것이 바로 일석이조라게. 허허허. 그런데 뭐 요금이 비싸영? 골프카 영업이 불법이엉? 자꾸 문제라 하는데 문제로 보는 시각이 더 문제영. 여러분 안 그렇수꽈? 좌우지당간에 우리 땅끝섬이 유명 관광지로 더 많은 손님들을 끌어모으기 위해선 합심해야 한다! 이거우다."

"옳소! 잘도 옳소!"

"합심이 살길이우다!"

"그러려면 방법을 찾아야 해영."

몇 년 전 문화재청이 땅끝섬을 천연보호구역으로 정하자 서귀포시는 한 발 더 나아가 섬을 청정구역으로 선포하면서 배기가스를 내뿜는 차량을 모두 방출시키기로 결정했다. 손바닥보다 작은 섬에 무슨 차가 필요한가, 오히려 자연 경관만 망친다며 강제로 모든 차를 다 뭍으로 내보냈다. 자동차는 전국 각지에서 몰려오는 엄청난 낚시꾼들의 무거운 낚시 장비를 실어주거나 주민들의 생필품을 도항선에서 마을까지 실어 나를 때 요긴하게 사용되고 있었다. 그러니 주민들이 순순히 응할 리 없었다. 그러나 청정구역특별법이라는 막강한 행정력 앞에선 속수무책이었다. 어떤 집은 뽑은 지 얼마 안 되는 새 차를 헐값에 팔아야 했다. 그리하여 섬에는 마을 공동 차량으로 낡은 트럭 한 대만 남았다. 이대로 잘 유지되었더라면 오늘날의 사태는 벌어지지 않았을 것이다.

대체 누구의 머리에서 나왔던 것일까. 골프장에 있어야 할 골프카를 섬에 들여올 생각은……. 주민들끼리 골프카를 갖고 밥그릇 싸움 하느라 박 터지는 동안 희한하게도 당국은 뒷짐만 지고 있었다. 골프카 운행이 택시처럼 어디서 허가를 받을 사안도 아니고 유원지처럼 놀이기구도 아니니까 영업행위는 불법도 합법도 아니므로 단속할 근거가 없다는 게 당국의 입장이었다. 자전거도 차량으로 분류되는데 골프카는 차로 규정하기 애매모호하고 게다가 섬의 아스팔트 산책로는 도로이되 도로를 다니는 골프카는 차가 아니다? 그러니 사고가 나도 차주가 책임질 필요 없다는 해석은 설득력이 없는, 모순된 처사였다. 당국이 수수방관하는 사이 너도 나도 들여온 골프카는 이제 수를 헤아리기 어려울 지경이 됐다.

"문제를 해결하기 위해 당국의 힘을 빌리기 이전에 우리가 스스로 문제를 해결하자 이거우다! 좋수꽈?"

"경하난 어떵하라는 거꽈?"

"자자, 여러분이 허심탄회하게 방법을 말해보우다. 어떵하면 우리가 무탈하게 다같이 잘살 수 있난?"

심란하기 짝이 없는 마을 규약은 그렇다 치고 골프카로 몸살을 앓는 현실을 타개할 방법을 찾자는 말에 조금이나마 의욕을 찾은 사람들이 너도나도 의견을 내기 시작했다.

"차라리 모든 골프카를 싹 뭍으로 내보내면 어떻겠소? 내처럼 없는 집이야 맘은 편하지만 장사에 지장 있다 아입니꺼?"

〈회나라민박〉 박 사장이 진담 반 농담 반, 큰 소리로 말하자 재봉의 인상이 순식간에 흐려졌다.

"그경 박 사장 생각이고! 현실적인 말을 해라 마시! 박 사장이야 골프카가 없으니 그런 말 하영. 비싼 돈 들여 사 온 사람들 생각을 해 마씸. 거, 항상 너무 극단적이엉. 이거 아니면 저거 해서 문제를 심각하게 만들엉! 뻘라지게……. 쯔읏!"

"만날 회의하고 룰을 정해도 또 언제 바뀔지 모른다 아입니꺼? 백날 해봐야 맨 그 이야기라! 이왕 마을 자치회의 열렸으이 말인데, 손님 한 테이블이라도 더 받을라꼬 처마 달아매가 마을 땅 야곰야곰 차지해가 욕심 채우는 집들, 또 저그 낚시 손님들 쓰레기 안 치우고 숨가놓아 썩게 방치하는 집들도 이번에 반성 좀 하입시다."

"박 사장, 정리민 되고 싶으멘 자꾸 경허지 마라!"

그것은 박 사장에 대한 강력한 경고다.

"뭐, 뭐! 말 나온 김에 다 하자 아입니꺼? 우리 섬 말고 천연보호구역으로 지정된 섬 있습니꺼? 없다 아입니꺼? 그라믄 귀한 줄 알고 우리가 스스로 아끼고 보호해가 오래 삶의 터전으로 삼아야 할 낀데…… 허가 안 받고 컨테이너 박스다 창고다 뭐다 지어 난개발을 안 하나, 엄연히 쓰레기 소각장이 있는데 갯바위랑 뽀인트 가보소! 바위틈에서 썩어가는 낚시꾼들 버린 쓰레기 윽수로 많다 아입니꺼? 마을회의에서 그런 거부터 해결할 생각을 해야지. 내 말이 안 맞습니꺼?"

여기저기서 큼큼 헛기침이 나온다. 본격적인 휴가철이 돼 관광객들 밀어닥치자 짜장면 한 그릇이라도 더 팔려고 땅따먹기 하듯 경계를 넓혀가며 차일 치고 식탁 주욱 늘어놓아 장사하는 사람들, 자기 낚시 손님들 쓰다 남은 미끼를 마구 버려 갯바위가 썩어가는 걸 눈으로 본 사람들이 속이 찔린 모양이다. 그중의 한 명인 재봉은 속으로 뿌드득 이를 간다.

'저, 저, 자이 박 사장, 저놈! 두고 보자 마시!'

재봉 형제에게 〈회나라〉 박인규는 오래전부터 거슬리는 존재다. 사사건건 치받으며 입바른 소리 하는 데다 삼봉이 회장 하던 시절부터 마을 주민 중 유일하게 골프카의 심각성을 제기해서 대립각을 세워왔다.

"자자, 박 사장 안건은 차차 해결하고 당장 급한 골프카 운행에 관한 좋은 방법을 찾아봅서."

재봉은 귀찮고 피곤한 기색으로 좌중을 둘러보며 말한다. 사람들도 인규의 가시돋친 말이 불편했던 터라 잽싸게 호응한다.

"기여, 암만! 당장 급한 것부터 해결해영!"

"여름 장사 한 철인데, 그런 건 눈 감아줘야 해여. 재주껏 능력껏 버는 거영."

"놈과 경쟁하되 게심이랑 말라겠어. 원체 놈 돈 많이 벌멘 배가 아픈 거영. ㅎㅎㅎ."

"여름 장사 끝나멘 한 날 잡아 싹 청소하멘 돼영, 그게 뭐 문제라고…… 츳츳."

누구도 호응하지 않자 씁쓸해진 인규가 조용히 소주잔만 기울인다.

"이참에 마을 분위기도 쇄신할 겸 상가번영회를 조직해 차기 자치회장이 상가번영회장까지 겸하는 게 어떵?"

재봉이 자신의 검은 속셈을 드러낸다.

두 개의 감투를 통해 권력을 공고히 하자는 뜻이리라.

"상가번영회?"

얼른 말뜻을 알아듣지 못한 몇몇이 고개를 갸웃거리는 동안 미리 입을 맞춘 재봉이 패거리가 열렬한 박수로 환영한다. 대세는 기울어진 셈이다.

회의가 길어지자 여자들이 해물탕과 회, 파전을 내오고 술잔이 돌면서 회의는 화기애애한 분위기로 바뀌었다. 참으로 오랜만에 느껴보는 잔치 분위기다. 골프카가 들어오기 전만 해도, 아니 외지인들이 장사하겠다고 섬에 들어와 밥그릇 싸움을 벌이기 전까지만 해도, 아니 그보다 훨씬 전에 섬이 관광지가 되면서 현금이 돌아 원주민들이 돈에 눈을 뜨기 전만 해도 섬은 언제나 잔치 분위기였다. 명절이면 돼지 잡아 잔치를 열고 수시로 음식을 나눠먹던, 인정 넘치는 마을이었다. 그러나 지금 그것을 기억하는 이가 몇이나 될까.

4. 인심

마을회의는 골프카 요금을 낮춰가면서까지 상대 손님 빼앗지 말고 관광객들 보는 앞에서 폭력을 행사하지 말자는 규칙과 함께 새로 조직될 상가번영회를 통해 다시 한 번 잘해보자는 결의를 끝으로 술판으로 변했다. 참으로 오랜만에 마을회관 앞이 들썩들썩, 술잔을 주거니 받거니 하자 눈이 휘둥그레진 마을 개들도 덩달아 꼬리 치며 안주에 침을 흘린다. 높이 달아맨 백열전구 불이 휘황하고 눅눅한 여름밤에 술까지 먹어 더위를 못 참은 사람들이 연신 부채질을 하며 헛웃음을 날린다. 그때다.

"저, 저걸 어쩔시냐? 아이고!"

"뭐꽝? 무사?"

"조, 조 종태가 뛰어내렸샤. 바당에 빠졌다 마시!"

여자의 허겁스런 비명에 사람들이 술상을 박차고 일어섰다.

"종태가? 어, 어디서? 무사?"

“날랑 어떵 알우?”

“가이가 뭐 지랄이영?”

술자리에 끼어서 말없이 주는 술만 받아먹고 있던 종태가 슬그머니 일어나 남대문바위 앞으로 걸어가는 걸 보면서 〈남도민박〉 여주인은 오줌 싸러 가는 모양이라고 생각했다. 장승처럼 서서 검은 밤바다를 한참 동안 보고 선 것이 수상하다고 생각하던 차에 등대 불빛이 종태를 훑는 순간 몸이 허공으로 붕 떠올랐다가 사라졌다.

“얼렁 신고, 119 신고부터 해영!”

“이 시간에 서귀포부터 오려면 한참 걸릴 거라 마시!”

“사람이 빠졌는데 해경선 띄우지 않겠어요? 일단 신고부터 합시다.”

낯색이 퍼레진 해성이 이동전화에 대고 고함을 지른다.

“여기 땅끝섬인데 주민이 바당에 빠졌수다. 재기 재기 출동합서!”

순식간에 술판은 난장판이 됐다. 얼근히 취해서 풀어져 있던 남정네들은 비틀비틀 일어서다 넘어지고 곁에서 안주발 세우던 아낙네들은 호들갑스럽게 삼삼오오 입방정을 떤다.

“이 캄캄한 밤중에 빠졌시민 살아나긴 틀렸엉.”

“기여. 썩어 디질 놈이 왜 여서 빠져죽고 지랄이영. 모지라도 한참 모지란 놈이…….”

“갯바위에 깨진 수박딩이가 됐을 거라 마시.”

바람 한 점 없는 여름밤, 바다는 미처 잠들지 못한 양 뒤채고 있다. 멀리서 야간 조업을 하는 고깃배들의 조명등이 반딧불이처럼 반짝인다. 해성과 인규는 애가 달아서 소방서에 재자 확인 전화를 걸고 이리 뛰고 저리 뛴다. 최대한 빨리 출동한다 해도 해경 구조선이 서귀포에서부터 오려면 서너 시간은 족히 걸릴 것이다. 중간에 우리나라에서 두번째로 조류가 센 바다가 가로놓인 데다 밤이라 속력에 한계가 있을 것이다. 그래서 어쩌다 긴급 환자를 후송할 때면 헬기가 뜨기도 한다.

"손 놓고 있을 게 이니라 보트 띄우고 우리라도 찾아 나서게."

애가 탄 해성이 마을에서 유일하게 보트를 갖고 있는 김 씨를 바라보며 운을 떼지만 그는 뒷짐 진 채 고개를 젓는다.

"파도가 저래 쎈데 보트를 어떵 띄워? 119 기다려라!"

"배 못 띄울 정도는 아니우다. 한시라도 빨리 물앙 뒤져야 할 거 아니우꽈? 이런 씨팔, 해경선은 왜 감감무소식이엉? 헬기라도 띄우등가!"

성질 급한 해성이 누구한테랄 것도 없이 화풀이를 한다. 종태가 워낙 수영 실력이 뛰어나긴 해도 캄캄한 밤이라 빠지면서 수중 여에 머리라도 박았으면 정신을 잃고 파도에 휩쓸렸을 가능성이 있다.

"해성이! 돈 주고 어선이라도 빌려야 안 되겠나? 우선 사람부터 살리고 봐야 안 되겠나? 가가 와 그런 짓을 했노?"

인규가 조심스레 의견을 낸다. 종태와 해성, 인규는 평소 의리가 돈독하고 친형제 이상으로 가까이 지내왔다.

“형님, 아맹해도 그래야 될쿠다!”

야간 조업을 하는 어선들이 조명을 비추며 바닷속을 뒤진다면 아직 희망은 있다. 해성은 평소 친분이 있는 선장에게 전화를 걸어 형편 되는 대로 어선들을 최대한 동원해달라고 부탁한다.

“틀렸다 마시! 이 칠흑 같은 밤에 어떵 찾어?”

“바당에 갇히는 것도 요왕신 뜻이랜!”

자치회장을 비롯한 마을 사내들은 밤바다를 바라보며 혀만 찰 뿐 도무지 찾을 노력을 안 한다.

“아즈방들, 도와주지 않을 거면 디비져 자등가 술이나 마시! 앞에서 걸치적대지 말고! 내꽝 반드시 종태 성 찾아낼 꺼우다.”

야속한 마을 인심에 비위가 뒤틀린 해성이 아무나 들이받을 기세다.

종태는 마을의 온갖 궂은일을 도맡아온 일꾼이다. 마을 사내들은 품삯은 고사하고 기껏 담배 한두 갑 쥐여주거나 술 한잔 받아주고 자기 집 머슴 부리듯 부려왔다. 마을 잔치에 쓸 돼지 멱따는 일은 물론 복달임으로 개 잡는 일부터 집 지을 때 벽돌 나르고 시멘트 개고 담 쌓고 등등 힘쓸 일이 있을 때면 언제나 종태를 앞세웠다. 그러나 이제 아무도 차가운 물속에 들어앉은 그를 찾지 않는다. 이미 죽은 사람 취급이다. 소식 듣고 달려온 종태 어멍이 기함을 하며 몸부림치자 현씨 할망이 끌어안고 함께 운다. 두 노인네의 애간장을 녹이는 통곡 사이로 파도 소리가 끼어든다. 멀리서 종태의 어멍! 어멍 울지 맙서! 허흥……. 짐승처럼 울부짖는 소리가 들려오는 것도 같다.

어선들이 몰려와서 대낮처럼 불을 밝힌 가운데 119 구조 대원들과 해성, 인규가 세 시간 가까이 물속을 뒤지고 근처 해식동굴을 뒤진 끝에 기진맥진해서 늘어져 있는 종태를 발견했다.

"종태야!"

"종태 성!"

"김종태 씨! 우리 말 들리면 대답하세요!"

횃불로 동굴 안을 비추자 희미하게 소리가 들려왔다.

"여깁서!"

정신이 혼미한 상태에서 종태가 기어들어가는 소리로 대답했다. 바당에 빠지면서 파도에 휩쓸리긴 했어도 다행히 해식동굴 안으로 밀려들어가는 바람에 구사일생 살아났지만 뒷머리가 깨져 피를 많이 흘린 상태였다. 조금만 늦었어도 과다출혈로 위태로울 뻔했다. 곧장 서귀포로 후송돼 뒷머리를 꿰매고 응급처치를 하고서야 의식을 회복했다.

몸져누운 막순 씨를 찾아간 현씨 할망이 다정하게 손을 잡으며 위로한다.

"팽소 성님의 정성을 보아 아기업개 할망이 살려준 거라게!"

"아이고…… 날랑 정성은 무신……. 촘말 곱곱하우다. 후이잇!"

버릇처럼 두 노인네는 숨비소리를 낸다.

"생각해보우. 그 밤중에 빠졌는데 동굴 안으로 밀어넣어준 건 아기업개 할망 도우심이주."

"그럼시민…… 황송해서 이 노릇을 어쩔까나."

잠녀들을 위시해서 마을 사람들이 할망당을 짓고 정성스레 당제를 지내온 후로 마을 사람들이 바당에 빠져 죽는 사고가 한 건도 없어온 건 사실이다. 고깃배가 뒤집혀도 살아나고 잠녀들의 물질 사고도 줄었고 마을의 장난꾸러기 아이들이 일명 '사이다 먹기'라고 해서 삼십 미터 벼랑에서 한 손으로 코를 막고 뛰어내리기 내기를 하거나 집채만 한 파도를 타고 놀아도 무사했다.

관광객들이 사진 찍다 실족사하거나 낚시꾼들이 갯바위에서 너울에 휩쓸려 죽는 사고는 가끔 일어나도 땅끝섬 주민들이 무탈한 건 다 아기업개 할망의 도움 덕분이라고 굳게 믿고 있다. 더구나 종태 어멍 막순 씨의 정성은 마을에서도 누구나 다 인정했다. 매년 아기업개 할망의 때때옷을 지어 바치는 정성이 갸륵하기로 첫손 꼽혔으니 종태가 살아난 건 어멍 덕분이라는 말도 틀리지 않다.

지난봄에 정희가 물숨을 먹은 건, 사고 몇 달 전부터 정성을 들이는 대신 할망당에 앉아 팔자타령을 하고 눈물 바람에 한탄을 늘어놓아 벌을 받았다는 소문이 파다했다. 그나마 물멍 한 군데 들지 않고 멀쩡한 얼굴에 온전한 시신을 건져낸 것만도 할망의 은덕이라는 게 마을 사람들의 지배적인 생각이다. 잠녀 체수에 정성을 들이는 대신 아기업개 할망을 업수이 여긴 탓에 동티가 났다는 것이다.

196

그러나 남편의 바람기와 손찌검을 참다 못해 자식들 떼어놓고 도망치다시피 아니 쫓겨나다시피 고향에 와 가슴앓이했던 정희의 속내를 아는 이는 아무도 없었다.

"기여, 바당 울곡 산 가찹게 보이민 날 우친다고 우리네 죽살이 어디 한 고비 쉬울 때가 있수꽈? 징검다리 건너듯 조심조심, 애태우멘 살아온 세월이주. 뭔 속심에 종태가 그런 짓 했을까 몰라도 이제 정신 차릴 거영. 가이가 툴허긴 해도 잘도 구순허니 말 알아들을 거우다. 성님도 기운 채리고 일어납서. 우리 정희 앞세운 내가 성님 맘 모름시민 누가 알우꽈? 울지 맙서!"

"기여, 기여. 동상 앞에서 울민 날랑 쪼끌락한 사램이여."

상군 잠수로 평생 바당을 뒤지며 생사고락을 함께해온 두 사람은 손을 부여잡고 눈물 반, 억지웃음 반 위로를 나눈다.

5. 본성

거짓말처럼 목숨을 건진 종태는 눈에 띄게 의기소침해졌다. 부쩍 말수도 줄었고 좋아하던 낚시도 손 놓은 채 멍하니 앉아 먼 산 바라보는 시간이 늘었다. 아무리 해성이 장난을 치고 농담을 해도 빙그레 웃을 뿐 반응이 없다.

"종태 성, 그날 밤 왜 그랬샤? 엉? 말해봐! 왜 뛰어내렸샤?"

이따금 해성과 인규가 술자리를 마련해 종태를 불러놓고 넌지시 묻지만 돌아오는 대답은 늘 똑같다.

“묻지 말라게. 괴로우니까.”

“춤말 죽을 생각이었엉?”

“에이, 생각하고 싶지 않게. 아무 기억 없엉.”

정말 그는 기억이 나지 않는 것일까. 눈빛이 흔들리고 표정이 심하게 일그러지는 것으로 보아 심정적으로 괴로운 이유가 있는 것 같지만 평소 그답지 않게 단호하다.

“굴 속에서 한참 있다가 여깁서! 대답한 거 갖고 마을 사램들은 일부러 모른 체 시간 끌었다는데? 정말 그랬엉?”

“묻지 말라게도?”

“거참, 해성이. 그런 말은 뭘라 하노? 할 말, 안 할 말이 따로 있다 카이.”

인규가 통박을 주자 장난기 많은 해성도 아차 싶다.

평소 술 담배를 많이 한 데다 뒷머리를 꿰매고 충격이 컸던지 날이 갈수록 꼬챙이처럼 말라가는 종태가 안쓰러워 해성은 일부러 그가 좋아할 만한 이야기를 꺼내보지만 역시 소용이 없다.

“성, 색시집 갔던 이얘기 좀 해봐! 진짜 모슬포에 단골 색시집이 있단 마시?”

“종태, 아도 있다 캤지? 아 마이 컸겠네?”

인규까지 덩달아 싱글싱글 운을 뗀다.

"아도 있어, 촘말 내 아도 있단 마시. 한번 가면 우리 색시가 붙잡고 안 놓아줘! 오빠 가지 마라게, 가지 마라게. 히히히."

예전 같으면 얼굴에 화색이 돌고 의기양양해서 자랑이 터졌겠지만 이젠 그런 이야기조차 반응이 없다. 몇 번을 물어도 늘 똑같은 이야기지만 워낙 실감나게 말해서 처음엔 다들 믿었었다. 그러나 시간이 흐르면서 솔직히 반신반의하는 분위기다. 혹시 종태가 상상으로 지어낸 이야기는 아닐까? 다만 그의 기를 살려주기 위해 맞장구쳐주고 술자리가 지루하고 심심할 때 누군가 슬쩍 꺼내면 종태는 신이 나서 무용담처럼 말하곤 했다. 그러나 이젠 색시집에서 크고 있을 자신의 아이도 약발이 떨어진 모양이다. 무반응, 시큰둥으로 일관한다.

무엇이 그로 하여금 생을 포기하게 만들었을까. 마을 사람들은 종태가 어릴 적 앓았던 열병으로 반푼이가 됐다고 믿지만 사실 그의 상태는 정상인에 비해 크게 떨어지지 않는다. 마을 사람들이 자신을 이용하고 무시하며 함부로 대하는 것을 다 알면서 참는 것뿐이다. 종태는 인간적으로 좋은 사람과 나쁜 사람을 구분하는 직관력과 판단력이 있다. 다만 겉으로 구분하지 않고 누구한테나 허허 웃으며 대할 뿐이다.

"할망이…… 할망이 보고 싶다 마시. 꿈에 보이민 자다 울엉."

말없이 소주잔을 만지작거리던 종태가 뜬금없이 입을 열었다.

"할망? 어떤 할망?"

"난 다…… 다 봤다 마시. 지금도 다 기억햄시. 할망이 타서……
불에 타 죽는 걸 봤엉."

"그, 그걸 기억한단 마시? 아직도?"

종태가 일곱 살 때였나. 밤낮 내 두불자손! 두불자손! 손에서 놓
지 않고 예뻐하던 할망이 아궁이 앞에서 불 때면서 깜박 졸다가 옷
에 불이 붙어 타 죽는 걸 종태는 생생하게 다 봤다. 그러나 벌써 사
십 년 전 일 아니던가.

"그, 그래서? 꿈에서 할망이 뭐래? 뭉케지 말고 말해보라."

"모, 몰라, 묻지 마라게! 기억 안 나영!"

또다시 종태가 입을 다문다. 인규는 해성에게 눈짓한 후 가만히
종태의 등을 쓸어준다.

"그래, 그래. 얼마나 힘들었겠노? 말하지 마라! 술이나 마시자!"

그러자 종태가 굵은 눈물방울을 손등으로 훔치며 말한다.

"옷에 불이 붙어 할망이 소리 지르고 펄떡펄떡 뛰는데 날랑 사름
살리란 소리도 못 지르고 울기만 했엉…… 울기만……. 지금까지
내 맘이 어떵 아무도 몰렁. 그때 내가 불을 껐어야 했덩. 할망 옷에
붙은 불을……."

"니 와 그런 쓸데없는 생각을 여태 하고 살았노? 열 살도 안 된
아가 우째 구했겠노? 그긴 니 잘못 아이다! 니가 으른이었다 카믄
몰라도…… 그긴 절대 니 잘못 아이다! 종태야! 울지 마라."

"아녕, 아녕. 종태 성 오늘 실컷 울엉. 울고 싶은 만큼 다 울고 속

200

에 백힌 그 맘 싹 뽑아야 시원햄시. 그래야 산다 마시!"

"모리겠댄……."

"종태야, 내 말 쫌 들어봐라. 사람 마음이 본래 고삐 매지 않은 소고 미친 원숭이 새끼고, 마귀라. 이것들이 내 안에서 요동치는 기라. 맘이 뭣이고? 비웠다 비웠다 카지만 무시로 끄들려 평상심 잃고 흔들리는 기라. 니도 힘들었지만 비워라! 비워라! 내려놓으라 카이!"

천장에 매달린 백열등이 끄먹끄먹 조는 사이 세 사람의 술잔도 빠르게 돌아 어느새 밤이 깊었다. 종태의 훌쩍대다 씨익 웃는 모습이 예전으로 돌아온 것 같아 한결 안심이 된다. 그는 해성과 인규와 함께 있을 때 마음이 편안하다.

여리디여린 종태가 마을 사람들로부터 온갖 무시와 천대를 견디면서 착한 심성을 잃지 않았던 것은 어린 시절 할망과 어멍의 희생 어린 사랑과 극진한 보살핌 탓이었다. 사랑도 받은 사람이 줄 수 있듯 일찍 아버지 잃고 두 여인네의 사랑을 넘치게 받은 것이 그로 하여금 모든 멸시를 견디고 선한 행동으로 되갚을 수 있게 한 원동력이었다는 걸 사람들은 모른다.

바람 무는 방향에 따라 노항선과 유람선이 배를 내는 신착장이 바뀌는데 그중 살레덕 선착장은 해식 단애의 무늬가 찬장처럼 가로세로 그어져서 제주 사투리 '찬장'을 뜻하는 살레덕이라는 이름이 붙었다. 살레덕 근처에는 커다란 해식동굴 두 개가 있는데 거인의 콧구멍처럼 나란히 두 개 뚫려서 코배기 쌍굴로 불린다. 섬의 동굴들은 오랜 세월 거센 바람과 파도의 합작품으로 바람에 쏠리고 파도에 얻어맞아 생겼는데 어떤 동굴은 커서 작은 나룻배도 드나들 수 있을 정도다. 섬에서 나고 자라 손금 보듯 섬의 지형을 훤히 꿰고 있는 종태는 그중 섬사람들 아무도 모르는 자신 만의 동굴이 있다.

여름 더위가 끝나고 태풍이 오는 길목이라 낚시 시즌의 절정이건만 으뜸낚시꾼 종태는 낚싯대를 놓은 채 사람들의 눈을 피해 혼자 있는 시간이 많아졌다. 투신 사건 이후로 낚시 포인트나 고샅길, 어디서건 마을 사람들은 마주치면 빈정대거나 놀렸다.

"어이, 종태! 기여 죽을려 했시냐? 널랑 죽는 게 뭔지 암시?"

"진짜 죽을라민 그때 동굴서 대답을 말았어영. 여깁서, 살려줍서 빌었다멘? 허허허!"

"죽었시민 귀양풀이 걸판지게 해줄랬덩? 호호호."

그때마다 종태는 쥐구멍이라도 있으면 찾아 들어가고 싶었다. 그래서 더욱 혼자 동굴 속에 들어앉아 두문불출했다. 그런 속사정을 모르는 막순 씨는 종태가 잠시라도 눈 닿는 곳에 있지 않으면 가슴이 덜컥 내려앉아 동네방네 찾고 다녀 아들을 더욱 난처하게 만들었다.

"종태야, 널랑 자꾸 그러면 네 어멍 어떵 살겠샤? 안 그렸시냐? 어멍 생각해서 정신 차려얀단 마시! 혼저 곱들란 비바리 얻어 장개 가서 효도하고 옌날처름 괴기도 잡아 어멍이랑 살 궁리를 터야잰."

오늘도 어둑해질 무렵 사람들의 눈을 피해 그림자처럼 집으로 스며들던 종태와 딱 마주친 현씨 할망이 작정하고 붙들어 타이른다.

"예."

"걱정이 반찬이면 상다리 허물어진단 말이 있신디, 네 어멍 가뜩이나 병들어 고생합주. 널랑 맘을 덜어줘야 신디 상다리 허물어 기어이 어멍 잡을랜? 둥글린 독새끼 비애기 되곡, 둥그린 사름은 쓸매 난다고, 널랑 이제 사름 구실 해야지. 안 그려시냐? 귀신도 빌믄 듣느니 사름이 되어 내 말 알아먹잰? 네 어멍은 평생 너 하날랑 보고 살았시니 맘 단단히 붙들고 몸 추슬리라."

"…… 예."

구순하게 대답만 하고 선 종태를 보자 현씨 할망 속이 미어진다.

'착하기 짝이 없는 야이가 목숨 끊겠다고 독한 마음 먹잰, 전들 얼매나 속이 탔을꼬.'

비척비척 마당 안으로 들어서는 종태의 어깨가 축 늘어진 것을 바라보던 현씨 할망이 혀를 찬다.

밤이 되면 바다도 잠을 잔다. 수면을 거세게 키질하던 바람도 잦아들고 마을은 인적이 끊긴 채 더욱 낮게 엎드렸다. 멀리서 귀에 익은 사내의 혀 꼬무라진 고함이 들려온다. 삼봉이다. 오늘 밤 또 어느 집이 시달리는 모양이다.

섬, 섬옥수纖獄囚

1. 풍랑주의보

성난 바다가 연일 포효하고 있다. 파고가 삼사 미터는 족히 넘을
것 같다. 인규는 아까부터 모슬포 항구에서 바다를 바라보고 섰다.
얼굴에 수심이 가득하다. 방파제는 너울이 심해 접근할 수 없고 사
방에서 밀어붙이는 바람에 정박한 배들은 서로 머리를 부딪치며
몸살을 앓는다. 비바람에 몸을 가눌 수조차 없다. 손에 잡힐 듯 가
까운 땅끝섬이 비안개에 잠겨 어슴푸레하다. 제주도 전역이 태풍
영향권에 들자 비행기는 결항됐고 도항선이며 유람선들도 다 발이
묶였다.
　인규가 본격적인 성수기에 대비해 짜장 볶을 채소며 돼지고기

잔뜩 사서 냉장고에 재놓자마자 풍랑주의보가 떨어졌다. 다른 횟집 겸 짜장면집들도 비상이 걸렸다. 일 년 중 가장 관광객이 많이 몰려오는 팔월 첫 주라 장사 준비로 신나던 차에 풍랑주의보라니……. 처음엔 대수롭지 않게 여겼다. 평소에도 하루 풍랑주의보 떨어지면 다음 날은 배 뜨고 또 오후에 폭풍주의보 떨어졌다가도 새벽녘이면 해제되고……. 늘 그래왔다. 그러나 이번엔 주의보가 오래갈 거란 기상청 예보에 전에 없이 볼멘소리가 터져 나왔다. 섬사람으로 살아오면서 자연에 순응하고 체념에 익숙하지만 때가 때니 만큼 주민들의 실망이 컸다. 결국 제주도에 살림집을 둔 사람들은 장사 작파하고 섬을 떠났다. 인규도 만삭의 아내 정기 검진할 겸 모슬포에 나왔다가 닷새째 찜질방을 전전하고 있다.

"동춘이, 가게 별일 없나?"

"텔레비전 안테나가 바람에 날아가 방송 안 잡혀 심심한 거 말곤 괘안습니더. 하하하."

"그래? 허 참, 우짜든동 강풍에 문단속 잘 허고, 묵을 것 넉넉하제?"

"예, 열흘은 끄떡없을 거 같심다."

"니도 어선 타고 나오지, 와 고집부렸노?"

"나가봐야 갈 데도 없고 집이 젤로 편하다 아입니꺼? 설마 집이야 날아가겠습니꺼?"

풍랑주의보가 자꾸 연장되자 남아 있던 사람들마저 어제 어선을 빌려 타고 나왔다. 파출소와 등대 직원들, 미련이 남아 머뭇거리다 갇힌 낚시꾼 몇 명 정도 남았을 것이다.

"형님, 여는 완전 개판이라예! 사람 머릿수보다 개들이 더 많다 아입니꺼? 하하하."

"창고에 있는 앵두랑 꼭지 가들 가게 안으로 데려다 놓고 밥 잘 줘라!"

아내 혜자는 밖에 나와서도 창고에서 키우는 개 세 마리 걱정뿐이다.

"걱정 마시고 형수님 건강 잘 챙기가 들어오소. 난중에 봅시다."

"그래, 내 또 전화하께! 무슨 일 있음 전화해라!"

여름 한 철 장사에 몸이 열이라도 모자라 고향 후배인 동춘이 도와준다고 왔는데 일도 시작하기 전에 개점휴업 상태다. 동춘은 넉살 좋고 붙임성이 있는 대신 욱한 성미에 건들거려서 사람들한테 오해를 많이 받는 편이다. 장가는 가야겠는데 모아놓은 돈은 없다 보니 인규네 가게에서 여름 장사 도와주고 얼마라도 쥐어볼 생각에 섬에 들어왔다. 아내가 홀몸일 때는 아무리 바빠도 부부가 그런 대로 해냈는데 배가 불러오자 아내 대신 동춘이를 들인 것이다.

제주도를 강타한 태풍의 위력이 실로 거세다. 해일로 건물 지하 상가와 주차장이 물에 잠겼고 가로수가 뽑히고 한라산 숭산간 도로는 통제됐다. 계곡마다 물이 넘쳤고 방파제를 넘어온 너울에 자동차가 떠내려갔다.

'이대로 간다면 오늘쯤은 모텔 방을 잡아야 하지 않겠나? 근데

방이나 잡을 수 있을지 모리겠네.'

배불뚝이 아내를 계속 시끄러운 찜질방에 머물게 할 순 없다. 찜질방은 수재민들로 아수라장이다.

'동춘이 말대로 그냥 집에 엎드려 있을 걸, 뭘라꼬 기나왔을꼬? 뭐니 뭐니 해도 내 집이 최고 아이가!'

아내 정기 검진만 아니었으면 굳이 나오지 않았을 것이다. 태풍의 눈처럼 이런 때일수록 섬은 의외로 고요하다. 풍랑주의보가 내린 바다는 뒤집어져서 물마루가 솟구치고 산을 들어 내던지듯 요동치는데 정작 섬은 무풍지대로 기이한 정적에 싸일 때가 있다.

— 어디예요? 왜 안 와?

아내의 문자에 인규는 발길을 돌린다. 나이 오십에 늦장가 들어 첫아이 출산이 다가온 터라 초조하다. 여름 장사 대박 나면 당분간 장사 접고 보란 듯이 아내 산바라지해줄 생각이었는데 아무래도 뭔가 잘못돼가는 느낌이다.

찜질방은 초만원이다. 오전보다 더 많아진 손님들로 북새통이다. 식당도 줄을 섰고, 한증막이며 소금방은 콩나물시루다. 사람들이 떠드는 소리로 골이 자끈자끈 아프다.

"나가자!"

"어디로 가려고요?"

아내가 두려움 가득한 눈으로 올려다본다.

"어디든 갈 데 없겠나? 이래갖고는 뱃속의 아한테도 안 좋다. 집

싸!"

신경이 곤두선 인규는 전에 없이 날카로워져서 큰돈이 들더라도 모텔로 옮길 생각이다. 북통처럼 부른 배를 한껏 내밀고 주섬주섬 짐을 싸는 아내의 손을 꼭 쥔 채 등을 가만히 쓸어준다. 섬으로 시집와 고생이 심한 아내에게 무슨 말을 할 것인가.

모텔 방은 부르는 게 값이다. 영악한 주인은 임산부니 특별히 봐주겠다며 벽에 붙은 가격표보다 삼만 원이나 더 되는 돈을 요구한다.

"지금 어딜 가도 이 돈에 방 못 구해요!"

어설픈 표준말로 주인이 생색을 낸다. 조용하고 쾌적한 방에 들어서자 비로소 아내가 침대에 쓰러져 깊은 잠에 빠져들었다. 인규는 조용히 소주를 홀짝이며 유리창으로 밤하늘을 올려다본다. 먹장구름에 잠식당한 하늘이 한층 낮게 내려앉았다.

2. 쿠폰

순전히 태풍 탓일까? 풍랑주의보가 해제되자 섬으로 돌아온 횟집 사내들의 주머니 속엔 요상한 것이 한 다발씩 늘어 있었다. 한층 그악스러워진 그들은 제 살 깎아 먹기로 작정을 한 모양이다. 한참 성수기에 일주일 넘게 공치고 보니 신경이 곤두설 대로 곤두서 누구든 건드리기만 해봐라! 보이지 않는 긴장감이 팽배했다. 예년 여

름 같았으면 진즉에 한밑천 잡았을 초절정 성수기를 망쳤으니 그
럴 만도 했다.

유람선이 들어오자 개 떼나 골프카보다 먼저 달려나간 사람들은
관광객의 손에 쿠폰을 쥐여줬다. 팔월의 막바지 휴가를 즐기러 제
주도에 왔다가 부록처럼 코스에 낀 땅끝섬을 보러 온 사람들은 지
극히 도시적인 쿠폰을 의아한 표정으로 들여다봤다. '골프카를 대
여하는 분에 한해 짜장면을 10% 할인해드립니다.' '짜장면을 드시
면 골프카를 무료로 대여해드립니다.' '무조건 짜장면 10% 할인!
맛 보장합니다!'

할인 쿠폰의 위력은 대단했다. 섬을 한 바퀴 도는 데 크기에 따
라 삼만 원에서 오만 원인 골프카를 무료로 빌려주는 대신 짜장면
한 그릇이라도 더 팔겠다는 계산이나 짜장면 오백 원 깎아줄 테니
골프카를 빌리라는 조건. 골프카가 없는 집은 짜장면 가격을 할인
해주겠다고 나섰다. 공친 장사를 벌충하는 방법은 그것뿐이라는
듯 조건은 파격적이었다. 상도덕은 이미 마을 개들이 물고 돌아다
니다 어딘가 팽개친 지 오래고 할인 쿠폰에 익숙한 도시 사람들은
오백 원 싸게 짜장면을 먹을 수 있다는 유혹을 쉽사리 뿌리치지 못
했다.

올 여름 인규네 〈회나라〉를 포함해 두 집이 더 짜장면을 메뉴에
추가하면서 손바닥보다 작은 섬에 짜장면집만 여섯 군데, 바야흐
로 짜장면 춘추전국시대를 맞이했다. 그 와중에 풍랑주의보로 장

사를 망치자 쿠폰 할인 경쟁이 시작된 것이다.

평소 골프카들이 땅끝섬의 잔디를 망치고 자연 경관을 해친다는 이유로 골프카를 반대해온 인규는 망연자실했다. 오직 맛과 질로 승부하겠다며 3무 짜장면을 고집해온 그로선 차마 쿠폰 경쟁에 동참할 수가 없다. 무화학 조미료에 무정제 설탕, 무 유전자 조작 식품을 넣고 영양 만점 톳가루로 반죽한 짜장면에 대한 긍지가 무색할 지경이다. 쿠폰을 손에 쥔 관광객들이 줄지어 들어서는 앞집 옆집 짜장면 가게를 바라보는 그의 심정이 참담하다.

"깎아주겠다는데 싫단 사람 있겠나? 콩나물을 사도 깎는 기 우리 국민 정서인데……. 그래도 이건 아닌 기라. 이기 아닌데……."

오로지 맛과 영양으로 승부하기 위해 고군분투했던 지난 몇 달이 손가락 새로 빠져나간 듯 허탈하다.

"내 아가 먹을 거라는 생각으로 건강한 짜장면을 고집했다 아이가?"

간간이 3무 짜장면 간판을 보고 들어오는 손님들과 인터넷 블로그에서 입소문 듣고 일부러 육지에서 찾아오는 손님들 때문에 짜장을 볶아놓긴 한다. 점점 대형화되는 다른 짜장면집에 비해 손님이 수적으로 적어노 부부 인건비로 먹고 사는 셈 치니 그런대로 살 만했었다. 그러나 할인 쿠폰 등장이 짜장면 춘추전국시대의 판도를 변화시키고 있다.

"형, 장사 좀 했어?"

〈돔돔횟집〉홍 사장이 두 팔을 걷어붙이며 들어선다. 그의 차림새는 멀리서 봐도 눈에 확 띈다. 전직이 일식집 주방장이라 흰 가운에 울긋불긋 대나무가 그려진 앞치마, 쿡 모자를 쓰고 큰 소리로 너스레 떠는 그를 관광객들은 재미있어 했다. 낚시가 좋아서 땅끝섬에 드나들다가 작년부터 아예 섬에 주저앉았다.

"손님이 통 없다 아이가? 저 봐라! 양쪽 집 버글버글한 거!"

홍은 그럴 줄 알았다는 듯 요리사 모자를 벗어 툭툭 턴다. 인규 가게에 온 손님이 짜장면 외에 회를 청하면 홍에게 전화로 주문했다. 그래서 인규네 손님이 많아야 홍도 벌이가 쏠쏠하고 파리 날리면 그의 형편도 마찬가지다. 인규는 메뉴에 짜장면을 추가하면서 혼자 일손으로 짜장 볶으랴 회 뜨랴 바빠지자 회를 포기했다.

"점심 안 묵었제?"

인규가 짜장면을 식탁에 놓아주자 기다렸다는 듯 홍이 젓가락을 든다. 짜장면을 씹느라 턱을 움직일 때마다 선홍빛 굵은 지렁이 한 마리가 꿈틀댄다.

"아, 아 씨발, 아직도 음식 씹을 때면 아파!"

그가 턱을 감싼 채 엎드린다.

아내와 이혼하고 홀로 섬에 들어온 홍은 재봉이네 짜장면 가게 한 모퉁이에 월세로 회 코너를 냈다. 돈 좀 모이면 마을의 빈집 얻어 민박집 겸 횟집을 낼 요량이었다. 사람 끄는 솜씨가 남다른 홍은 횟집이 번창하자 돈이 모일 때마다 뭍에 나가 민박에 필요한 이

부자리며 비품을 사다 방 한구석에 차곡차곡 쌓아놓으며 꿈에 부풀었다. 반면 재봉은 걸핏하면 트집을 잡아 홍을 괴롭혔다. 그가 낚시꾼으로 섬을 십 년 넘게 드나들며 형님, 아우 지내던 두 사람 사이에 서서히 틈이 벌어졌다. 그러던 어느 날 재봉이 밑도 끝도 없이 가게를 비우라고 했다.

"형님, 이럴 수가 있습니까? 느닷없이 가게 비우라니요?"

"나가람 나가지 무사 잔말이 많시냐? 글고 내가 무사 니 형님이랜?"

"허 참, 회장님, 계약 기간 남았잖아요? 이건 계약 위반임다."

"계약 기간 같은 소리 하고 자빠짓시니, 그동안 오갈 데 없는 널랑 봐줬시민 고마운 줄 알랜!"

"당장 나가라면 어디로 가요? 몇 달 시간을 줘요!"

"날랑 알 바 없시니 당장 꺼지란 말씨!"

"내 참 드러워서……. 퉷!"

젊은 시절 한가락 했다는 홍의 성깔도 만만치 않았다. 주민들은 두 사람 간의 반목을 지켜보며 침묵했다. 홍의 횟집 코너에 짜장면 손님 뺏기는 게 배 아파 그런다는 걸 알았지만 현직 마을 자치회 회장인 재봉을 건드렸다가 무슨 보복을 당할지 두려웠기 때문이다. 졸지에 이불이며 비품 하나 챙기지 못하고 몸만 빠져나온 홍은 억울해서 뛰다 죽을 노릇이었다.

어느 날, 술에 억병으로 취해 재봉을 찾아가 항의하던 홍은 각목으로 죽지 않을 만큼 얻어맞았다. 턱뼈가 으스러지는 중상을 입고 육지 병원에 실려 간 후 한동안 모습을 드러내지 않던 그가 다시 돌아온 것은 지난봄이다. 어떻게 구했는지 목돈을 들고 나타나 곧장 빈집을 세 내 수리하고 〈돔돔횟집〉 간판을 걸었다. 그리고 〈회나라〉와 서로 짜장면 손님, 회 손님 연결해주며 상부상조하고 있다. 재봉과 삼봉 형제에겐 박 사장과 더불어 〈돔돔횟집〉 홍 사장이 눈엣가시다. 이따금 쳐다보는 눈초리에 살기가 돌곤 한다.

"아, 진짜! 승질 같아선 한번 받아불긴데……. 주먹이 우네! 주먹이 울어!"

동춘이 얼굴이 벌게져서 씩씩대며 가게로 들어선다.

"니는 와? 와 또 그라는데?"

"더워서 편의점서 하드 하나 빨고 오는데 회장인가 쌈장인가 저노마 패거리들이 시비를 건다 아입니까? 뭐, 뭐 인사를 안 했다 카믄서?"

"그래서?"

"인사를 안 하긴 와 내가 안 해요? 회장니임 안녕하심니꺼? 인사하지! 늘 했다 아입니까? 근데 똘마니 지들한테까지야 내가 언제 봤다꼬 인사하까? 형님, 안 그렇습니꺼?"

"아까 쌈봉이 똘마니 몇 명 점심 배로 들어오던데?"

"갸들이야 뭐, 수시로 몰려다니니까 신경 쓸 것 읎고, 동춘이 니도 욱한 승질 죽이라! 저그들 텃세하느라 새로 온 니를 데불고 버릇 좀 고치겠다 뭐 뭐, 그런 심뽀 같으니까네 같이 대거리하지 말고. 드러워도 니가 참아라!"

인규도 속은 쓰리지만 하도 말이 많은 동네라 뒤탈이 없으려면 내 사람부터 단속하자 싶어 오히려 동춘이를 나무란다.

"아, 내가 뭐라 캤나? 째봉 회장한테 인사 잘하믄 됐지 은제 봤다꼬 똘마니들한테까지 고개 숙이까요? 내 나이 낼모레 마흔인데? 아, 내 참, 씨팔 좆도!!!"

"동춘 씨, 참아. 참고! 이따 장사 끝낸 후 우리 집에서 한잔합시다! 내가 긴꼬리벵에 4짜 넬 테니까! 오케이?"

홍이 씨익 웃자 턱에 달라붙은 분홍 지렁이가 또 꿈틀한다.

"인규 형, 우리 집사람이랑 정식으로 인사할 겸 이따 한잔합시다. 음식 몇 가지 준비할 테니까 형수님도 모시고 와!"

"식은 올렸나?"

"에이, 이 나이에 식은 무슨? 저 사람도 초혼 아니고, 나도 뭐……그래서 맨날 싸우잖아. 하하하."

"여자 심정도 생각해줘야지. 너만 좋다꼬 세상 일이 뜻대로 흘러가드나 어데?"

"우리 싸울 때 보믄 끝 살인낼 서 같아. 신싸 냉릴하게, 치열하게 싸워. 히히히! 그런 날 밤이면 둘 다 거의 죽지! 까무라치기 일보 전까지 간다니까? 화해는 싸운 날 바로 해야 돼! 동춘 씨 장가 안 가서 아마 그 맛 모를걸?"

“아, 진짜 약 올리지 마소! 돈 착실히 벌어가 마 내년 봄에는 장가 쫌 갈라 캤더이 이 모양 이 꼴이라 속 타 죽을 지경인데!”

“꼭 식 올리고 살아야 돼? 나처럼 맘만 맞는다 싶으면 일단 살림부터 차려!”

“속도 모르고 약 올리지 마소! 내는 마 설거지나 해야겠심더.”

동춘이 벌떡 일어나 주방으로 들어간다. 홍도 그만 가봐야겠다는 듯 한쪽 눈을 찡긋하더니 일어선다. 홍은 맞은편 자치회장네 식구들과 눈도 마주치기 싫다는 듯 고개를 외로 꼰 채 잽싸게 게걸음 친다. 그 모양을 보고 있자니 인규는 쓴웃음이 돈다.

‘한 마을에서 와 이래 살아야 하노, 앞으로 우찌 될라꼬……’

유람선이 또 들어온 모양이다. 삼삼오오 관광객들이 왁자지껄 가게 앞을 지나간다. 쿠폰을 쥔 사람들이 재봉이네 짜장면집으로 우르르 들어간다. 인규는 길가에 마련한 화덕에서 짜장을 볶으며 없는 기운을 북돋아 큰 소리로 외친다.

“자, 맛있는 3무 짜장면이오! 맛없으면 돈 안 받는다 아입니까? 한번 잡숴보시고 말씀하십시오! 화학조미료? 안 넣습니다! 몸에 해로운 정제 설탕도 뺐심다. 유전자 조작 식품 절대 안 넣습니다! 건강, 건강 짜장면!!!”

사람들이 그의 목청에 놀라 돌아봤다가 쿠폰을 들고 총총걸음으로 다른 짜장면집으로 흩어진다.

3. 몽둥이

토요일이라 관광객이 여느 때보다 많아 오후 장사가 좀 됐다. 점심때까지 공치다시피 했는데 워낙 관광객 수가 많다 보니 쿠폰 쏟아낸 집들이 다 소화를 못 해 인규네까지 콩고물이 떨어진 것이다.

아내까지 나와 동분서주, 홀을 정리하고 인규와 동춘이 설거지를 거의 끝냈을 즈음 전화벨이 울린다.

"박 사장, 영업 끝났샤? 안 바쁘민 짜장면 좀 배달해줄 수 있낸?"

"예. 형님이 드시겠다면 당연히 해드려야죠. 하하하."

"그럼, 미안하지만 두 그릇만 갖다줍서."

"예, 예."

등대장은 인규네 짜장면을 좋아하지만 자치회장의 눈치가 보여 오진 못하고 종종 마을 주민들의 눈을 피해 배달을 시킨다. 굳이 말하지 않아도 느낌으로 알기에 인규는 언제든 기꺼이 배달을 해준다. 돌아오는 길에 가끔 파출소에 들러 해경 대원들을 초대해 짜장면을 무료로 대접할 때도 있다. 젊은 대원들은 한창때라 면을 푸짐하게 줘도 항상 싹싹 긁어 먹고 잘 먹었습니다! 외친다. 젊은 친구들이 망망대해 마주 보며 고도(孤島)에서 절연된 시간을 보내는 것이 안쓰러워서 조카 대하듯 한다.

관광객들과 제주도를 오가며 반살림하는 주민들이 빠져나간 섬은 적막하다. 불과 한두 시간 전까지 수백 명이 바글대던 섬은 그림

속 풍경처럼 텅 비었고 그 여백을 채우는 건 사람이 아닌 골프카와 개들이다. 인규는 짜장면을 배달해주고 돌아오는 길에 등대 앞 벤치에 앉아 멀리 수평선을 바라본다. 한바탕 폭풍이 지나간 바다는 언제 그랬냐는 듯 잔잔하다. 오직 바다가 좋아 섬에 들어온 지 어언 십여 년. 낚시질로 한 세상 보내다 느지막이 아내 만나 가정 꾸리고 새로운 생명의 탄생을 앞둔 지금, 지나간 이 년이 꿈처럼 아스라하다. 이삼 년 바짝 벌어서 아내 바람대로 육지에 나가 식당을 낼 계획이었는데 여름 장사 망치고 보니 가슴이 답답하다. 이런 땔수록 주민들이 화합해 더불어 상생하면 살맛 나련만, 가뜩이나 살기 팍팍한데 마을 분위기까지 험악해 한 치 앞을 내다볼 수가 없다.

그때 휴대폰으로 문자가 온다.

— 형님, 장사 뒷정리했으면 형수님이랑 건너와요.

답답한 심정 털어내기 위해 낚시라도 담그면 좋겠는데 오늘은 홍 사장네 저녁 초대가 있다.

"동춘아, 동춘아! 야가 어데 갔노?"

먼저 〈돔돔횟집〉에 간 모양이라고 생각한 인규가 방으로 들어선다.

"일하느라 피곤했제? 아는? 발길질 안 해?"

"왠지 오늘은 조용하네? 당신 피곤하죠? 오늘 다른 때보다 손님이 많아서 힘들 거야."

"뭐, 돈만 많이 벌믄 힘들게 뭐 있노? 힘이 팍팍 나제. 하하하. 〈돔돔횟집〉에서 저녁 초대 받았으니 가자.”

“그럼 또 술 마시겠네?”

“술이야 마시라고 있는 건데 뭘? 한잔 묵으야지. 동춘이 맘도 풀어주고, 홍 사장이 와이프 정식으로 인사시키준다 카대.”

“담배 연기 아기한테 안 좋은데……?”

“담배야 뭐, 나가서 피라꼬 내 단단히 일르께 걱정 마라! 당신 좋아하는 해물 찌짐이도 해놓으라꼬 말해놨다. 가자!”

아내를 뒤에 태운 인규가 오토바이를 조심조심 몰아 〈돔돔횟집〉으로 향한다.

그 시각, 망동산 난쟁이 솔밭에선 네 명의 사내가 한 남자를 무릎 꿇린 채 빙 둘러서 있다. 손에 든 쇠파이프를 허공에 대고 한 차례씩 휘두를 때마다 휙휙 바람 소리가 난다.

“어서 굴러온지도 모를 이 개뻑다구 새끼가 그추룩 깝죽댔시냐?”

“오늘 혼 좀 나보랜. 야, 이 새끼 오늘 죽었성!”

“와, 와 이라요? 우찌 이라요?”

“뭐이, 무사? 건방진 쉐끼 한 번 죽어보랜. 이걸랑 우리 나와바리 인사법이랜.”

삼봉의 눈짓을 신호로 세 명의 사내가 번살아 쇠파이프를 휘두르기 시작한다. 쇠파이프가 동춘의 온몸을 사정없이 가격할 때마다 비명이 터져 나온다.

“사, 사람 살려. 사, 살려주이소.”

"건방진 새끼는 몽둥이가 약이랜. 히히히."

"아, 아윽, 사 사람 살려!"

"경 소리 질러보랜. 섬은 텅 비었시니……."

피칠갑을 한 동춘의 몸이 이윽고 축 늘어진다. 그중 한 사내가 발로 툭툭 건드려보는데 누군가 소리치며 달려온다.

"이보게, 삼봉이! 사람 죽었네. 이게 뭔 짓이랴? 말로 햐! 말로!"

전직 파출소장 장 씨다. 그중 마을에서 상식이 통하는 그는 깍지 앞세우고 낚시 다녀오는 길에 삼봉이 패거리 중 한 명이 동춘이를 구슬려 골프카에 태우고 망동산으로 가는 걸 봤다. 평소 삼봉이가 〈회나라〉 인규를 벼르고 있는 걸 잘 알기에 이상하다 싶어 집에 가만히 앉아 있을 수가 없었다. 혹시나 싶어 와보니 아니나 다를까.

경찰에 신고하고 119 구급대를 부르는 동안 네 명의 사내는 자취를 감추었다. 초소의 해경 대원들이 들것을 갖고 와 선착장으로 옮기는 동안 소식을 들은 인규와 홍이 달려왔다.

"우찌 된 일입니꺼? 누가 동춘이를?"

"누군 누구겄능가? 삼봉이 짓이제. 낮부터 조짐이 좋지 않았당게!"

장 씨는 이런 일이 일어날 줄 짐작하고 있었다. 현직 시절부터 최근까지 통틀어 삼봉이와 재봉 형제의 폭행 사건은 이게 처음이 아니다. 외지에서 들어와 먹거리 장사를 했다 하면 소리 없이 망동산 솔숲으로 끌려갔고 그들은 하나같이 섬을 떠나갔다.

"이건 우리에 대한 경고야! 형이 짜장면을 메뉴에 추가하니까 벼르고 있다가 동춘이를 희생자로 삼은 거지! 저 새끼들이 우리한테 선전포고 한 거라니까?"

홍이 흥분해서 떠든다. 그럴수록 침착한 인규는 119와 해경에 재촉 전화를 건다.

"사람이 죽어갑니더! 한시가 급해요."

해경선은 섬에 접안 시설이 없어 접근을 못하니까 보트로 환자를 옮겨야 한다며 근처에 도착하는 대로 다시 연락하겠단다.

"박 사장, 정신 똑바로 차려야 써! 삼봉이를 당할 재간이 없음 맞서들 말등가."

"동춘아, 정신 차리라. 눈 떠봐라! 내 말 들리나?"

"동춘 씨, 병원 도착할 때까지 정신 잃으면 안 돼! 곧 해경선 오니까 조금만 참아!"

다행히 의식이 있는 동춘이 게슴츠레 눈을 뜨고 손가락을 까딱거린다.

보트를 기다리는 동안 앞자락이 피투성이가 된 인규는 옷을 갈아입을 겸 아내를 안심시키기 위해 집으로 돌아가는 길이다.

"드디어 해치웠샤! 그럼, 축하주 한잔 해야지. 내가 낼게. 호호호."

가게 앞 파라솔에 앉아서 자치회장의 아내가 누군가와 전화 통화를 하며 신이 났다. 해치웠다는 말의 의미를 본능적으로 간파한 인규는 화가 머리끝까지 치솟는다.

'이노무 스레기들 확 쓸어버릴라⋯⋯. 참자, 드럽지만 참자. 하지

만 내도 절대 못 잊는다! 느그들 짓거리!'

천신만고 끝에 제주 대학병원 응급실에 실려 간 동춘은 갈비뼈 부러지고 앞니 나가고 인대가 끊어지는 등 전치 십이 주 진단이 나왔다. 위험한 고비를 넘기고 일반 병실로 옮기자 인규는 비로소 한 시름 놓았다. 몸은 비록 동춘의 병원에 있지만 홀로 있을 아내 걱정에 안절부절못하자 남편의 심정을 헤아린 아내가 먼저 말했다.

"출산 예정일 아직 한참 남았으니까 내 걱정 말고 동춘 씨 돌봐 줘요!"

"그러까? 그래도 되겠나? 동춘이 갸가 객지에서 얼마나 서럽겠노. 가족이라꼬 홀어머니 한 분 계신다 카던데……."

일말의 책임감에 시달리던 인규는 전적으로 동춘의 병간호에 매달리기 시작했다. 어차피 장사는 망쳤고 사람부터 살리고 보자 싶었다.

"형, 소식 들었어? 사건 직후 쌈봉이랑 째봉이네 패거리들이 모슬포 단란주점 빌려서 거창하게 자축파티 했다는데? 사람 죽게 패 놓고 술 파티를 벌이는 게 인간이야?"

문병 온 홍이 분개해서 떠든다.

"원래 섬사람들이 거칠고 잔인하다!"

"그래도 이건 너무하잖아. 다른 섬 사람들? 안 그래. 여기만 유별나!"

4. 생명

'아, 정말 진통 시작한 걸까?'

아랫배가 당기는 듯한 통증에 퍼뜩 깬 혜자가 어둠 속에서 휴대폰의 액정 화면을 들여다본다. 새벽 2시 50분. 날 밝으려면 아직 멀었다.

'이상하네. 아직 예정일이 닷새 남았는데…….'

남편은 모레쯤 상황 봐서 들어온다고 했다. 어제까지만 해도 가끔 허리 아프고 아랫배가 단단해진다는 느낌은 들었지만 출산 신호로 받아들이기엔 약해서 설마 했다. 그러고 보니 어제 아침에 보인 갈색의 끈적이던 젤리 덩어리가 이슬이었던 모양이다. 만일 진진통이면 큰일이다. 나름대로 임신 출산에 관한 책을 들여다보며 대비한다고 했건만 막상 닥치니까 허둥대고 뭐가 뭔지 모르겠다.

그녀는 눈을 감은 채 호흡을 고르며 하나 둘 셋 열 스물…… 세기 시작한다. 아, 아악, 얼마 못 가 몸을 움츠린다. 규칙적으로 아랫도리를 자극하는 극심한 통증. 대바늘로 후비는 것 같기도 하고 불에 달군 꼬챙이로 쑤시는 것 같다. 진통의 강도가 점점 세진다. 온몸이 땀으로 흥건하다. 그녀의 상태가 심상지 않나는 것을 일아챈 앵두와 꼭지가 다가와 혀로 핥아준다. 늙어서 눈이 먼 삼식이는 끙끙대기만 한다. 평소 같으면 쓰다듬어줬겠지만 지금 혜자는 아무 정신이 없다. 몸부림치다 잠시 까부라졌던가? 정신을 차리고 보니 창밖이 부옇다. 첫 배가 들어오는 10시 30분까지 버틸 수 있을까……?
남편이 없으니 더욱 불안하다.

혜자는 아랫말 상군 잠녀 영자 할망에게 전화를 건다. 남편을 양
아들 삼아 십 년 넘게 친하게 지내온 할망이다. 인규가 회만 전문으
로 팔 때 영자 할망이 물질해온 뿔소라며 고동도 좋은 값에 쳐주곤
했다.

"기여? 큰일 났네. 어떵호느냐? 풍랑주의보까지 떨어졌시니. 날
랑 재기 가영!"

"풍랑주의보 떨어졌다고요?"

눈앞이 캄캄하다. 말이 씨가 된다더니……. 평소 남편과 농담처
럼 말하곤 했다. 아기 낳을 때 풍랑주의보라도 떨어지면 어떡하지?
우짜긴 우짜노? 내가 받지 뭐! 당신이? 별수 있노? 부창부수라고
혜자도 속편하게 그림 그러든가. 후훗! 웃곤 했었다.

"좀 어떵?"

"지금은 좀 나아요."

"원래 기영. 자궁문 열리느라 아픈데 자궁문이 경 재기 열리난?"

땀으로 범벅이 된 이마를 쓸어주며 할망이 희미하게 웃는다.

"하늘이 노래지면 그때 아가 쑤욱 나오게."

혜자는 통증이 주춤할 때 얼른 가방을 싸두자 싶어 아이 기저귀
며 속옷, 양치 도구, 남편 옷가지 등등을 챙긴다. 그때 또다시 불쾌
한 통증이 아랫도리를 강타한다. 혜자는 그대로 몸을 움츠린 채 숨

을 죽인다.

"또 아프게? 저런, 저런……. 병원 가야 햄써. 그나저나 바당이 뒤집어졌시니 어떵햄? 내일이나 풀리려나? 신랑한테 전화 넣어보라. 이럴 땐 남편이 곁에 있어야 든든하쿠다."

베개에 얼굴을 묻고 엉덩이를 높이 쳐든 채 통증을 다스리던 그녀가 옆으로 나동그라지더니 울상이 된다. 침착했던 혜자의 낯빛이 흙빛으로 변했다.

"할망, 이거 호, 혹시 양수 터진 거 아닌가?"

물풍선을 터트린 듯 픽 소리와 함께 따뜻한 물이 줄줄 허벅지를 타고 흘러 요가 다 젖었다.

"기이? 야이, 야, 아맹해도 그럼시니 이를 어떵할 꺼?"

할망의 전화를 받은 인규는 즉시 119로 전화를 걸었고 구급대가 해경에 연락을 취했다. 그러나 해경은 풍랑이 워낙 심해 당장 출동하기 어렵다며 난색을 표했다. 위급 환자가 있을 경우 땅끝섬 보건소장이 요청한다면 헬기를 띄울 수도 있는데 문제는 악천후다. 가시거리도 확보되지 않은 데다 강풍 부는데 헬기든 해경선이든 무조건 우길 수만은 없다. 인규는 원망스럽게 하늘을 올려다본다. 마냥 풍랑주의보 해제되길 기다리느니 어선이라노 빌러서 아내를 데리러 가야 할까. 어선을 빌린다 쳐도 집채만 한 파도를 임산부가 견뎌낼 수 있을지 걱정이다. 인규는 하얗게 거스러미가 인 입술을 잘근잘근 씹으며 서성인다.

“형님, 공연히 지 땜에 이렇게 돼가 면목이 없심더.”

“…… 괘안타. 그기 와 니 때문이고!”

“내일 어무이 오믄 부산의 큰 병원으로 옮길 테니 여개 신경쓰지 말고 퍼뜩 가보소. 저 자슥들이 합의보자고 쫄라도 지는 형님과 의논해가 형님이 시키는 대로 할 낍니더.”

“그래, 합의는 오천만 원 알로는 절대 해주지 마라! 알긋나?”

“하무요. 내 목숨 값인데 그 알로는 택도 없다 아입니꺼? 그라고 합의금 받으면 형님도 내 병간호하느라 장사 작파하고 손해가 많다 아입니꺼? 반씩 나눕시더.”

“괘안타. 반은 무슨…….”

“아입니더. 꼭 반씩 나눌 기라. 형님이 병원비도 중간 정산 했잖소? 형님 아니었음 객지에서 우찌 됐을지…….”

“그건 그렇고, 그럼 내는 지금 가께. 집사람도 걱정되고 마, 닐 잘 가고, 전화 통화하자!”

“예, 예.”

인규는 택시 운전사를 재촉해 전속력으로 모슬포로 향한다.

영자 할망이 〈돔돔횟집〉 홍 사장에게 전화하자 아내와 함께 단숨에 달려왔다. 홍이 미역국을 끓이는 동안 할망은 홍의 아내에게 물을 끓이라 시키고 탯줄 자를 가위를 소독하는 등 만반의 준비를 한 후 방 안으로 들어섰다.

“걱정 말고 닐랑 믿어라. 옛날엔 다 집에서 낳아도 아맹 탈 없이 잘만 낳았시니. 날랑 자손 번창하고, 해산 경험도 많은 복할망이랜!
헤헤헤.”

할망은 혜자의 손을 꼭 부여잡은 채 안심시킨다. 섬에서 나고 자란 할망들은 섬이라는 폐쇄성 때문에 누구나 한두 번 남의 산파 노릇 한 경험이 있다. 혜자가 진통으로 몸부림칠수록, 신음이 커질수록 할망의 표정은 비장해진다. 마치 신이 내린 무당처럼 무아지경으로 산모와 혼연일체가 된다. 가랑잎처럼 위태롭게 떠 있는 섬을 뒤엎을 듯 파도와 너울, 비바람이 파죽지세인데 낮게 엎드린 슬레이트 지붕 밑에서 이제 마악, 한 생명이 태어나려 한다.

5. 땅끝 공화국

“쇠빠이뿌는 본 적도 없수다. 이걸로 살짝 손 좀 봐준다는 게 그추룩 됐수다! 촘말이게.”

모든 책임을 지겠다며 변호사 두 명을 대동하고 경찰서에 출두한 삼봉은 증거물로 각목을 제출했다. 쇠파이프는 한사코 잡아뗐고 정황상 불리하면 묵비권을 행사했다. 그러는 사이 경찰 조사는 가해자 말에 의존해 마무리됐다. 정녕 변호사들의 힘인가? 인규와 홍은 국선 변호사를 통해 탄원서를 접수하고 피해자의 억울함을 호소했지만 혈연 지연으로 얽매인 지역 이기주의 앞에선 계란으로 바위치기였다.

계획적 집단 몰매는 합의해줘도 실형을 살아야 한다. 인규와 동춘은 합의금으로 오천만 원을 제시했지만 저들은 합의에도 미온적이다. 순순히 감방에 들어앉은 삼봉은 처음 한 달은 느긋했다. 그동안 변호사들은 합의금을 삼천으로 깎아 제시했다. 게다가 정작 돈을 마련하고 합의에 앞장서야 할 재봉은 뒷짐 진 채 딴청이다. 삼봉이가 콩밥을 먹든 말든 내 알 바 아니라는 듯 예전보다 더 장사에 열을 올리며 돈벌이에 여념이 없다. 삼봉은 면회 온 아내에게 성질을 부렸다.

"합의는 어떵 돼가? 째봉 형은 뭐래? 닐랑 여기 처박아두고 다들 뭐 햄시니? 엉? 닐랑 나감 다들 죽었샤. 촘말 곱곱해 죽을 지경이라. 이 도라짱들 콱!"

병원에 누워 있는 동춘이와 감옥에 들어앉은 삼봉이만 애가 탈 노릇이었다.

한편 〈회나라〉는 주민들이 들여다보느라 문턱이 닳을 지경이었다. 특히 동네 할망들의 발길이 분주했다.

"야이, 계집아이 촘말 똘망지게 생겼시니. 경사났엉, 경사! 우리 땅끝섬에서 간난쟁이 울음소리 들어본 게 언제영?"

"그럼, 그럼!"

"영자 할망이 큰일 했샤!"

섬의 원주민들도 장성해서 결혼하면 제주도나 육지에 정착했고 자식 교육을 위해 더 나은 환경을 찾아 떠나면서 언제부턴가 섬에선 아이 울음소리가 뚝 끊어졌다. 그런데 외지인이 섬에 들어와 아이를 낳았으니 반가운 일이 아닐 수 없다. 갓난쟁이가 젖 빠느라 입을 오물대면 할망들의 주름진 볼도 함께 씰룩이다 아이쿠야! 신이 나서 우르르 까꿍! 아이가 배냇짓하느라 웃기라도 하면 좋아서 뒤로 넘어갔다. 뉘 집 손녀가 이리 예뻤을꼬. 그러더니 어느 날부터인가 할망들의 발길이 뚝 끊어졌다. 〈회나라〉는 예전 섬 속의 작은 섬처럼 고립된 시절로 돌아갔다.

오랜만에 돔 지리에 미역을 넣고 진하게 끓인 국 냄비를 들고 온 영자 할망이 은근한 목소리로 인규를 불러 앉힌다.

"박 사장, 자넬랑 내 아들이나 마찬가지영, 지금까지 한 번도 남이라 생각해본 적이 없어서 하는 말이게. 무조건 재봉 회장한테 빌어라! 뭉캐지 말고 빌고 합의해주라 마시!"

"빌라니요? 내가 뭘 잘못했는데요? 할망까지 와 이라십니꺼?"

"쉿, 나 여기 온 거 비밀이랜. 자치회장이 자네나 돔돔에 사름들 내왕하민 가만 안 둔댔시니……. 경허지 마라. 재봉이 비우 거스르지 말랜. 가이 마을 이끌어가는 사름 아녠? 뜻 맞춰줘야게. 아닌 말로다 박 사장은 뭍것 아녠? 뭍것, 육지것들 저들 맘대로 늘왕 밥ㄴ릇 뺏어 묵음시니 맞서멘 맷감이랜. 기이? 빌라 마시."

십 년 넘게 양아들로 어멍처럼 믿었던 영자 할망 입에서 뭍것, 육지것이란 소리가 나오자 인규는 당황한다. 원주민 의식 속에 자리 잡은 뭍것들에 대한 배척이 이리도 뿌리 깊은 줄 미처 몰랐다.

"할망 말뜻은 알겠는데…… 생각 좀 해볼랍니더."

"기여, 내 말 명심해영. 동리 분위기가 옌날 같지 않아. 박 사장 일 있고부터 뒤숭숭해졌시니."

인규 나름대로 동춘의 억울함을 알리고 가해자들을 처벌받게 하려고 무료 법률 상담을 받고 탄원서를 내는 등 애쓴 게 중계방송되다시피 마을 사람들에게 알려지면서 그의 입지는 더욱 좁아졌다. 마을 사람들은 사소한 말다툼 끝에 가벼운 주먹질만 오가도 폭력죄로 고소했고 명예훼손, 무고죄란 말을 들먹였다.

그러자 땅끝섬에서 근무하는 공무원들은 극도로 움츠러들어 행동거지를 특히 조심했다. 조금이라도 주민의 비위를 거스르면 당장 해당 관청 인터넷 홈페이지에 올리겠다, 고발하겠다는 소리를 듣기 때문이다. 주민들은 서로가 서로를 믿지 않았고 양극화 현상은 더욱 두드러졌다.

자치회장파와 대대로 원주민으로 세력이 막강한 〈땅끝횟집〉파는 앙숙이다. 마을의 중요 대소사는 두 집안 간의 반목과 대립 속에 불안하게 결정된다. 주민들은 두 집안 중 이로운 쪽으로 줄서기를 했고, 공무원들은 중립을 지키되 양쪽에 밉보이지 않으려고 애쓰는 티가 역력하다. 이게 오늘의 땅끝 공화국의 현실이다.

"참, 희한타! 어제 짜장면 단체 이백 명 들어왔을 때 자치회장네가 다 못 받으니까네 〈땅끝횟집〉이랑 백 명씩 나누대?"

"나도 봤어. 그럴 땐 또 서로 형님, 오빠, 손님 가요, 어째요! 살갑
더라구! 언제 싸웠냐 싶어!"

"저그들끼리 나눠먹는 한이 있어도 뭍것들한테는 안 준다 뭐 그
런 심보인 기라!"

6. 땅끝산(産) 보물

　인규는 아내와 함께 딸아이를 유모차에 태우고 해질녘 너른 갈
대밭을 산책한다. 땅끝섬에서 바라보는 석양은 육지에서 보는 것
과 사뭇 다르다. 숱한 구름이 몰려들었다 흩어지는 가운데 장엄하
게 떨어지는 해가 빨간 풍선만 해지면 어스름을 가르는 등대 불
빛……. 고즈넉해지는 이 시간, 낚시를 담그고 앉아 무념무상 하다
보면 친구처럼 찾아오는 흑기사 어찌! 긴꼬리벵에돔의 손맛에 취
해 이 섬에 너무 오래 머물렀다.

　이제 섬을 떠날 날도 머잖았다. 참을성이 많은 아내도 더는 못 참
겠다며 진저리 쳤다.

　"육지로 이사 안 가면 아이 데리고 나 혼자 갈 테니 당신 양난산
에 결정해요."

　아내는 결혼 후 처음으로 강경했다. 마음이 뜬 아내는 날마다 떠
날 궁리만 한다. 가게 문도 닫은 채 벌어놓은 돈 까먹고 지낸다. 목

돈이라도 만들어 육지에 나가 식당을 낼 계획이었는데 차질이 생겼다. 그래도 더는 기다리란 소리를 할 수가 없다. 뜨악한 마을 사람들 시선이 싫다며 문밖 출입도 하지 않는 혜자에겐 하루하루가 가시방석일 것이다.

엊그제 동춘이 좀 보자는 말에 모처럼 부산을 다녀왔다.

"몸은 다 나았노?"

"예, 뭐, 괜찮습니더."

그는 뭔가 할 말이 있는 듯 쭈뼛거렸다.

"저, 형님, 사실 며칠 전에 합의 봤습니더. 삼천만 원 받고 끝냈으요. 돈이 궁해가 더 버틸 수 없었심더. 형님한테 말해봐야 말릴 거 같아 그냥 몰래 했심더."

"…… 그래? 근데 이건 뭐꼬?"

동춘이 하얀 봉투를 내밀었다.

"전에 내 병원비 내준 깁니더. 형님, 여까지 오셨는데 지가 그만 바빠서요. 먼저 일어나겠심더."

눈도 제대로 맞추지 않고 동춘은 서둘러 자리를 떴다. 봉투 속에는 이백만 원이 들어 있었다. 합의금 받으면 병간호하느라 장사도 망쳤으니까 반반씩 나누자던 그는 인규가 대신 내준 병원비 이백만 원이 든 봉투 하나 내민 채 사라진 것이다. 인규는 섬으로 돌아오는 내내 뭔가 허전하고 찝찝한 심사를 다스릴 길이 없었다.

"봐라 당신, 이 섬이 싫다 카지만 가장 큰 보물을 얻었는데 그래

234

도 싫나?”

남편의 말뜻을 알아들은 혜자는 대답 대신 살포시 웃고 나서 눈을 흘긴다.

아이는 땅끝섬산(産)이다. 땅끝섬에서 잉태되어 섬의 정기를 받고 태어나 섬의 바람과 햇빛, 공기를 마시며 자라고 있는, 땅끝섬이 고향인 아주 특별한 아이다. 사실 생을 마감하러 들어왔다가 남편 만나 결혼했고 세상에 둘도 없는 보물을 얻었으니 그녀에게도 땅끝섬은 아주 특별한 장소다.

“아마 섬을 떠나면 그리워지겠죠. 하지만 지금은 아냐. 너무 싫어. 하루속히 떠나고 싶다니까? 당신 딴소리하면 안 돼요!”

“알았다. 알았어! 하하하.”

인규는 아내의 등을 두드려준 후 유모차를 민다. 아이는 세상모른 채 잠들어 있다.

섬, 섬옥수纖獄囚

7

1. 블루코너

배가 쌍여섬의 선착장을 빠져나오자 난쟁이 붉은 등대가 뿌웅 운다. 선착장에서 배낭을 멘 등산복 차림의 남자가 손을 번쩍 쳐든다. 자애도 그를 향해 두 손을 높이 흔들어준다. 바다 한복판으로 나온 배는 땅끝섬을 향해 천천히 선회하더니 통통통 엔진 소리를 내며 수면을 가르기 시작한다. 배 이층 후미 난간에 몸을 기댄 그녀가 남자를 무연한 시선으로 바라본다. 그가 주먹을 귀에 갖다 대고 주억거리더니 허공에 대고 하이파이브 하는 흉내를 낸다. 전화를 하겠다는 걸까, 하라는 것일까? 한집에 살면서도 피차 투명인간 취급하고 할 말이 있으면 문자나 이메일로 해결해왔던 지난날에 비하면 백팔십 도 바뀐 남편이 아직도 어리둥절할 때가 있다. 아마 그도 마찬가지일 것이다.

그가 몸을 돌려 천천히 걸음을 뗀다. 지금까지 한 번이라도 남편의 뒷모습을 자세히 본 적이 있던가. 그녀는 선글라스를 고쳐 쓰고 상체를 기울여 남자의 뒷모습을 찬찬히 바라본다. 기울어진 어깨와 홀쭉한 몸피, 허방을 밟듯 휘청휘청 내딛는 두 다리, 짊어진 배낭 무게가 안쓰러울 지경이다. 건장했던 젊은 시절엔 아니 여행을 떠나와 나란히 걸을 때는 미처 보지 못했던 왜소한 모습에 측은지심이 밀려온다.

'저이도 어느새 늙었구나……'

무던히도 싸우고 승강이 끝에 무관심과 방치로 결혼 생활을 소진하는 동안 그의 젊음도 모래처럼 손가락 새로 빠져나간 모양이다.

남편과 올레길에 나선 지 일주일, 오늘은 각자 코스를 잡았다. 막배 시간에 맞춰 모슬포 항에서 만나기로 했다. 바다 날씨는 한 치 앞을 장담할 수 없으니 배가 일찍 끊길지 어떨지 알 수 없다. 어차피 놀멍 쉬멍 천천히 걷기 위해 나선 길, 시간에 쫓기지 말고 형편 되는 대로 하자는 데 의견일치를 보았다. 여행 내내 두 사람은 누가 먼저랄 것도 없이 서로 양보하고 배려하고 물러섰다. 그러다 문득 상대방의, 자신의 그런 모습이 낯설어 멋쩍은 웃음을 흘린 적이 한두 번이 아니다. 냉소적이고 까칠하며 자기주장이 강하던 남편, 어느 시점부터 남편과 대화를 거부하고 무기력과 회한으로 혼자만의 세계에 빠져 지내던 아내의 모습이 아니었다. 처음부터 나빠지려고 작정해서 악화된 것이 아닌 만큼 관계의 변화를 눈치채면서 두 사람은 누가 먼저랄 것도 없이 동시에 여행을 제안했고, 수락했다.

"그동안 안 쓴 연차랑 월차 다 끌어모으면 이 주는 비울 수 있어. 어때? 산티아고 순례길 도보여행 갈까? 중년의 배낭여행 설레지 않아?"

자애가 눈을 동그랗게 뜬 채 말이 없자 재차 물었다.

"이 주면 너무 짧은가? 무리해서 빼면 한 달까지 가능할지도 몰라!"

"그러지 말고 이 주 한도 내에서 가요. 제주도 올레길 어때? 열흘 정도 구석구석 걸으면서 눈으로 보고 느끼는 슬로 길! 요즘 느리게 걷기가 대세잖아."

"그럴까? 그것도 괜찮겠는데? 오케이!"

수혁이 한결 홀가분한 표정으로 비행기 티켓을 예약하네, 등산복을 사네 수선을 피웠다. 이성적이고 무뚝뚝해서 평소 자기감정을 드러내지 않던 사람이라 그런 모습 역시 생경했다.

비수기 탓인지 공항, 숙소, 도로 어디를 가나 한산했다. 올레길에서 마주치는 올레꾼도 적었다. 사람들이 몰리지 않는 외곽 코스로만 돌아서 그런지 더욱 한적해서 오름과 숲, 바다와 너른 들판 어디를 둘러봐도 인적이 드물었다. 햇빛 한 점 안 드는 우거진 숲과 사람 키를 넘는 억새밭을 지날 때면 왈칵 두려움이 생기기도 했다. 외진 숲에 자리 잡은 화장실은 괴괴해서 옆 칸에 누가 숨지 않았나 무섬증이 들었다. 그때마다 지척의 남편 존재가 새삼 고마웠다. 길 안내 리본이나 화살표가 가리키는 방향이 애매해 길을 잃고 헤매거나 해안의 깎아지른 벼랑에서 방향 못 잡고 우왕좌왕한 적도 있었다. 도저히 길이 있을 것 같지 않는 덤불을 가리키는 화살표, 바다를 향한 막다른 길의 나뭇가지에 매달린 리본……. 혼자였으면 뒷걸음치거나 다른 길로 돌아갔겠지만 내심 서로를 의지하며 씩씩하게 나아갔다. 그러다 보면 어느새 곧게 뻗은 오솔길이나 마을, 바다 목장이 나타났다.

그러는 사이 자연의 일부가 되어 서로를 카메라 파인더에 담았고 더러는 풍경에 몰입되어 침묵하며 앞서거니 뒤서거니 걷기만 할 때도 있었다. 황토 밭둑길, 오름의 갈대밭, 해안도로, 벼랑 구석구석을 직접 발로 밟는 것은 더디긴 해도 숨 가쁘게 달려온 인생의 속도를 늦추고 숨을 고르기엔 안성맞춤이었다. 두 사람 사이에 굳이 말이 필요 없었다. 눈빛이나 감탄사만으로도 상대의 마음을 헤아렸다.

"우리, 마치 자식 결혼 다 시켜놓고 늘그막에 여행길에 나선 초로의 부부 같지 않아? 아, 근데 그게……."

수혁이 사람 좋게 웃다 말고 아차 싶었는지 말끝을 흐렸다.

"자식 농사 다 지은 초로라기엔 우린 너무 젊잖아?"

그녀가 개의치 않는다는 듯 맞받아쳤다.

"저 석양을 보다 괜히 마음이 센티해져 주책 떨었군. 하하하."

남편의 만감이 교차하는 듯 복잡한 표정을 보며 그녀는 심호흡을 하고 나서 말했다.

"난 이제, 정말…… 정말 괜찮아. 다만 당신한테 미안해!"

"누가 누구한테 미안할 일이 아니잖아. 새삼스럽게 그런 얘긴 하지 말자."

"그래요. 일몰이 참 장엄하네? 중요한 건 그래도 내일은 또 내일의 해가 뜬다는 사실!"

수혁이 말없이 그녀의 어깨를 감싸 안았다. 모처럼 남편의 어깨에 기댄 채 수평선에 걸린 해를 바라보았다. 떠오르는 해처럼 이글거리는 대신 지는 해는 위엄과 압도하는 힘이 있었다. 인생의 출발은 생기발랄한 의욕에 넘칠수록 좋지만 마무리는 조용한 가운데 섬세함이 필요했다. 이제 두 사람 다 인생의 반환점을 돌아 살 날이 살아온 날보다 적은 시점이었다. 둘 다 그 사실을 잘 알고 있는 터라 더욱 쉽지 않은 선택을 앞두고 있다. 잠정적인 합의를 본 상태에서 여행을 제안한 남편이나 선뜻 수락한 아내, 이 여행길에서 확실한 결정을 하게 될 것이다.

오늘 코스로 자애는 땅끝섬을 선택했고 수혁은 상대적으로 관광객이 덜 가는 만큼 어촌 마을의 정취가 살아 있는 쌍여섬을 택했다.

"땅끝섬을 정부가 천연보호구역이네, 해양도립공원이네 지정하면서 오히려 제주도 관광 코스의 부록처럼 돼버렸어. 섬을 보존할 의도였는데 새삼 홍보 효과를 봐서 관광객들이 떼로 몰려가 몸살을 앓는다더군. 그러니 나라도 아껴둬야지……."

수혁은 땅끝섬을 마다하면서 씁쓸한 듯 고개를 저었다.

"글쎄 말이야. 의외로 내 주변에 땅끝섬 안 다녀온 사람이 별로 없더라고? 한반도의 끝이라는 지형적 의미가 톡톡히 한몫하는 거 같아요."

"당신도 이번이 처음이지?"

남편의 질문에 그녀는 대답 대신 고개를 애매모호하게 저었다.

그해 겨울, 시린 기억으로 남아 있는 땅끝섬, 왜 그녀는 꼭 다시 한 번 그 섬에 다녀와야겠다고 생각했을까. 산티아고와 제주도 중에서 제주도를 선택하는 순간 자신도 모르게 땅끝섬을 떠올렸다. 일부러 작정하지 않아도 당연한 수순이 돼버린 섬, 이제 그녀는 땅끝섬으로 향한다.

배가 갑자기 무섭게 출렁이기 시작했다. 좌로 기우뚱 우로 기우뚱, 큰 배가 덩치에 어울리지 않게 금세라도 뒤집힐 듯 요동친다. 물살이 돌면서 쉴 새 없이 하얀 물보라가 일어난다. 파도와 흰 물살이 금세라도 뒤집어엎을 듯 길길이 뛰며 작두춤을 추는 통에 배는 제자리걸음 하다시피 성난 바다를 달래고 있다. 거대한 낙지가 흡반을 선체에 붙인 듯 사나운 조류와 하얀 포말이 선체를 휘감고 돌아 휘청, 기우뚱 몸살을 앓는다. 두 손으로 난간을 꽉 잡지 않으면 그대로 미끄러져 바다에 빠질 것 같다.

　지난번에도 느낀 것이지만 자애는 이 바다를 건널 때면 알 수 없는 두려움이 엄습한다. 태평양, 인도양, 발트해, 지중해, 아드리아해, 마르마라 해협 다 건너봤지만 이렇게 두려움을 주며 사납게 요동치는 바다는 본 적이 없다. 담력이 센 편인데도 이상하게 이 바다를 건널 때면 오금이 저리고 다리가 떨려 일부러 시선을 멀리 던지곤 했다. 그러나 오늘은 작심한 바가 있어 위험하니 선실로 들어가라는 선원들의 외침에도 아랑곳하지 않고 두 손으로 난간을 꽉 잡고 발바닥에 힘을 준 채 샴포닌처럼 하얀 포말이 꽃처럼 피어나는 수면을 내려다본다. 한반도 근해에서 물살이 가장 세기로 유명한 곳이다.

　"여기 이쯤일까?"

　흰 물살은 블루코너가 있음을 의미한다. 쌍여섬과 더 가까운 지점, 십여 미터의 수심이 계속되다 갑자기 심연을 짐작할 수 없는 거대한 수중 직벽의 낭떠러지로 떨어지는 해저. 바다 속에도 직각의 절벽이 있다는 사실이 그녀는 몹시 흥미롭다. 우연한 기회에 한 방송사가 한국해양과학기술원의 연구팀과 함께 최초로 탐사해 만든 다큐멘터리를 본 적이 있다. 한반도 해서 시형 중 유일한 블루코니로 조류가 워낙 거세 인간의 발길이 거의 닿지 않은 해중림이다. 실제로 탐사 팀이 눈으로 확인하기 전까지 존재 여부도 설왕설래할 정도였다. 수중 직벽을 품은 바다의 물살이 숨을 고르는 시기는 한 달에 이삼일, 그것도 하루에 딱 두 차례, 삼십여 분 정도다. 그래서 제주 근해 통틀어 가장 물질 잘하기로 소문난 쌍여섬 상군 잠수들도 블루코너 근처에선 물질을 꺼려했다. 까딱하는 순간에 조류에 휘말려 물숨을 먹거나 떠내려가 여럿 목숨을 잃은 탓이다.

탐사 팀은 오랜 기다림과 여러 차례 시도 끝에 드디어 촬영에 성공했다. 카메라 렌즈에 포착된 바다 속은 열대처럼 화려하진 않지만 나름대로 은은한 아름다움을 풍겼다. 수중 생태계는 아주 잘 형성, 보존된 채 나름의 질서에 의해 움직이고 있었다. 강한 조류가 바다 밑에 가라앉은 영양염류를 수시로 끌어올려 수중생물들에게 먹이를 공급했고 온대와 열대의 어류들이 모이고 흩어지면서 자연스럽게 먹이사슬이 형성된 것이다. 울창한 해중림은 숲인지 바닷속인지 착각하게 만들었다. 정글의 넝쿨처럼 머리를 풀어 헤친 모자반은 치어들을 숨겨주고, 치어를 노리는 중고기, 중고기를 따라온 큰 고기들로 물 반 고기 반이었다. 거센 조류 속에서 살아남은 모자반과 미역은 유난히 뿌리가 튼튼하고 쫄깃해서 맛이 좋다고 했다. 특히 미역은 다시마를 합쳐놓은 듯 물컹거리지도 않고 차져서 국을 오래 끓여도 풀어지지 않아 찾는 이들이 많다고 했다. 골다공증이나 대장, 심혈관계 질환에 탁월한 효능이 있는 톳 역시 전량 일본에 수출할 정도로 인기가 많은데 그중 청정지역인 땅끝섬과 쌍여섬 것이 더 상품(上品)으로 인정받는다. 돈 되는 거면 무엇이든 마다않는 잠녀들에게 바다의 산삼으로 불리는 톳, 모자반, 미역도 어패류 못지않은 돈벌이다.

블루코너의 어패류는 육질이 졸깃졸깃하고 크기도 커서 좋은 값을 받는다. 생태 조건이 생명을 더욱 강인하고 단단하게 키워낸 것이다. 그러니 생활력 강하고 억척스런 잠녀들이 목숨 걸고 욕심 내지 않을 수 없다. 천수를 누리고 자연사한 전복이 수북한 전복 무덤이며 맛이 전복에 버금가서 이름 붙인 전복소라, 홍삼, 돌문어가 지천인 노다지를 잠녀들이 어찌 포기하겠는가. 블루코너와 함께 생사고락을 해온 쌍여섬 잠녀들의 도전은 오늘도 계속되고 있다.

수면은 끊임없이 뒤척여 사납고 변덕스럽지만 짐작할 수 없는 깊이로 숱한 생명들을 품어 생존의 터전이 되어주는 바다. 그중에서도 블루코너는 난류와 한류, 온대성 어종과 아열대 어종이 만나 치열한 전투를 벌이고 약육강식에 의한 평정이 끝나면 계절이 바뀌면서 활기찬 소란으로 분주함이 느껴지는 장터다.

자애는 그 다큐멘터리를 보다 문득 자신의 결혼 생활을 떠올렸었다. 의식구조와 신체, 사고방식이 완전히 다른 남녀가 만나 서로 주장하고 다투고 맞추다 못해 포기할 즈음 선물처럼 주어지는 자녀, 그 자녀가 완충지대 노릇을 하면 부부는 자식 키우는 재미에 어느덧 미운 정 고운 정 들어 풍파도 잦아들면서 나름대로 가정의 질서가 생기게 마련이다.

'간절히, 그렇게 간절히 원했건만……'

결혼 생활 십여 년 동안 그녀의 아이에 대한 갈망은 집착으로 변했고 히스테리를 동반했다. 남편도 처음엔 꼭 아이를 원하는 건 아니니 마음 쓰지 말라고 대수롭지 않게 반응했다. 불임이 해를 거듭하자 나중엔 강아지라도 기르자고 했지만 그녀가 개털은 아이 호흡기에 안 좋다며 생기지도 않은 아이 걱정을 늘어놓았다. 아직도 마실 김칫국이 남았어? 그 장독은 크기도 하군. 친구 집 보니까 강아지도 사람 몫을 하던데. 쩝! 집에 들어와도 무슨 낙이 있어야지? 개가 사람 몫을 한다구? 어떻게 우리 아이를 개와 비교해? 당신은 아빠 될 자격도 없어! 버럭 소리를 질렀고 남편은 순간 놀란 듯 말을 잇지 못했다. 남편의 기가 찬 표정을 보는 순간 그녀가 쐐기를 박았다. 아이를 낳아도 내 아이지, 당신 아이 아냐! 남편에 대한 죄책감과 미안함, 절박함이 복잡하게 얽혀 엉뚱한 말로 표출됐다. 부부 사이엔 히든 크레바스가 형성됐고 어느 누구도 선뜻 건너뛰거나 상대를 위해 손을 내밀지 않았다. 날이 갈수록 쩌엉, 쩡 멀리서 눈 덮인 산이 우는 소리를 냈다. 언제 눈사태가 날지 한 치 앞을 짐작하기 어려웠다.

"아즈망, 여기 서 있시민 위험하우다. 선실로 들어갑서!"

"조금 있다 들어갈게요. 꼭 잡고 있으니까 걱정 마세요!"

"경 고집 부리다 뭔 일 나민 낼랑 골치 아프게……."

선원은 못마땅한 듯 고개를 외로 꼬고 가버린다. 자애는 머쓱해서 바람에 흘러내린 머리를 쓸어 올리며 시선을 멀리 던진다.

'남편 말대로 진작 고집을 꺾었더라면 어땠을까…….'

두 사람이 새로운 카드를 꺼내들고 타협하면서 가장 먼저 든 후회의 감정이다. 남편 나이를 생각하면 한시라도 앞당겼어야 하지 않았을까. 아이고, 네 나이는 적고? 애 키우는 게 농사짓는 것보다 어렵단 말도 있잖냐? 이젠 힘에 부쳐서 힘들 건데? 한 살이라도 젊을 때 결정할 것이지. 하기사, 남의 자식 받아들이는 게 어디 쉽간? 친정엄마는 처음에는 말리더니 이젠 한 발 물러섰다. 시어머니의 반대도 만만찮을 것이다. 아니, 다른 누구보다 자신의 결심이 아직 서지 못했다.

— 유 선생, 도착했나? 난 지금 막 자전거 빌렸어. 자전거로 섬 일주하려고!

남편에게서 문자가 왔다. 수혁은 이따금 농담할라치면 아내를 유 선생이라고 부른다. 대학에서 오랫동안 강사를 한 까닭에 이름보다 선생님, 교수님 호칭에 익숙했지만 이젠 그것도 옛말이다. 남편에게 답장을 쓰기 위해서 그녀는 난간과 기둥을 번갈아 붙잡으며 겨우 선실로 걸음을 옮긴다. 뱃전을 때리는 물보라에 앞자락이며 머리칼이 다 젖어 한기가 든다. 뱃전에 있을 때는 몰랐는데 온몸이 눅눅하고 끈적거린다. 피로가 몰려와 의자 등받이에 기댄 채 눈을 감는다. 발뒤꿈치가 눌어붙으면서 수렁으로 빠져드는 느낌이다.

'멀미하나? 감기가 오려나!'

지난 엿새간 고난의 행군 하듯 올레길을 걸은 탓인지도 모르겠다. 치열하게 앞만 바라보며 살아온 그간의 삶에 비하면 이 정도는 기분 좋은 피로, 피곤함이다. 그녀는 정말 쉬고 싶었다. 그래서 그해 겨울 학기를 끝으로 모교에 사표를 냈다. 아니 사표랄 것도 없었다. 조교에게 문자 한 통, 다음 학기부터 강의하기 힘드니 학과장께 다른 선생 구하시라고 전해줘요! 그것으로 끝이었다. 나가던 다른 세 군데 학교도 동시에 그만뒀다. 모든 의욕이 사그라졌다. 누구보다 치열하게 열심히 살아온 만큼 무너지는 건 일순간이었다. 이십 년 넘게 친정처럼 드나든 모교, 학생이자 후배들, 캠퍼스…… 은사 어느 누구도 그동안 수고했다, 애썼다 말 한마디 없었다. 자애는 문득 자신이 어디 속해 있긴 있었나? 지난 이십여 년 세월이 갯벌 속으로 숨어버린 숱한 게 구멍처럼 여기 저기 뽕뽕 뚫려 있는 걸 남의 인생 보듯 찬찬히 바라봤다. 사십여 평생의 절반이 아무 짝에도 쓸모없는 자투리 천처럼 잘려 나간 걸 처음에는 미처 실감하지 못했다.

얼마 전 들려온 학교 소식은 가관이었다. 정년퇴임한 원로교수와 퇴임을 앞둔 노교수들이 학교에 들여앉혀놓고 뒤에서 조종하면 말 잘 들을 만한, 매우 정치적인 남자 졸업생을 후보에 올렸으나 다른 교수들 간에 파벌이 생겨 뜻을 못 이루자 원로교수는 분기탱천했고 중간에서 이쪽저쪽 눈치를 보던 처세의 달인, 노교수는 뒤로 실세의 손을 들어주고 앞에선 난 모르는 일!이라고 잡아떼며 졸업생들 붙잡고 억울해한다고 했다. 아아, 자애는 귀를 씻고 싶었다. 치졸한 헤게모니 싸움의 불똥이 튀기 전에 일찌감치 학교를 그만

둔 게 얼마나 잘한 일인가.

비로소 블루코너 해역을 빠져나왔는지 배가 평온하다. 이제 그녀는 삶의 멀미를 멈추고 싶다. 진정으로. 십여 미터의 수심이 평탄하게 지속되다가 느닷없이 푹 꺼지는 허방처럼, 매복한 거대한 벼랑이 인생이라고 없겠는가. 평생 거센 풍파와 격랑의 바다를 온몸으로 겪으며 죽을 때까지 떠나지 않겠다는 고래상군 할망들처럼 그녀는 건강한 생명력을 갖고 다시 태어나고 싶다.

"승객 여러분, 드디어 땅끝섬, 땅끝섬에 도착했습니다. 배가 선착장에 완전히 닿으면 그때, 절대 서둘지 마시고, 저희들의 안내에 따라 한 분씩 천천히 내리시면 되겠습니다. 아직 자리에서 일어나지 말고 앉아 계세요."

깔끔한 표준어로 안내 방송이 나온다.

자애는 설레는 마음으로 타원형 선창에 얼굴을 바짝 대고 밖을 내다본다. 바다 한가운데 둥실 떠 있는, 끝없이 표류하는 듯 외로운 땅끝섬이 바로 코앞이다. 쌍여섬에 더 가깝긴 하지만 희귀 해저 지형인 블루코너와 찬장처럼 기암절벽에 칸칸이 무늬가 있는 살레덕과 용암 동굴을 품고 있는 거대한 현무암 덩어리, 청정 바다의 풍부한 수산물 등등이 천연보호구역이자 해양도립공원으로 지정될 만하다고 생각한다.

2. 천연기념물

'어, 이상하다?'

유람선이 도착하면 늘어선 골프카와 꼬리 치며 경중대는 개 떼들로 장터처럼 북적이던 선착장이 썰렁하다. 개 한 마리 눈에 띄지 않고 귀찮게 따라다니며 흥정을 붙이던 골프카 운전사들도 없다. 물론 골프카도 없다. 고개를 갸웃거리며 천천히 섬으로 올라선다. 예전 같았으면 북적북적, 노점상인들의 호객 소리, 골프카가 틀어 놓은 트로트 가락으로 시끌짝할 텐데 어찌 된 일인지 한산하다.

그때 밀짚모자를 눌러쓴 스님 한 명이 배를 타기 위해 급한 걸음으로 스쳐 지나가다 그녀와 눈이 마주치자 멈칫한다. 서늘하고 맑은 눈빛, 어디선가 본 듯 낯이 익다. 스님의 입가에 알 듯 모를 듯한 미소가 번지는가 싶더니 곧 옆으로 비켜서며 합장을 한다. 자애도 얼떨결에 합장을 한다. 그뿐이다. 스님이 배에 올라타자 선원들이 밧줄을 거두며 출발 신호를 한다. 그는 뒤도 돌아보지 않고 선실로 들어간다. 자애는 그 모습을 물끄러미 바라보다 걸음을 옮겨 선착장 언덕배기에 올라섰다.

자신이 타고 온 유람선이 서서히 바다 한복판으로 나가는 걸 내려다보다 건너편 항구의 투구산 언저리로 시선을 던진다. 만발한 유채꽃이 노란 스카프를 두른 듯 산 중턱을 병아리 빛으로 물들였다. 화사한 봄볕 속에 몸을 푼 아낙네처럼 평화롭고 아늑한 투구산이 그해 겨울과는 느낌이 사뭇 다르다. 꽃피는 찬란한 봄을 온몸으로 느껴본 게 언제였던가. 이십여 년을 집과 강의실, 도서관을 오가며 쳇바퀴 돌듯 살아온 지난날을 보상받기라도 할 듯 그녀는 오감을 열고 봄기운에 몸을 내맡긴다.

'근데 아까 그 스님은 어디서 봤을까? 낯이 익은데…….'

밀짚모자를 깊이 눌러써 얼굴을 자세히 볼 순 없었지만 윤곽이나 전체에서 풍기는 분위기가 낯설지 않았다. 이따금 땅끝섬의 절로 수행하러 오는 스님들도 있으니까 그해 겨울 한 달 가량 머물 때 잠깐 스친 인연일 수도 있겠지.

횟집과 짜장면 식당, 민박집이 모여 있는 상가 초입부터 예전과는 많이 다른 풍경이다. 처마를 달고 지붕을 잇대 면적을 넓힌 후 나무 식탁을 주욱 늘어놓은 식당들, 가게 모퉁이나 건물 틈새까지 파고든 어묵, 호떡, 커피 코너로 산책로가 더 좁아졌다. 그해 겨울에 비하면 너무 번성하다.

하루 평균 천 명을 훌쩍 넘는 관광객이 몰리면서 식당과 노점이 우후죽순처럼 생기자 제주도는 건축 허가 대상을 지정하고 사전 신고를 해야 신축할 수 있도록 건축 규제를 강화했었다. 게다가 관광객과 낚시꾼들이 버린 엄청난 쓰레기로 청정 구역이 훼손되자 일상적인 어로 행위 등 수산업 외에 경관을 훼손하거나 해양 식물의 서식에 영향을 끼치는 행위를 금지하고 나섰다. 해양 식물 서식지가 천연기념물로 지정된 것은 처음 있는 일이라 화제가 됐는데 정작 섬에 살고 있는 사람들은 그 가치나 희소성은 나 몰라라 하고 돈벌이에 급급해왔다.

자애는 십여 군데가 넘는 불법 건축물로 성황 중인 상가를 보자 마음 한구석이 무겁다. 아름다운 섬을 보기 위해 설레는 마음으로 먼 걸음 한 다른 관광객들의 마음은 어떨 것인가. 도시에 넘쳐나는 게 식당과 노점이다. 섬은 섬답게 놔둘 수 없는 걸까. 게다가 무슨 새로운 먹거리라고 왕호떡! 맛있는 호떡 드세요. 오뎅 있어요! 따끈한 커피 있슴다! 짜장면! 해물 짜장면 드시고 가세요! 외치는 소리까지 들어야 하는가. 원조 경쟁이 벌어진 짜장면집들의 울긋불긋 대형 간판이 어질병 나게 만든다. 시선 둘 곳이 없다. 각양각색의 글귀로 도배한 간판과 호객 소리가 있던 식욕마저 가시게 할 것 같다.

마음이 산란해진 자애는 총총걸음으로 상가를 지나 넓은 잔디밭 삼거리에 섰다. 그해 겨울 시린 마음을 보듬어주던 바다는 그대로인데 섬사람들은 더욱 그악스러워진 것 같다. 한 달가량 머무는 동안 종종 들러 회를 먹던 횟집은 다 주인이 바뀌었다. 아는 얼굴이 한 명도 없어 더 서먹하고 낯설다. 꼭 만나고 싶은 사람이 있었던 건 아니지만 터를 잡고 살다가 훌쩍 떠나는 게 어디 그리 쉬운가. 원래 붙박이 원주민이 몇 없고 거의 다 외지 사람들이라 바람처럼 떠나고 또 들어온다더니 이제 이곳도 세대교체가 일어나고 있는가?

'그 많던 골프카들은 다 어디로 갔을까? 말도 많고 탈도 많더니……'

그녀가 머물렀던 당시에도 골프카가 성업 중이라 주민들 간에 마찰이 많았었다. 경쟁적으로 영업하다 주먹다짐이 오가고 주민자치회의를 통해 타협안을 내도 곧 무산돼서 자애 눈에는 마치 뜨거운 감자들이 굴러다니는 것처럼 늘 아슬아슬했었다. 비싼 대여료로 현금을 긁어모은다는 소문을 들은 부산, 제주의 백수들까지 중고 골프카 한 대 몰고 청운의 푸른 꿈에 젖어 들어왔다가 죽지 않을 만큼 얻어터지고 쫓겨난 적도 있길래 선착장부터 걸어오는 동안 골프카를 한 대도 못 본 게 의아하기 짝이 없다. 더구나 온몸으로 반가움을 표시하며 과자나 빵을 구걸하던 그 많던 개들은 어디로 사라졌을까?

그새 편의점까지 들어왔다. 그 당시엔 슈퍼커녕 구멍가게도 없어 라면이나 맥주도 횟집에서 웃돈 주고 사 먹었지만 그러려니 했었다. 아니 섬이니까 불편한 건 당연하다고 생각했었다. 그런데 이제 도시의 상징이라고 할 만한 편의점이 섬 한복판에 떠억 자리 잡았다. 없는 게 없다. 외제 과자와 양담배까지……. '섬은 섬답게 놔두면 좋을 텐데……. 천연기념물을 보존은 못 할망정……'

골프장에 있어야 할 골프카가 손바닥만 한 섬에서 팔십여 대나 줄지어 기차놀이를 하고 짜장면집이 일곱 군데나 성업 중이고, 위성 TV 수신 안테나가 버섯처럼 돋아나고 편의점과 인터넷, 스마트

폰이 빵빵 터지는 '천연기념물 청정구역'은 어딘지 모르게 부자연스럽다. 그녀는 편의점에서 생수 한 병을 산 뒤 파라솔 아래 앉아 아무 생각 없이 바다를 바라본다. 물질을 하는 잠녀들의 테왁이 점점이 떠 있고 물결이 잔잔하다. 바다도 봄을 타는지 나른하게 뒤척인다.

"법대로 한댄, 법을 들이밀민 할 말이 없다 마시!"

소리가 들려온 쪽을 바라보니 바로 옆 짜장면집 처마 밑의 나무 식탁에 앉은 남자 둘이 짜장면을 안주로 대낮부터 소주잔을 기울이고 있다.

"서귀포시에서 두고 보다 못해 칼을 뺀 거영. 단칼에 정리됐댄."

"집인 골프카 보상받았수꽈?"

"아직 소식 없댄. 한두 대라야지. 보상 해결난 덴 뭍으로 내보냈시니. 곧 결판날 거우다."

"〈삼다도민박〉은 짧은 구간만 말뚝 빼놓고 살살 왔다 갔다 한댄! 짐차로 쓴단 마시."

몇 달 전 서귀포시가 극약 처방을 내놓았다. 땅끝섬의 관광 무질서 행위를 근절하기 위해 무분별한 골프 카트 운행과 불법 건축물과 노점 행위를 단속하겠다고 선포한 것이다. 먼저 주민 협의를 통해 자발적으로 골프카를 삼십 대 내외로 줄이는 개선안을 요구했으나 순조롭지 못하자 아예 전면 운행 금지하고 방지석 말뚝을 군데군데 박아버렸다. 그리고 보상 차원에서 시 예산을 들여 골프카를 순차적으로 사들이고 있다. 불법 건축물들에는 최고장이 날아왔고 유예 기간을 두고 있으니 조만간 법대로 집행한다면 강제로다 철거할 것이다. 외지에서 중고를 들여와 골프카 대여업으로 먹고살던 사람들은 섬을 떠났고 환경을 오염시키며 불법 영업을 하던 포장마차도 철거됐고 노점상들은 기존 건물에 세 들어 호떡을 굽고 어묵, 커피로 업종을 변경했다.

"골프카 없애니 첨엔 귀눈이 왁왁하더니 그거 탈 돈으로 사람들이 먹을 거 한 개라도 더 사 먹으니 먹는 거 장사는 잘되영."

"기이? 경해니 다 같이 먹고살아 좋고 마씸! 허허허."

"서로 원조니 뭐니 경쟁하며 쌈들 해대던 짜장면집도 요즘엔 눈치 보느라 잠잠하댄. 이럴 땐 거저 납작 엎드려 있는 게 수란 마시."

비록 돈벌이가 먹거리로 제한됐지만 골고루 장사가 되니까 싸울 일이 없어 무법천지였던 섬에 오랜만에 평화가 찾아왔다. 화사한 옷차림의 관광객들이 떼를 지어 등대 밑에서 사진을 찍고 있다. 골프카 대신 조용히 걸어서 돌아다니니 보는 사람까지 마음이 한가하고 본래의 섬 모습을 찾아가는 것 같아 흐뭇하다. 그러나 상가 주인들의 표정은 어딘가 모르게 시무룩하고 시큰둥하다. 황금 알 낳는 닭이 죽어서 못내 가슴 쓰리기도 할 것이다.

자애는 편의점을 뒤로하고 야트막한 놀남이 둘러쳐진 미을로 향한다. 인적이 끊어진 고샅길엔 햇살만 그림자놀이 하며 신났다. 모퉁이를 돌자 처마 밑에 휘장 떨어지고 빛바랜 골프카가 한 대 서 있다. 쓸모를 잃은 골프카는 더 이상 좁은 섬을 휘젓던 무법자가 아니다. 놀이동산의 꼬마기차처럼 줄지어 누비던 시절을 기억 못 하는 듯 추레하게 녹슨 채 고물로 전락해가는 중이다. 서너 집 지나니 거기도 마찬가지다. 대문 없는 안마당에 죄인처럼 고개 떨구고 서 있는 골프카. 드넓은 잔디밭을 누볐어야 할 운명이 어쩌다가 바다 건너 섬까지 들어와 비와 해풍에 삭고 있는지.

자애는 못 볼 꼴을 본 듯 외면한 채 타박타박 걸음을 옮긴다. 야트막한 현무암 돌담이 어깨를 맞대고 망동산 자락으로 이어진다. 방파제의 삼발이 테트라포드들도 무서운 기세로 덮치는 파도가 틈새로 빠져나가기 때문에 무너지지 않듯, 돌담은 틈이 있어 바람이 무시로 통과하므로 결코 무너지지 않는다. 틈이란 그런 거다. 완충지대 역할을 충분히 한다. 걸러주고 완화시키고 자제하고 흥분과 분노와 기세를 누그러뜨린다. 부부관계도 마찬가지다. 틈이 있으므로 오히려 안전하고 견고하다. 어딘가 모르게 어수룩하고 느슨해 보이는 사람이 대하기 편하듯 사람과 사람의 관계도 나사가 팽팽히 조여진 것보다 틈이 한두 군데쯤 있어야 파고들 여지가 있는 법이다. 살아오면서 줄곧 남편을 바늘 끝처럼 날카롭고 빈틈없는 사람이라고 생각했지만 자신 역시 남편 못지않았다는 생각이 든다. 부창부수 아닌가. 부부는 반대로 만난다지만 어딘지 모르게 상대에게 끌린다면 상대편에게서 자신의 모습을 발견했기 때문이다. 더구나 오래 함께 살아온 사이면 상대가 자신의 거울이라고 봐도 무방하다. 그런데 이해 못 할 것이 무엇이겠나.

자애는 당시 묵었던 절로 발길을 잡는다.

3. 반야

절 입구, 기와 불사를 접수하고 프로판가스 통을 개조한 장작 난로가 있던 자리는 텅 비었다. 이곳에 앉아 하루에도 몇 시간씩 바다를 내려다보며 맞은편 관음전에서 흘러나오는 신묘장구대다라니경을 들었던 기억이 바로 엊그제 같다.

공양간에서 나오던 공양주 보살 할망이 자애를 발견하고 합장을 하며 다가온다. 왈칵 반가운 마음이 든다. 해풍에 그을려 주름이 좀 깊어졌을 뿐 그다지 변한 게 없다.

"할망, 저 기억하시겠어요?"

눈을 끔벅끔벅하더니 배시시 웃는다.

"기여, 서울서 왔다는 선생님? 무사 못 알아보꽈?"

"잘 지내셨어요? 건강하시죠?"

"기여. 어떵 살아정수꽈? 펜안했수꽈?"

"네. 보살님 덕분에요. 강 저사님이렁 공 치시님 다 잘 게세요?"

"강 처사님은 진즉 고향으로 돌아갔주."

노조하다 해고되어 징역 살고 나온 후 마음 달랠 겸 절에서 지내던 강 처사는 복직돼 도시로 돌아갔다.

"주지 시님 못 만낸? 좀전 배로 나갔시니! 공 처사님이 시님 됐수다."

아하, 그 스님이 공 처사였단 말인가. 백치가 되어 세상을 자유롭게 떠돌고 싶다던, 욕망에 꿈틀대고 죽살이〔生死〕가 있고 고통으로 가득 찬 사바세계에서 피안에 도달하는 게 자신 같은 범부는 가당찮다고, 수도자가 된다는 건 결국 평생 부처님을 섬기겠다는 약속인데 그것 역시 어디에 얽매이고 구속당하는 거라 부담스러워 도망 다니는 중이라던 그가 결국 성불의 길로 들어선 모양이다. 사람도 고치고 차도 고치고 못 고치는 게 없다며 수줍게 웃던 그…….

술만 취하면 큰스님에게 자신은 영혼이 가난하다고, 자기 영혼 좀 구제해달라며 울부짖었다던 그의 영혼은 이제 부요해졌을까? 허기를 메웠을까? 아까 그의 입가에 떠오르던 알 듯 모를 듯한 미소가 가슴에 남는다.

"반야는 어딨어요?"

"가일랑 진즉 죽었신디."

"죽었어요? 어머, 어쩌다가……."

"강생이들 다 뭍으로 보냈는데, 강 처사님도 한 마리 데려갔주. 모다정 잘 살 거영. 반야가 새끼 다섯 마리 젖 물리는 게 힘들어 절집 마당을 빙빙 겉돌았댄. 근데 막상 강생이들 보내는데 뺄라지게 매달리고 보채던지, 강생이 담은 상자 오토바이에 실어 선착장 가는데, 거까지 따라가게. 배 떠난 뒤에도 하영 서성대다 돌아와 몇 날 며칠 시름시름 밥도 안 먹고 처박혀 있더니 한 날 아침에 목탁

쳐도 안 나타나 집에 가보이 죽어 있더랜. 촘말 영물이영."

말 못하는 짐승이지만 지극한 모성애가 기특해서 꼭 보고 가려 했던 반야는 이미 죽은 지 오래됐단다. 제 새끼들과 떨어져 극심한 스트레스가 원인이 됐다는 말에 자애는 가슴 한편이 뭉클해진다. 자식을 낳아보지 못해 모성애를 실감할 순 없지만 어렴풋하나마 어미의 심정을 알 것 같다.

조주선사가 개는 불성이 없다고 했지만 그녀의 눈에 반야는 분명히 뭔가 달랐다. 예불 시간을 알리는 목탁 소리가 나면 어디선가 달려와 법당 계단 밑을 지키고 앉았고 제 새끼 건사하기도 피곤하고 힘들 텐데 틈날 때마다 대웅전 댓돌 밑에 턱 받치고 엎드려 무언가 생각에 잠겨 있곤 했었다. 점잖기론 둘째가라면 서러웠다. 밥때가 되면 새끼들에게 젖 빨리느라 허기져도 부엌문 앞에 서서 하염없이 기다릴 뿐 보채는 법이 없었다. 묵묵히 제 존재를 시위하며 기다리는 것이, 본능에 충실한 짐승으로 가당키나 한가. 더구나 동네 개들 사이에서 서열 1위로 용맹을 떨치던 반야가.

"참, 반야 새끼들 중 막내는 그 후로 건강하게 잘 자랐어요?"

"기여. 선생님이 경 정성을 들였시니 살아났주. 강 처사님이 그놈을 키운다고 데려갔신디 한 날 전화 와서 살 그고 있다디랜. 헤헤헤."

"근데, 들어오면서 보니까 마을에 개들이 한 마리도 안 보여요. 선착장에도 안 나오고. 그 많던 애들이 다 어딜 갔어요?"

“어디 가긴? 다아 죽었댄.”

“아니, 어떻게 한꺼번에 다 죽어요?”

“벵들어 죽기도 하고, 잡아멕히기도 하고……, 여기 사람들은 암만 종자 좋아도 다 먹자고 키운댄. 요즘엔 쥐들 극성에 개보댄 괭이들이 더 필요핻.”

땡이도 결국 주인에게 잡아먹혔다. 십 년이나 키워 정 들고 늙은 개를 기어이……. 워낙 똑똑하고 영리해서 관광객들의 인기를 독차지하는 바람에 스스로 제 밥벌이를 하던 녀석은 결국 주인의 복달임으로 몸뚱이까지 다 내주고 고달픈 견생을 마감했다.

“안트레 들어와 저녁 먹엉, 자고 갑서. 날랑 혼자 있어. 잘 방 많수다!”

“말씀은 고마운데 막배로 나가야 해요. 남편이 기다리거든요.”

“기이? 모처럼 왔시니 섭섭해 어떵?”

“다음에 또 오지요. 뭐! 공 처사, 아니 주지 스님께 안부 전해주세요.”

“기여. 경 잘 가시고 다시 오쿠다.”

할망이 관음전 문단속을 하기 위해 따라온다.

“왜 오늘은 신묘장구대다라니경을 안 틀어놓으셨어요?”

“넬랑 모르쿠다. 요즘은 토옹 안 틀엉. 원래 공 처사님이 하영 좋아했신디……. 시님 되신 뒤로 안 튼 지 오래됐댄.”

면벽하고 좌선하며 숱한 밤을 참선으로 지새운 여승의 고뇌가 폐부를 찌르던, 끊어질 듯 이어지며 유장하게 흐르던 신묘장구대다라니경이 귓전을 스치는 것 같다. 한숨과 죽비, 눈물과 희열로 애간장을 녹이던 선율도 파도 소리에 묻히고 세월에 묻혀 아스라 하다.

4. 뫼비우스 섬

본섬으로 향하는 관문인 모슬포 항이 손에 잡힐 듯 가깝다. 그러 나 땅끝섬 사람들 마음속에는 고립감이 뿌리 깊어 스스로를 유폐 시키며 마음의 감옥에 갇혀 산다. 섬이라는 단절되고 폐쇄된 공간 에서 거친 바다와 싸우고 또 순응하면서 체득된 오랜 정서 탓인지 도 모른다.

자애가 왔던 길을 되짚어 선착장으로 나오는 동안 섬 분위기가 전체적으로 가라앉아 있긴 하지만 한 단계 도약하기 위해 멀리뛰 기 전 움츠린 상태처럼 보인다. 조만간 행정력이 발동되면 불법 건 축물이 강제 철거될 테고 보상 문제가 해결되지 않아 녹슨 골프카 들이 섬에 남아 있는 한 갈등의 불씨는 아직 꺼지지 않았다. 그래도 섬사람들은 또 어떻게든 살아길 것이다. 일 년 열두 달 바람이 킬렐 레 팔렐레 부는 섬에는 숱한 사람들이 오가며 시절인연을 쌓고 허 문다. 빈손 쥔 외지인이 먹고살아보겠다고 새로 들어오든, 한때 현 금 만지는 재미 쏠쏠했던 원주민이든, 오래전 내남없이 어울려 정겹게 살아왔던 이 섬에서 또 새로운 관계를 쌓으며 살아갈 것이다. 죽살이가 그렇지 아니한가.

그해 겨울방학, 죽지 못해 사는 심정으로 절망의 끝자락에서 찾아들었던 섬, 국토의 최남단, 등대 앞에서 동중국해, 태평양에서 불어오는 세찬 바람과 맞서 포효하는 바다를 바라보면서 그녀가 느꼈던 것은 무엇인가.

새 생명과 인연을 맺고 새 출발을 다짐하는 시점에서 다시 찾은 섬은 더 이상 땅끝이 아니다. 시작과 끝은 뫼비우스의 띠처럼 맞물려 있는 법, 내려오기로 치면 끝이지만 거슬러 올라가자면 국토의 시작 아닌가.

일정을 앞당겨 내일 서울로 돌아갈 것이다. 치유와 명상의 길 올레, 혼자도 좋겠지만 남편과 함께 걸어 더욱 좋았다. 느린 보폭으로 조랑말처럼 또각또각 걸으면서 지난날의 미련과 애증, 회한을 다 내려두고 본래의 모습으로 마주 섰던 길. 이번 여행은 훗날 가게 될 산티아고 순례길을 위한 몸 풀기다. 예수의 제자 중 한 명이자 스페인의 수호성인인 야고보의 무덤이 있고 작가 파울로 코엘료의 인생을 바꿔놓았다는, 눈물 머금고 떠났다가 웃으며 돌아오게 된다는 카미노 데 산티아고는 황혼의 배낭여행으로 아껴둘 작정이다.

'당분간 아이 키우는 데 전념하다 보면 남은 사십대는 사십 킬로로, 점점 가속도가 붙어 오십 킬로, 육십 킬로로 내리막길을 달려갈 테지. 그사이 우리의 아이는 제크의 콩나무처럼 쑥쑥 자라 하늘을

뚫을까. 그리고 훗날 아이는 늙은 어미와 아비를 어떤 모습으로 기억할까?'

그녀는 답장을 기다리다 지쳤을 남편에게 서둘러 문자를 찍는다.

— 두 청맹과니는 이제 아이를 통해 눈을 뜰 것이야. 그쵸?

쑥스럽지만 하트 이모티콘도 한 개 찍는다.

신체적 사유와 생태적 합리성
― 이나미의 '섬' 연작소설 읽기

최영호
(문학평론가, 한국해양과학기술원 자문위원)

> 시와 기업 보고서가 동일한 낱말을 쓰는 것은, 등대와 감옥을 같은 채
> 석장에서 나온 돌과 같은 모르타르로 만드는 것과 마찬가지다. 낱말들을
> 이루어내는 관계성에 모든 것이 달려 있다. 그리고 이런 관계성은, 작가
> 가 언어에 대해 어휘나 구문, 나아가 구조로서가 아니라, 하나의 본질, 하
> 나의 현존으로 관계하는 것을 말한다.
> ― 존 버거

이나미의 소설에 나오는 '땅끝섬'은 멀리 있지 않다. 이 섬은 우
리나라 최남단에 위치하는데, 정부가 나서서 해상 천연보호구역으
로 지정할 성도로 풍광이 빼어나다. 게다가 먼 바다의 외로운 섬이
라 보고 듣는 사람들마다 마음을 짠하게 만든다. 한마디로, 땅끝섬
은 섬이 갖는 특유의 고독감과 슬픈 아름다움을 불러내기에 충분
한 섬이다.

그러나 소설적 공간으로 재현된 땅끝섬은 위도 경도의 지리적 경계를 이탈한다. 작가의 집중적 관심과 예리한 인식에 의해 다시 그려진 섬은 오히려 우리 가까이 존재하고, 우리와 시시각각 호흡하며, 다채로운 모습으로 변주되고 있다. 대체 어찌 된 영문인가? 이나미의 소설은 세계를 보는 관계적 이해의 지평에서 자신의 신체적 사유로 사고하고, 인간의 생명과 자연 생태에 관여하는 생태적 윤리에서 그 답을 찾고 있다.

물론, 이런 해석을 반길지 혹은 거리를 둘 것인지는 사람에 따라, 또 경우에 따라 다를 수 있다. 하지만 필자가 보기에 이나미의 소설은 우리 문단에 새로운 울림을 주는 해양소설이기에 충분하다. 익히 알다시피, 우리 문학사엔 섬을 다룬 해양소설이 그리 많지 않다. 있다고 해도 해양소설의 구성 요소인 '섬/바다/육지/인간'을 각각 구별해서 다룬 경우가 대부분이다. 그러나 이나미의 소설은 그 기본 입장부터 다르다. 이런 구성 요소들의 개별적인 의미는 돈독히 하되 섬도 우리 인간의 구체적 삶의 장소임을 감안하여 구성 요소들과 우리 삶의 상호관련성을 찾는다. 즉, '섬-바다-육지-인간'의 독립적 가치는 인정하되, 이런 구성 요소들이 서로 겯고 트며 생성하는 관계적 이해를 문학의 장에서 풀어보려는 것이다.

작가가 시도하는 땅끝섬의 문학적 변주가 다채로울 수밖에 없는 이유는 여기에 있다. 외부로부터 골프카를 도입해 손님 유치 경쟁을 벌이고 횟집들이 돌연 짜장면 메뉴를 추가하는 것에서 보이는 섬 주민들의 생업 문제, 골프카와 함께 들여온 족보 있는 개들의 서열 싸움과 고달픈 견생, 낚시꾼들의 황금 포인트를 두고 벌어지는 섬 주민들 간의 갈등, 관광지로 변한 섬에 유입되는 현금 때문에 강팍해진 이웃 간 인심, 인생의 실패자가 종국적으로 찾아드는 섬과 실생활 섬의 인식적 차이, 잠녀들의 자식을 위한 헌신과 반복되는 대물림, 잠녀들에 대한 정부의 허울 좋은 복지정책, 아기업개 할망당을 통한 잠녀들의 치성과 경외심, 섬 주민과 외지인 간의 치열한 관계 맺기, 오해로 빚어진 부부간의 비극적인 운명 등을 다루는 이나미의 소설적 시각은 포용적이면서도 매섭다. 이 모두는 땅끝섬을 어떤 관점에서 문학적으로 변주하는지를 잘 보여준다. 그중 하나로 섬을 지배하는 권력(마을 자치회장)과 주민들 사이의 양극화 현상을 다룬 부분은 앞서 언급한 소설의 주제들이 보다 심화된 경우로서, 땅끝섬에서 살아가는 사람들의 인간의 행위 규준을 좀더 윤리적 차원에서 생각해보게 한다.

「섬, 섬옥수纖獄囚 5」는 자연에 대한 개인 윤리와 생태적 윤리가 충돌하는 부분을 다뤘다. 문제의 발단은 땅끝섬에 입도된 새로운 명물(?) 골프카와 짜장면이지만, 작가는 그 이면에 흐르는 숨겨진 권력 관계를 파헤친다. 뜻하지 않은 명물의 유입으로 관광객은 둘로 나뉜다. 천혜의 자연을 즐기려는 관광객들과 금강산도 식후경을 외치는 관광객들이다. 느리게 사는 삶의 의미를 즐기려는 이들은 빠르게 지나가는 골프카가 짜증스럽지만, 호객 행위에 편승한 관광객들은 거꾸로 이를 선호하는 기현상이 생긴다. 결국, 골프카 반, 관광객 반으로 섬이 채워지자, 원주민과 외지인 간엔 치열한 이권다툼이 발생한다. 마을 자치회장이 나서서 '섬의 발전을 위한' 새로운 회칙을 발표하지만, 그 역시 기득권을 가진 자의 냉혹한 권력 행사에 불과할 뿐이다. 새로운 회칙은 늦게 섬 주민이 된 외지인들에겐 자신들의 입장을 고려한 타당한 행동 규범이 아니었다.

그런 속사정은 아랑곳하지 않고 이장은 속사포로 마을 규약을 읽어 내려간다. 집을 사서 들어온 매입자는 주민등록을 이전한 지 오 년, 세입자는 십 년이 지나야 마을 주민으로 인정한다. 진정한 주민 자격인 정리민이 되려면 최소한 십 년은 어떤 문제도 일으키지 않고 규약을 따라야 한다. 만약 그에 반하는 행위를 할 시 가스 공급은 물론 전기와 수도를 끊는다……

—「섬, 섬옥수 5」(185~186쪽)

이나미의 소설은 한 걸음 더 나아가 기득권자의 은밀한 권력 행사로 무엇이 사라지게 되는지를 예리하게 짚는다. 바로 땅끝섬이라는 천혜의 자연 유산의 가치와 보존이다. 새로운 회칙을 발표한 마을 자치회장이 함께 모인 섬 주민들에게 이견(異見)을 묻자 골프카가 없는 〈회나라〉 박 사장의 견해는 골프카를 몽땅 뭍으로 내보내자는 것이었다. 그러나 이런 의견은 비난만 받는다. 그러자 박 사장은 모두가 외면해온 문제를 끄집어낸다. 자연 환경과 더불어 우리 인간의 필수적인 생존 여건도 고려해야 한다는 것이다.

"만날 회의하고 룰을 정해도 또 언제 바뀔지 모른다 아입니꺼? 백날 해봐야 맨 그 이야기라! (……) 뭐, 뭐! 말 나온 김에 다 하자 아입니꺼? 우리 섬 말고 천연보호구역으로 지정된 섬 있습니꺼? 없다 아입니꺼? 그라믄 귀한 줄 알고 우리가 스스로 아끼고 보호해가 오래 삶의 터전으로 삼아야 할 낀데…… 허가 안 받고 컨테이너 박스다 창고다 뭐다 지어 난개발을 안 하나, 엄연히 쓰레기 소각장이 있는데 갯바위랑 뽀인트 가보소! 바위틈에서 썩어가는 낚시꾼들 버린 쓰레기 억수로 많다 아입니꺼? 마을회의에서 그런 거부터 해결할 생각을 해야지. 내 말이 안 맞습니꺼?"

—「섬, 섬옥수 5」(188~189쪽)

겉으로 드러난 문제는 골프카와 짜장면이지만, 진짜 문제는 이면에 놓인 권력 관계, 더 나아가 섬의 개발이 가져온 삶의 양식과 그런 사고의 변화가 가져올 피해였다. 이나미의 소설은 섬에 대한 작가의 크고 작은 경험을 신체적 사유로 새배치하고, 섬을 '생활'이란 이름으로 우리 곁에 다시 소환하고 있다. 또, 그 연장선상에서 섬을 지배하는 은밀한 권력과 냉혹한 현실, 탐욕에 의해 자연이 훼손되는 상황을 제시한다. 그러면서 작가는 우리에게 이렇게 묻고

있는지 모른다. '과연, 당신이라면 어떻게 할래요?'

　자연과 더불어 살며 바로 그 자연 속에서 생업을 찾아 상생하고자 하는, 소설 속 박 사장의 주장은 결국 작가 이나미의 문학 정신의 발현일 것이다. 우리는 여기서 아직도 수수께끼 같은 남태평양 이스터 섬의 붕괴를 예견한 문명비평가 재레드 다이아몬드의 경고를 떠올릴 수 있다.『문명의 붕괴(Collapse)』를 통해 피력된 이스터 섬에 대한 그의 경고는 높이 3.5미터에서 20미터 크기의 석상 모아이(600기)만 남고 모든 것이 사라진 것에 대한 깊은 성찰의 결과였다. 그가 본 이스터 섬의 종말은 곧 있는 자원을 몽땅 써버린 뒤에 남겨진 우리 지구촌의 미래였다. 그는 이런 사태를 환경 파괴와 기후 변화, 이웃과의 적대적 관계, 우방의 협력 감소, 사회 문제에 대한 구성원들의 위기 대처 능력 저하 때문이라고 봤다. 그리고 이런 요인이 복합적으로 작용하면 어느 사회나 문명이든 예외 없이 붕괴하거나 몰락의 길을 걸을 수밖에 없다고 했다. 물론, 아직 이런 단계에 이르지 않았지만, 이나미의 소설은 천혜의 땅끝섬이 어떻게 점점 희소성의 소멸로 치닫고 있는지 그 과정을 지켜보게 한다.

　한편, 이나미의 소설은 고립과 단절이란 땅끝섬의 장소적 특성을 '제주도 사투리'에서도 일부 찾아낸다. 이런 신체적 언어 속에 섬사람들의 가슴속 얘기가 절절히 녹아 있다고 본 것이다. 제주 잠녀(해녀)들의 유일한 밑천은 몸이다. 건강이 허락하는 한 잠녀들은 잠수

병을 앓으면서도 뇌선이나 사리돈만 먹고 계속 물질을 해야 한다. 이런 잠녀들의 삶은 "항상 혼백상자 옆에 차고 칠성판 지고 물속을 오락가락하는 처지라 한 치 앞을 모르다 보니 매년 마지막이라는 심정으로"(「섬, 섬옥수 3」) 사는 삶에 다름 아니다. 하지만 출중한 상 군 잠녀도 한번 '물숨을 먹으면' 죽음의 나락으로 떨어지는 것이 물 질의 위험성이다. 삼대째 물질을 해온 현씨 할망은 누구보다 이를 잘 알지만, 막내딸(정희)이 같은 일을 하겠다고 하자 모녀지간엔 첨 예한 갈등이 일어난다. 이나미의 소설은 이들 모녀가 삶과 죽음을 사이에 두고 나누는 '제주도 사투리'의 대화를 그대로 들려줌으로 써 섬 주민의 목소리에 농축된 생태적 삶의 모습을 끌어낸다.

"어멍, 걱정 마우다. 날랑 비바리 적에도 소문난 한몫잡이 아니었 주?"

"하던 사램도 싫우 싫우 손 놓고 떠날 궁리만 하는데 널랑 왜 돌아 와 그영 물질을 하령?"

"어멍, 난 아맹해도 잠녀 체질이우다. 물을 떠나 살 낙이 없수다게. 그영 뭍에 살려니 가슴이 답답하고 밥맛도 없고 넋 놓고 고향 바당 만 떠올리다 솥도 태우고 헛간에 불낼 뻔도 안 했주? 애들도 커서 고 등핵교 갔고 시어멍도 있고 날랑 바다가 좋수다. 이젠 이 바당에서 죽을 때까지 살 꺼우다. 고래처럼 헤엄치며 물앙 전복밭도 뒤지고 소 살 쏘아대며 방어 쫓아댕기우고 물꾸럭도 잡아 올리고 테왁 두드리

며 어멍이랑 노래도 부르고 그렇게 살 꺼우다. 날랑 그게 촘말로 좋
수다.”

—「섬, 섬옥수 3」(116쪽)

‘바당’은 제주도 사투리로 ‘바다’다. 바닷일을 할 때 가장 중요한
것은 바다에서의 위치다. 먼 바다가 아닌 인근 바다에서 주로 물질
하는 잠녀들에겐 더욱더 그러하다. 자신이 어느 바다에서 일하고
있는지를 알아야 하기 때문이다. 가령, 그곳이 ‘고사리 바당’이면
물질하는 바다에서 제주도 산간에 개간된 고사리 밭이 보인다는
얘기다. 바다와 육지를 한꺼번에 잇는 ‘바당’은 이런 관계적 이해의
소산이다.

이나미의 소설은 생생한 제주도 사투리를 통해 땅끝섬에서 살아
가는 추상적 존재들의 얼굴을 벗겨서 개개인의 얼굴과 자기 목소
리를 갖춘 존재들과 마주치게 한다. 그런즉 이나미의 ‘섬’ 소설들은
땅끝섬 자체에 대한 창작이 아니라 이 섬과 함께 살아가는 사람들
에 대한 창작이고, 그들의 목소리로 충전된 말에 기대어 작가의 문
학을 생산해내고 있는 것이다. 이런 이나미의 문학적 변주에서 소
설은 민중언어가 축제의 장을 이루고 민중들이 허심탄회하게 대화
하는 장소라고 주장한 미하일 바흐친의 얼굴이 언뜻 지나가는 것
은 나만의 착각은 아닐 게다.

「섬, 섬옥수 3」의 주인공 종태는 어릴 때 불에 타서 죽어가는 할

망의 죽음을 직접 목격한 트라우마에 시달린다. 그러던 어느 날 평소 잘 잡던 보신탕용 개를 잡지 못해 누렁이의 눈빛 하나에도 뒷걸음친다. 하지만 더 큰 충격은 꿈속까지 따라오는 죽음의 그림자다. 죽은 할망의 제주도 사투리와 종태의 꿈과 무의식, 비현실이 뒤섞이는 장면은 현실의 경계를 뛰어넘는 비물질적 공간이다. 작가는 이 장면을 말할 수 있는 것과 말할 수 없는 것을 한자리에 끌어내어 대화하게 함으로써 현실적 억압 속에 있는 종태의 삶을 해방시킨다. 우리는 여기서 소설을 민중언어와 대화주의의 결합이 이루어지는 축제의 장으로 여겼던 바흐친 주장의 일면을 볼 수 있다. 이나미의 소설은 그 장면을 다음과 같이 절묘하게 그려냈다.

그날 밤 식은땀을 흘리며 앓아눕자 자조치종을 안 어멍이 간곡히 타일렀다. 종태야, 앞으론 촘말 누가 꼬셔도 하지 마게, 알엉? 새가 끼멍 몸 아프고 심하믄 심방 불러 어깨 들러 새풀이해야게. 산목심 함부로 원한 살 일 경허지 마라. 어멍은 너 평생 바당에서 괴기 잡는 것도 맘에 걸리게……. 소나이로 태나 한번 약속은 꼭 지키게. 사(邪)가 끼어 몸 아프고 헛소리하면 무당 불러 굿을 해야 할지도 모른다는 말에 종태는 두 팔을 허우적거리며 손사래를 쳤다. 그러나 눈만 감으면 털이 절반 타버린 누렁이의 애처롭던 눈빛, 흙먼지 일으키며 타닥타닥 치던 꼬리, 터진 뱃구레에서 튀던 피가 떠올라 견딜 수가 없었다. 물만 겨우 삼키며 헛소리를 하고 앓아누운 지 닷새 만에 겨우 자리를 털고 일어났다.

— 「섬, 섬옥수 3」(110쪽)

섬은 격리와 고독의 장소이다. 또한, 섬은 바다로부터 안전한 피난처이기도 하다. 이런 상반된 의미는 땅끝섬도 예외일 수 없다. 아무리 견고해도 시시각각 불어오는 미풍에도 땅끝섬은 온몸이 흔들릴 수밖에 없지만, 바로 그렇게 몰아치는 바닷바람을 견뎌야 한다. 이를 회피한다면, 땅끝섬은 생존 자체가 불가능하고, 떠나도 떠날 수 없는 섬이 되고 만다. 작가는 이런 특성을 지닌 섬과 더불어 동고동락하며 살아온 구체적인 존재들의 삶을 더 철저하게 바라보고, 내밀하게 짜인 관계들을 더 격렬하게 직시한다. 소설 곳곳에서 만나는 다른 많은 예가 있지만, 타지 사람들의 입도로 인해 생겨난 섬 주민들 간의 날선 관계뿐 아니라 밖에서 들여온 섬 개들의 싸움 이면을 다룬 부분에서도 그 예리함을 엿볼 수 있다.

'춤말 어쩌다 이래 됐을꿩……? 옌날엔 동니 사름들 모다 일가 피붙이처럼 내남없이 얼려 살았댄. 울타리가 있엉, 얼굴 붉히길 했엉? 욕심 없이 살던 그때가 잘도 좋았댄. (……)'

— 「섬, 섬옥수 5」(177쪽)

'지금이야 춤말 좋은 세월이엉. 전기, 가스 걱정 없으니 추우면 때고 배고프면 먹을 게 천지백깔로 널렸샤. 살기 좋기로 하멘 두말항 잔소리주. 배부르고 등 따시니 돈타령 쌈, 쌈들이라 마시. 걸핏하면 못 잡아먹어서 안달이게 다 돈, 돈, 돈 때문이라……. 기여, 날랑 설운 세상 너무 오래 살아 이 꼴 저 꼴 다 보주.'

—「섬, 섬옥수 5」(181쪽)

섬 개들에게 싸움은 스트레스 해소다. 주인에게 사랑받지 못하는 것이 가장 큰 이유다. 분명 주인이 있건만 개들은 스스로 알아서 살아간다. 처음에 마을 사내들은 경쟁심에 질세라 족보 있는 비싼 개를 들여왔지만 섬에 들어오는 순간 바로 방목했다. 개들은 어디 누구네 집 개로 살아가되 먹는 건 스스로 해결한다. 관광객들에게 앵벌이로 목숨을 부지하든 말든 주인들은 개를 돌보지 않는다. 그래서 고샅길이나 신작로에서 개와 주인이 마주쳐도 서로 모르는 사이인 양 외면하고 지나친다. 그러다 적당히 살이 오르면 잡아먹힌다. 그들에겐 순종 진돗개나 콜리, 도베르만, 그레이트 피레니즈도 식육견과 다를 게 없다.

—「섬, 섬옥수 4」(145쪽)

그런 한편, 이나미의 소설은 같은 차원의 시선을 자가 자신에게도 돌려 자기성찰의 시각으로 현재적 삶을 들여다보고, 그 연장선상에서 새로운 삶의 지평을 찾으려 한다. '모든 가능성은 열려 있지만' 이번 섬 소설들 중 가장 나중에 씌어진 「섬, 섬옥수 7」에는 그 일단이 소개되는데, '블루코너'가 바로 그것이다.

"여기 이쯤일까?"

흰 물살은 블루코너가 있음을 의미한다. 쌍여섬과 더 가까운 지점, 십여 미터의 수심이 계속되다 갑자기 심연을 짐작할 수 없는 거대한 수중 직벽의 낭떠러지로 떨어지는 해저. 바다 속에도 직각의 절벽이 있다는 사실이 그녀는 몹시 흥미롭다.

—「섬, 섬옥수 7」(245쪽)

그중에서도 블루코너는 난류와 한류, 온대성 어종과 아열대 어종이 만나 치열한 전투를 벌이고 약육강식에 의한 평정이 끝나면 계절이 바뀌면서 활기찬 소란으로 분주함이 느껴지는 장터다.

—「섬, 섬옥수 7」(247쪽)

블루코너는 수중 절벽이며 끝을 알 수 없는 해저 낭떠러지를 말한다. 인간의 손길이 쉽게 가닿을 수 없어 두려움과 호기심을 동시에 유발하는 곳이기도 하다. 과연 그 끝에 무엇이 기다리고 있을지, 또 그곳에 이를 때까지 어떤 일이 벌어질지는 누구도 장담하기 어렵다. '까딱하는 순간에' 조류에 휩쓸릴 수 있는 곳이지만, 블루코너와 함께 생사고락을 해온 잠녀들에겐 "생태 조건이 생명을 더욱 강인하고 단단하게 키워낸" 해산물을 건지는 곳이다. 외지 사람들이 보기엔 두렵지만 잠녀들에겐 일상적 도전이 요구되는 곳이다.

심해 공간의 기이함과 두려움, 해양생물의 다양성을 동시에 갖춘 블루코너의 해양학적 특성은 작가가 추구하는 새로운 삶의 기대 지평 확대에 중요한 계기가 된다. 주인공 '자애'는 바다를 처음 접한 것은 아니다. 자애는 이미 "태평양, 인도양, 발트해, 지중해, 아드리아해, 마르마라 해협"을 배로 건넌 경험이 있다. 그럼에도 불구하고 자애는 이 바다를 건널 때마다 오금이 저리고 두려움에 시달린다. 그런데 이런 블루코너와 더불어 살아가는 잠녀, 심해의 생물다양성은 의욕 잃고 사는 소설 속 주인공 자애에게 뜻밖의 '틈'으로 전환된다.

사십대의 중년 여성 자애는 귀로에 서 있다. 갖은 애를 썼지만 슬하에 자식이 없고, 이십 년 가까이 대학에서 열심히 가르쳤어도 정교수에 발탁되지 못한다. 평소 자식 기르는 재미를 부부의 '완충지대'로 여길 정도로 자식에 대한 애착이 강했지만 거듭된 불임으로 성사되지 못한다. 자식에 대한 갈망은 결국 히스테리를 동반한 집착으로 변하고, 부부관계도 소원해지는 가운데 자식 문제는 언제 만날지 모를 "히든 크레바스"로 작용한다. 이런 가운데 때늦은 '입양 문제'로 고민하는 시점에 있다. 다른 한편, 오랜 세월 척선을 다해 학생들을 가르친 평가는 뒤로한 채 원로교수들의 파벌 의식과 치졸한 헤게모니 싸움 때문에 정교수로 선발되지 못하자 가르침에 대한 의욕을 상실하여 사표를 낸 시점이기도 하다.

삶의 안팎이 모두 위기를 맞은 시점에서 자애는 남편과 제주 올레길에 올랐다가 틈을 발견하는데, 그것이 바로 심해 속의 수중 절벽으로 수많은 생명체들을 어우르는 블루코너다. 이 블루코너는 무덤덤한 일상의 활력소로 여겼던 자식 문제, 교수 선발 건으로 세상에 드러난 원로교수들의 치졸함을 한꺼번에 성찰하도록 한다. 부부간의 자식 문제와 교수 채용에서의 패권 문제는 평소 잘 드러나지 않는 본질적인 문제를 안고 있다. 하지만 일단 이것이 드러나면 걷잡을 수 없는 수렁으로 변해서 사람을 빠뜨리고 만다. 둘 다 심중의 문제이자 이권이 개입된 문제이기 때문이다. 그러나 블루코너는 차원을 달리한다. 겉보기엔 알 수 없는 바다 속 수중 낭떠러지지만 서로 다른 생명체가 은밀하지만 풍요롭게 자라는 생태적 공간이다.

하지만 자애에게 더 큰 충격을 준 것은 이런 공간적 신비함과 두려움을 동시에 갖춘 블루코너를 자유자재로 넘나드는 잠녀들의 일상적 경이로움이다. 잠녀들은 저승에서 벌어서 이승을 먹여 살리는 사람들이다. 이를 본 자애는 반성적 의식으로 자신의 부부 문제, 학교 문제의 해결책을 찾게 된다. 바로 우회하거나 비껴가지 않는, 정면 돌파다. 땅끝섬은 바로 이 블루코너 해역을 빠져 나온 뒤에 만나는 섬이다. 이는 소설 속 주인공의 문제 해결의 실마리지만, 작가 이나미가 추구하는 생태적 합리성을 갖춘 삶의 본보기이기도 하다.

빈손 쥔 외지인이 먹고살아보겠다고 새로 들어오든, 한때 현금 만
지는 재미 쏠쏠했던 원주민이든, 오래전 내남없이 어울려 정겹게 살
아왔던 이 섬에서 또 새로운 관계를 쌓으며 살아갈 것이다. 죽살이가
그렇지 아니한가.

—「섬, 섬옥수 7」(263~264쪽)

이나미의 소설이 던지는 대화의 출발점은 분명 바다와 섬이다.
그러나 작가의 소설적 대화는 바다와 섬을 거쳐 우리를 보다 깊은
심연으로 데려간다. 그리고 거기서 서로 다른 종들이 각자의 차이
를 보장받으면서 함께 어우러지는 생태적 윤리와 합리성을 보게
한다. 그와 동시에 동일한 시각으로 지금의 우리 현실을 다시 주목
하게 만든다.

한때 빼어난 명상적 언어로 쓰인 장 그르니에의 『섬(Les Iles)』
이 그러했고, 정현종 시인의 시 「섬」도 수많은 사람들의 심금을 울
렸다. "사람들 사이에 섬이 있다/ 그 섬에 가고 싶다"는 시구는 훗날
어느 소설가의 작품집 제목으로도 활용되었고, 그 가운데 두 편을
따로 엮어 같은 제목의 영화로도 만든 적 있다. 대체로 땅이나 도시
중심적 사고에 젖은 사람들에게 섬은 어떤 그리움이나 이상향이 공
간으로 다가오는 게 일반적이다. 이런 그리움과 이상향은 모두 쉽
게 이룰 수 없다는 이유에서 더 매력적일지 모른다. 바꾸어 말해 물
리적 접근으로 다가갈 수 없고 바라다보기만 해서는 더욱더 찾기

힘들기 때문에 섬의 공간적 인식은 훨씬 더 매력적일 수 있다.

하지만 작가 이나미의 섬 의식은 섬을 바라다보는 데서 그치지 않는다. 여기서 한 걸음 나아가 그리움과 이상향으로 말해지는 섬을 직접 찾아가 자기 삶을 내려놓고 깊숙이 그 섬에 젖어드는 데서 새로운 문제의식으로 전환한다. 그것은 바다 가운데 외롭게 솟아난 섬을 좋아하는 의식이 아니다. 그 섬을 공들여 찾긴 하지만, 그 섬을 통해 우리가 무엇을 섬이라 하고 무엇을 섬이 아니라고 하는가를 판단하는 의식인 것이다. 여기서의 섬은 섬만 의미하진 않는다. 그 섬은 바다와 결부되어 있고, 사람과 관계 맺고 있는 현실의 다른 이름이다. 이나미의 소설은 이를 신체적 사유로 감별하고, 생태적 윤리가 깃든 합리성으로 판단하면서, 우리 삶의 기대 지평을 넓히고 있다.

멀리 있어 외형만 빛나는 섬보다, 생활이란 이름으로 다시 호출하는 이나미 작가의 섬에 가보고 싶다. 문학적 형상화를 통해 재현되어 우리 곁에 새롭게 솟아난 그 땅끝섬에 가고 싶다. 이 섬이야말로 진정 사람과 사람 사이에 있는 섬이지 않은가! 누구에게든 열려 있고 자연과 맺어야 할 인간의 궁극적 관계가 생태적 윤리를 저버리지 않고, 이를 통해 우리가 사는 사회에 대한 인식적 변혁을 배울 수 있는, 그 섬에 가고 싶다.

한반도는 삼면이 바다로 둘러싸여 일만 킬로 넘는 해안선과 삼천여 개의 섬이 있는데, 특히 바닷속 수중 경관이 뛰어나고 생태 환경이 다양하기로 유명하다. 이 연작소설집의 공간적 배경인 땅끝섬 역시 그 많은 섬들 중 한 곳을 염두에 둔, 가상공간이다. 제목의 한자에서 유추할 수 있듯, 태생지인 섬에서 나고 자라 바다에 순응하며 모진 삶을 이어온 원주민들, 스스로를 유폐시키려고 찾아들었거나, 생존을 위해 먹고살려고 모여든 외지인들이 섬이라는 특수성, 폐쇄성 때문에 보이지 않는 창살에 갇힌 체 서로 부대끼며 길등, 대립, 오해를 겪다 결국 사랑으로 구원을 모색하는 이야기를 적나라하게 쓰고 싶었다.

소설가는 가슴으로, 마음으로 작품을 쓴다. 일곱 편의 연작을 구상하고 써오는 동안 나는 어떤 가슴을 품었던가……. 교정을 보고 '작가의 말'을 쓰기 위해 생각을 궁굴리면서 가만히 마음자리를 들여다본다.

인간에 대한 사랑이 우리가 살아가는 근원적인 이유라면, 사람의 품성이 환경과 조건에 의해 어떻게 지배당하고 좌충우돌하는지…… 욕심, 시기, 질투, 미움, 연민도 사랑의 일종이라는 전제하에 여러 가지 사랑의 유형을 그려내고 싶었다. 때론 웅숭깊고, 때론 안타깝고 절망적인 심정으로, 또 때론 날카로운 시선으로 사람 냄새 물씬 풍기게 쓰고 싶었는데, 부분적으로 아쉬운 점이 많다.

"강렬한 사랑을 할 줄 아는 사람만이 깊은 곳에서 우러나오는 슬픔을 느낄 수 있다. 사랑하고자 하는 강렬한 욕구가 커다란 슬픔을 이겨내게 한다, 인간은 육체적인 것보다 더 저항력이 강한 도덕적 성품의 도움으로 슬픔에서 벗어나 치유된다. 고통은 인간을 죽이지 않는다"라고 톨스토이가 말했다. 소설 속 여러 주인공들에게 전하고 싶은 말이다.

한때 무지갯빛 동물플랑크톤 사피리나에 매혹된 적이 있다. 몸길이 이 밀리미터 내외에 불과한 갑각류로, 보석 사파이어와 어원이 같은데, 수컷들이 종에 따라 서로 다른 아름다운 빛을 띠는 까닭에 떼 지어 유영하면 각기 다른 패턴으로 깜박이는 게 마치 무지개 같아 암컷이 멀리서도 수컷의 존재를 인식한다고 한다.

사피리나는 열대, 아열대는 물론 우리나라에선 쓰시마 난류가 영향을 미치는 해역, 즉 동중국해와 제주도 인근의 먼 바다에서 종종 발견된다고 한다. 일본의 어부들 사이에선 바다에서 영롱하게 빛나는 미즈타마(水玉)를 아침에 보면 그날 만선한다는 속설이 전해지는데 과학자들은 이 빛을 아마도 사피리나가 무리 지어 발하는 것으로 유추하고 있다. 해양생물학자들도 이 동물플랑크톤을 실제로 본 이가 많지 않고, 한 번이라도 바닷속에서 이 아름다운 빛을 본 이는 쉽게 잊지 못해 자신의 행운을 자랑한단다.

사피리나의 존재를 처음 안 순간, 제각기 다른 빛을 발하지만 한데 모이면 무지개처럼 아름다운 빛을 발하듯, 저마다 다른 삶을 살아왔을지라도 "땅끝섬"이라는 천혜의 공간에서 오순도순 사람 사는 정을 느끼며 상생할 순 없는가, 생각했다. 팝진한 삶을 살아온 잠녀 할망들과 돈과 권력에 우왕좌왕하는 섬사람들의 현실을 그려내면서 오팔과 사파이어 빛으로 반짝이며 공존하는 동물플랑크톤에 매력을 느끼는 현실의 모순이라니……

『섬, 섬옥수纖獄囚』에 나오는, 땅끝섬을 떠받치고 있는 청정 바다 속에는 사피리나를 비롯해 검투사 긴꼬리벵에돔부터 자리돔, 전복, 뿔소라 등등 수많은 귀한 생명들이 살고 있다. 섬사람들의 자연에 감사하는 마음이 무너진 자리에 이기심과 욕심이 들어차면 천혜 자연의 경관을 해치고 훼손하는 건 시간문제 아닐까, 안타까움에서 이 소설이 시작됐는지도 모르겠다.

자연 환경은 한번 파괴되면 복원시키기까지 엄청난 노력과 시간이 필요하다. 그런 까닭에 우리는 주어진 천혜의 자연과 환경이 파괴되는 것을 막고 최대한 보존해 사랑하는 후손들에게 물려줘야 할 의무가 있다.

최근 몇 년 부쩍, 늙음에 대해 생각한다, 지하철, 버스에서 지팡이 짚고 힘겹게 걷거나 계단 오르내리는 노인 분들, 중풍 후유증으로 마비된 팔다리로 절룩이며 횡단보도 건너는 분을 보면 문득, 가슴 한구석이 짠해지면서, 아, 늙는다는 게 저런 거구나…… 나도 모르게 달려가 부축, 짐을 받아들거나, 아슬아슬한 심정으로 무사히 횡단보도 다 건너는 걸 지켜보곤 한다. 모두 다 내 부모 같아서다.

얼마 전, 노모께서 방에서 낙상, 고관절 골절상으로 수술 후 입원 중이시다. 정형외과 진통제가 독한 탓인지 섬망증으로 처음 사흘은 이따금 시간과 장소도 구분 못 하시고, 한밤중에 아픈 다리로 침대에서 뛰어내리려 하거나, 헛소리를 하시더니, 지금은 호전됐지만 여전히 말투도 어눌하고 단어를 고르지 못해 대화하려면 약간의 인내심을 필요로 한다. 젊은 시절 여장부였던 어머니를 떠올리면 도저히 인정하고 싶지 않은 현실이다. 엄마의 병실에서 원고 교정을 보고, 작가의 말을 쓰고 있는 지금…… 속히 쾌차, 털고 일어나시길 간절히 빌며, 이 책을 세상의 모든 늙으신 어머니, 아버지들께 바친다. 우리는 모두 다 늙는다.

또한, 낯선 길에서 지도를 만들 듯, 이 소설집이 출간되기까지 함께 고민하며 크고 작은 도움 주신 분들, 후배 시인 부부, 편집부 여러분께도 진심으로 고개 숙여 감사의 마음 전한다.

2013년 7월

이나미

섬, 섬옥수纖獄囚

ⓒ 이나미, 2013

초판 1쇄 인쇄 2013년 8월 16일
초판 2쇄 발행 2013년 12월 23일

지은이   이나미
펴낸이   황광수
편집   하지순
디자인   이영민 김희숙
제작   이재욱
마케팅   박제연 전연교

펴낸곳   자음과모음
출판등록 1997년 10월 30일 제313-1997-129호
주소   121-840 서울시 마포구 서교동 396-33번지
전화   편집부 02) 324-2347 경영지원부 02) 325-6047
팩스   편집부 02) 324-2348 경영지원부 02) 2648-1311
이메일   munhak@jamobook.com
홈페이지   www.jamo21.net
커뮤니티   cafe.naver.com/cafejamo

ISBN 978-89-5707-766-5 (03810)

이 책은 '문학나눔'이 무료로 드린 우수문학도서입니다.
문학나눔(www.for-munhak.or.kr)은 기획재정부 복권기금을 후원받아 책읽는사회문화재단이 주관합니다.